L'EXPÉDITION

HENRI GOUGAUD

L'EXPÉDITION

roman

ÉDITIONS DU SEUIL
*27, rue Jacob, Paris VIe*

ISBN 2-02-013268-0.

1

– Vois comme mes seins sont gonflés, dit Jeanne. Je crois que je porte un enfant.

Au bord du torrent où elle était à lessiver elle redressa le buste, baissa le front, effleura du bout des doigts, comme merveilles à peine palpables, les rondeurs ensoleillées de sa gorge à demi dénudée. Une abeille un instant folâtra autour de sa caresse puis d'un trait disparut dans le puissant silence du ciel. Jeanne releva la tête, enfouit les mains au creux de son tablier, sourit à Béatrice. La jeune fille abandonna aux scintillements du courant la tunique rouge de Thomas l'Écuyer qu'elle s'appliquait à rincer avec une nonchalante volupté d'amoureuse. Elle regarda son amie, autant joyeuse qu'effarouchée par la nouvelle.

– Seigneur Dieu, dit-elle.

De l'autre côté de l'eau un merle s'envola d'un noisetier touffu, dans un froissement bref d'ailes et de feuillage. Un éclat de printemps canaille brilla dans l'œil de Jeanne. Béatrice reprit tout soudain son ouvrage. Près d'elles, la vieille Mersende retroussa ses manches lourdes d'eau, ramena son linge sur la planche, soupira :

– Aïe ! misère !

Elle renifla, esquissa un signe de croix, torcha son nez d'un revers de main, empoigna son battoir et se mit à rosser ses hardes à coups si furibonds qu'un arc-en-ciel parut dans des gerbes d'embruns.

– Son père est un homme de bien, dit Jeanne.

– Qui est-ce ? demanda Béatrice, d'un élan si vif qu'elle en rougit.

Jeanne resta craintive au bord du nom, sans oser le dire. Et s'il allait être abîmé, imprudemment aventuré hors de l'abri du cœur ? Et s'il allait être terni par quelque aigreur sournoise, moqué par un mauvais signe de nature : grincement de corbeau, voilement soudain du soleil ? Elle contempla l'horizon éblouissant à la sortie de la vallée, entre les monts revêches, murmura :

– Tu le sais bien.

– Il s'en ira, ma fille, dit Mersende, soufflant, grinçant, peinant à torsader ses nippes ruisselantes. Ces maudits-là n'ont de cœur qu'en bas-ventre. Il ne faudrait pas les repaître. Dès qu'ils ont fait l'amour ils nous défont la vie et nous voilà, pauvres trouées, à décrasser leurs chausses. Que faire d'autre ? Puisqu'il faut qu'ils nous quittent, au moins qu'ils partent propres.

Béatrice haussa les épaules, répondit :

– Il en est de fidèles.

Sur un arbre penché apparut un nuage. Il était lourd et seul. Jeanne le regarda monter vers le soleil.

– Ce qui me fut donné ne peut m'être repris, dit-elle, tout à coup radieuse et tant époustouflée par son souvenir que ses compagnes, sans cesser de s'échiner à leur labeur mouillé, lui jetèrent un coup d'œil étonné par-dessus leur épaule.

Elle ne s'en soucia point. Elle demeura les mains abandonnées, le regard content entre ciel et verdure.

Elle dit encore :

– Voyez comment sont les choses. Nous nous sommes crus deux, nous étions déjà trois. Quelqu'un d'autre était là, caché dans des replis de moi que je ne connais pas. Et tandis que j'aimais et que j'étais aimée cette présence sans corps jouissait en secret de notre jouissance, et s'accordait avec nos vies, et s'habillait de notre chair, et choisissait mon ventre pour maison.

Elle regarda les femmes, eut un rire menu, ravala un sanglot. Lui vinrent aux yeux des larmes de bonheur difficile. Béatrice l'attira tendrement contre elle et de son oreille approcha la bouche. Mersende haussa les yeux pour prendre le ciel à témoin de l'extravagance des filles, mais rien de plus ne fut dit, car leurs trois visages tout à coup à l'affût restèrent à fixer, au-delà du torrent, les fourrés de grands buis et de chênes verts d'où venaient de brusques bruissements de feuilles remuées par l'avancée d'un cavalier qu'elles ne pouvaient encore voir.

Leur apparurent d'abord le mufle et le poitrail d'un cheval gris, puis au travers des épaisses broussailles surgit un homme grand à la figure maigre, aux cheveux empoissés de sueur, au poing armé d'une longue dague qu'il arracha, dans une averse de rameaux et de brindilles, à l'agrippement des ronces avant de faire halte sur le pré de la rive. Là, maudissant sourdement mille dieux il se débarrassa d'un arc et d'un carquois qu'il laissa choir dans l'herbe, mit pied à terre, vint s'accroupir au bord de l'eau vive, plongea mains et bras jusqu'aux coudes dans le courant et s'aspergea la face. Après quoi il s'ébroua et regarda les lavandières immobiles. Il leur sourit, l'air fat. Il leur dit :

– J'ai quitté le chemin pour prendre un raccourci et je me suis empêtré dans des passes de sangliers.

Il redressa sa longue taille, désigna du bout de sa dague les murailles de Montségur dans le bleu de la cime, hocha la tête.

– Diable, dit-il, c'est encore haut.

– Qui t'envoie ? demanda Mersende.

L'autre rit d'un coup sec et ne répondit pas. Il rengaina son couteau, remit à l'épaule ses armes d'archer, puis sans se soucier autrement des femmes et des linges qu'elles agitaient au fil de l'eau il traversa le torrent, tirant son cheval par la bride, et se renfonça parmi les arbres.

Dès lors, Jeanne et Béatrice ne furent plus qu'à l'impatience de grimper au château où du neuf allait tout à l'heure raviver les bavardages. Elles se hâtèrent à l'ouvrage, s'excitant à s'interroger sur la mission de cet homme qui semblait venir de loin, peut-être de Toulouse pensèrent-elles ensemble. Elles se reprochèrent l'une l'autre en riant de n'avoir pas osé lui demander d'où il était. Tandis qu'elles mêlaient leurs protestations joyeuses, Mersende risqua quelques funèbres prédictions qui ne furent pas entendues. Les messagers étaient rares à Montségur. Seuls de loin en loin des pèlerins amis et des marchands de vivres portaient aux gens du lieu des nouvelles du monde dont nul ne savait que faire, tant elles pesaient lourd.

Les temps étaient méchants et l'espérance grise comme le blé chétif des montagnes d'Ariège dans ses champs caillouteux. Le soir même de son arrivée, Jeanne s'était jointe à des hommes et femmes réunis sous l'auvent de la cour autour du vieux Bernard Marti qui parlait des deuils du pays. A l'instant où elle avait pris place, discrètement approchée au milieu de ces gens tant captivés qu'ils ne s'étaient point aperçus de sa présence, Bernard avait posé sur elle ses yeux de saint innocent, et dans la lueur du lumignon famélique qui baignait l'assemblée il n'avait voulu voir personne d'autre qu'elle. Il avait dit alors que des plaines toulousaines aux portes de la mer la terre n'était plus qu'un désert grouillant de mauvaises bêtes, mais que c'était peut-être chose voulue de Dieu afin que les vivants de bon aloi ne puissent plus être tentés d'y demeurer et n'aient d'autre choix que de s'ancrer au ciel. Ayant ainsi parlé, le vieillard s'était penché sur la lampe pour nourrir d'huile la flamme qui se mourait, et Jeanne s'était sentie désemparée face à ces deux chemins d'enfer terrestre et de pureté trop aride que la voix forte de Bernard venait d'ouvrir devant elle. L'esprit envahi par une soudaine insurrection de fruits charnus, de parfums de fumées, de diables d'hommes, de fêtes de village, de nourrissons aux joues luisantes, elle avait cherché autour d'elle quelqu'un d'assez vive force et de fier désir pour rassurer son âme simple. Parmi les visages perdus dans la contemplation de la lumière vacillante elle avait rencontré le regard insistant et l'imperceptible sourire de Jourdain du Villar. A cet homme, point à Dieu, elle avait offert à l'instant même son inexprimable attente de bonheur, et s'en retournant seule au bout de la soirée elle s'était promise aux plus naïves chaleurs de la vie, s'il voulait d'elle, ou à la solitude la plus hautaine et retirée qui soit, s'il ne la voulait point aimer.

– Attendez-moi, méchantes pestes, cria Mersende, hissant sa corbeille sur la tête et troussant ses jupons sur ses genoux de haridelle.

Béatrice déjà escaladait la sente et regimbait et poussait des cris de pie à chaque coup pointu d'une branche que Jeanne, à grands « hue » de bouvière, enfonçait plaisamment dans sa croupe houleuse. Sur le premier muret de jardin elles s'assirent pour reprendre haleine. L'aïeule les rejoignit bientôt, s'aidant aux buissons bas, geignant et ronchonnant contre les cailloux du chemin, les traîtrises des ronces, les filles sans pitié pour ses douleurs de vieille qui éventaient leur gorge et leurs joues cramoisies dans une ombre de hêtre où crissaient des insectes. Elle fit halte, leva la tête vers la citadelle haut dressée dans le ciel limpide.

– Maudite maison, dit-elle enfin, le souffle rauque.

Béatrice aussitôt ôta le bâton de la main de Jeanne, le brandit hargneusement sur l'échine de la vieille femme et se prit à gronder :

– Maudite toi-même, grand-mère. Mords ta langue, tu vas attirer les mauvais oiseaux. Qu'ils te crèvent les yeux si tu les réveilles !

– Voyez-moi la greluche qui veut me bastonner ! glapit Mersende.

Elle empoigna le gourdin qui la menaçait, le jeta au loin, et agitant l'index sous le nez de l'effrontée :

– Nous autres, vieilles gens, le malheur nous connaît. Sur nos cuirs durs il glisse, comme la pluie sur l'aile des canards. Mais les chairs fraîches, foutriquette, il aime bien les mordre. Crains plutôt de mal faire avec ton écuyer.

– Seigneur Jésus, enfoncez-vous les doigts dans les oreilles, gémit la jeune fille.

Jeanne haussa les épaules, l'œil moqueur, demanda :

– Que crains-tu ? Qu'un grand diable cornu nous casse la montagne ?

– J'ai peur de tout ce qui n'est pas d'ici, répondit Béatrice.

Elle resta un moment la mine renfrognée à regarder au loin, puis tout à coup volubile, tandis que Mersende s'accroupissait dans un buisson voisin en quête d'herbes à tisanes :

– Sais-tu ce que j'aimerais ? Qu'on dresse un mur infranchissable à chaque entrée de la vallée, un mur d'arbres et de rochers entassés si haut que seuls les aigles pourraient en atteindre la cime. J'aimerais que personne ne puisse plus venir à nous, sauf quelques bons amis, par des chemins secrets. J'aimerais qu'on nous laisse tranquilles, pour toujours. Nous avons ici assez d'eau, de bois, de fruits, d'avoine, de gibier, nous avons nos sages, nos seigneurs, nos ménages, nos amours. J'aimerais que le monde perde jusqu'à notre souvenir, que Montségur devienne pour ceux de la plaine une cité inexistante, comme une île de ciel au sommet de la terre.

Mersende déploya son vieux corps, estima qu'elle était pour ce jour rassasiée de balivernes, reprit son fardeau et s'éloigna sur la montée. Jeanne se dressa pour la suivre. Béatrice la regarda, soucieuse, espérante. Sa compagne lui sourit à peine et à regret lui répondit :

– Je n'ai pas tes envies. Moi j'ai des souvenirs, loin d'ici, à Vendines.

Elle souleva sa corbeille de linge, la posa sur sa coiffe

et la tenant d'un poing, droite et lente comme une reine couronnée, elle s'en fut.

Les paroles de Béatrice avaient pourtant ouvert une brèche douloureuse dans son esprit. Elle n'en voulut rien montrer, fût-ce aux buissons, aux rocs, aux arbres, à l'air du jour. Cheminant parmi eux sur le sentier montant elle fit effort pour ne point perdre un pouce de sa taille, soudain envahie tête et cœur par la figure de Jean le Blanc, son grand-père au nom d'aigle, son seul parent, sa peine sourde depuis qu'elle avait dû le quitter. Il lui avait appris son métier de tisserande, tout un an, devant les feux du soir. Doigts agiles, regards bleus, cliquetis de l'ouvrage, hautes flammes dans l'âtre, homme large et fille petite, épaule contre épaule : « quels bonheurs j'ai connus », se dit-elle, et lui vinrent encore entre brumes de l'âme et lumière feuillue les marchés du lundi, les arbres de la place, le jeune homme aux grandes oreilles que son innocence véhémente intimidait quand ils allaient ensemble aux jeux des fêtes.

Un soir de fin d'automne par grand vent dans le dos elle avait dû fuir tout cela pour échapper aux juges inquisiteurs de Toulouse, après que des moines l'eurent vue, au bord d'une vigne, offrir des pommes acides à des hérétiques avérés. Elle n'avait pas compris qu'ils l'étaient, ils lui avaient dissimulé les croix d'infamie cousues sur leurs guenilles. Elle l'avait dit, les joues en larmes, au curé Mathieu Barbe, qui sans vouloir l'entendre avait inscrit son nom, la langue au coin des lèvres et la plume crissante, sur le registre des fautes impardonnables. La nuit même au seuil de la maison l'aïeul lui avait dit adieu, tandis qu'un lourd chariot s'ébranlait dans la ruelle. Elle s'était brusquement arrachée à son embrassement, et la bourrasque l'avait emportée avec le couple de marchands de grains qui conduisait l'attelage.

Par longs détours villageois et nuits courtes dans la paille des granges ils l'avaient conduite jusqu'en terre d'Ariège. Un jour de février, comme ils cheminaient le long d'un ruisseau bondissant en cascades vivaces parmi la vieille neige, au sortir d'une courbe de la route ils avaient découvert, plus haut que toutes cimes, Montségur presque blanc dans les nuées plombées. Ils avaient retenu leur mule pour contempler, la bouche bée, ces murailles célestes. Mais ils n'avaient guère eu le temps de s'ébahir, car au bord du mont que contournait la sente avait soudain surgi, l'enjambée longue et ferme, une sorte d'errant sauvage aussi basané qu'un Maure et de pied en cap emmitouflé dans une fourrure d'ours. Cet homme au front coiffé de la gueule du fauve à trois pas d'eux avait mis son bâton à l'épaule, les avait salués d'un hochement vigoureux, puis désignant la forteresse apparemment inaccessible il avait dit qu'il en venait. Comme les autres, perplexes, l'examinaient sans piper mot, l'escogriffe s'était enhardi à soulever la bâche du chariot, et après qu'il eut bu une interminable lampée à l'outre de piquette suspendue au bat-flanc il avait conseillé à ses frères et sœurs de rencontre, s'ils avaient assez de bon sang dans les cuisses, de grimper jusqu'à ce haut lieu avec leurs marchandises. Autant que d'armes on y manquait de farine et de sel. Ils y étaient allés en vendre.

Jeanne avait décidé de ne pas pousser plus avant. Il n'était pas au monde de refuge plus sûr. Depuis que

Raymond de Péreille avait offert la citadelle à l'Église des Purs, quelques parfaits et parfaites vivaient là, aussi paisibles que dans la main de Dieu, hors de portée de la fureur des princes, des fulminations des prélats, des mille confusions du siècle. Partout, sauf sur cette montagne, n'étaient que peste d'âme et peur de brûler vif. Les nobles de Béziers, Foix, Provence, Comminges donnaient leurs fils et filles en mariage aux Français, tendaient au pape leur sébile et se crachaient entre eux leurs rancœurs de vaincus. D'hérésie clandestine en effroi des soudards et des dominicains le peuple peu à peu tombait en désespoir. En vérité, les bonnes gens n'avaient plus sous la peau que la honte de vivre asservis pis que chiens.

Certes, on allait aux danses, on festoyait aux soirs des moissons, on donnait sa pâture à ce désir d'insouciance qui ne s'éteint jamais, même au plus noir des temps. Mais certains jours les piaillements des enfants à l'orée des villages faisaient se redresser les hommes dans les champs et se signer les femmes. Ils annonçaient les lourdes voitures aux rideaux de cuir où voyageaient les juges inquisiteurs avec leurs cortèges d'acolytes et de greffiers aux capuchons alourdis de registres. Leurs tribunaux plantés sur les places publiques creusaient les cœurs, grattaient la moindre plaie, la moindre salissure, forçaient le moindre geste à s'avouer fautif, répétaient sans pitié des questions torturantes. Parfois ils condamnaient au bûcher, au cachot, ou à courir à Compostelle. Et quand ils repartaient avec leurs chants de grâces ne restaient derrière eux, dans les fumées d'encens, que haine inexprimable et désemparement.

Seul Montségur se tenait hors de ces malheurs. Le lieu était si haut planté, gardé par des ravins si profonds et sauvages que pas un des barons de l'Église de Rome n'avait jamais osé se risquer sous ses murs. Pourtant, n'était là-haut qu'une troupe sommaire. Un cent de soldats, d'écuyers et de chevaliers sans terre se mêlaient au dortoir, aux veilles sur le chemin de ronde, à l'avoinée des bêtes, à l'entretien des cuirs, des fers et des créneaux. Pierre de Mirepoix et Jourdain du Villar commandaient à ces gens. Jeanne savait que les deux hommes avaient autrefois couru ensemble les déserts de Palestine. Elle leur trouvait un air de parenté qui l'intriguait beaucoup. Elle rêvait souvent à leur amitié forte. Elle aurait aimé vivre, elle aussi, ces rigueurs partagées et ces plaisirs étranges qui les avaient unis, sans doute pour toujours. Ces deux frères de cœur, pourtant, ne se ressemblaient guère. Pierre était dru de poil, joufflu, jovial, grossier, brigand dans l'âme. Il était l'héritier de Raymond de Péreille pour avoir épousé sa fille Philippa. Montségur et l'Ariège étaient ses biens présents ou fortunes promises. Il était riche autant que Jourdain était pauvre, dépossédé de tout, château, terres et bois, famille, maisonnée. Pour quel crime d'orgueil ou quel trébuchement ? Par quel revers de vie ? Elle ne s'était jamais hasardée à le questionner. Elle redoutait trop son silence probable, et son regard aigu, et son vague sourire.

C'était un solitaire. De la plus haute cabane accolée hors les murs au rempart du château il avait fait sa tanière à l'écart de tout monde, tant de Pierre et de Péreille qui vivaient au donjon avec femmes et filles que des autres masures de-ci, de-là plantées, alentour des murailles, sur les pentes du mont. Dans ces maisons éparses demeuraient les religieux sur qui régnait Bernard Marti, leur maître vénéré, et l'hétéroclite communauté des réfugiés de la plaine : paysans sans labours et bergers sans troupeaux, tisserands et potiers privés de leur village, boutiquiers sans échoppes, tous échoués sur ce bord de ciel au bout d'exodes incertains, contents quand à leur soupe maigre étaient l'épouse et la marmaille.

Jeanne avait trouvé là une bâtisse ruinée qu'elle avait relevé avec l'aide empressée de ses proches voisins, d'un maçon de Toulouse et d'un charpentier d'Auch. Avant ce soir béni où Jourdain avait poussé sa porte, quatre fois au hasard des chemins de montagne ou de l'ombre des remparts ils s'étaient vus venir l'un vers l'autre. Les plus fugitives images de ces rencontres étaient restées précisément inscrites dans sa mémoire, gestes à peine ébauchés, brefs éclats de regard, soleil sur une épaule, abris d'averses, rires, éloignements dans le vent nuageux. Un matin où menaçaient des giboulées, cheminant derrière elle sur le sentier montant il l'avait déchargée d'un fardeau de chaumes et l'avait accompagnée jusqu'à son chantier de demeure où travaillaient les hommes. Là il avait fait halte pour examiner l'ouvrage, puis il était tout à coup monté sur le toit troué et s'était préoccupé de la rectitude des solives avec la rigoureuse application d'un maître des lieux. De le voir ainsi parmi ses ouvriers Jeanne n'avait plus tenu son cœur. Dès qu'il était redescendu dans l'encombrement des gravats elle s'était empressée de dépoussiérer sa tunique à grands envols de torchon en lui disant dans sa joyeuse ivresse qu'elle serait la plus heureuse des femmes s'il acceptait d'allumer le premier feu de son nouveau logis.

Le jour dit, de grand matin elle avait couru à la forge du château où Jourdain s'affairait, dans l'ombre rougeoyante, à ferrer son cheval. Avant même qu'elle le salue il lui avait demandé, sans cesser de tisonner les braises du foyer, si sa maison était enfin couverte. Elle lui avait répondu que oui, mais n'avait pas osé le prier à nouveau d'y venir. Il s'était campé un moment devant elle, lui avait souri, puis avait essuyé la sueur à son front d'un revers de poignet et s'était attelé sans autre mot à clouer un fer au sabot de sa bête. Elle s'était enfuie.

Toutes les nuits au gré de ses veilles rêveuses elle affinait encore jusqu'aux détails infimes chaque instant de ce soir magnifique. Lui revenaient d'abord le bruit d'un pas tranquille, dehors, sur le gravier, puis les coups à la porte, l'homme espéré dans une échappée de ciel crépusculaire, sa haute taille courbée sous le linteau du seuil, son hésitation à entrer comme au bord d'une faute. Elle avait feint d'être surprise, par souci de tenir en bride ses diables qui l'auraient volontiers poussée à bondir à son cou. Elle lui avait offert un bol de lait, et tandis qu'il buvait, accoudé à la table, ne sachant à quoi se vouer elle s'était occupée aux brindilles depuis le point du jour mille fois ordonnées entre les pierres de l'âtre. Elle ne l'avait pas entendu s'approcher. Comme il se penchait à son côté elle avait serré son châle sur sa gorge où son cœur s'emballait. Il s'était tranquillement étonné qu'elle n'ait pas confié ce premier feu au vénérable Bernard Marti, ou à quelque autre parfait de la communauté. Elle n'avait pas su lui répondre. Alors il ne s'était plus soucié que de l'humble cérémonie pour laquelle il était venu, et retenant ses mains qui voulaient l'assister elle l'avait regardé ébouriffer les brins de bois à sa manière d'homme accoutumé aux campements et battre la pierre à briquet parmi la paille.

Se redressant ensemble ils s'étaient trouvés face à face, les souffles presque joints. Un moment tous deux s'étaient ainsi tenus dans la lueur du foyer brusquement embrasé, avouant leur désir sans parole ni geste, puis il l'avait saisie à la nuque. Elle avait laissé aller ses bras, aveuglée par les bouffées de sang vif qui lui cognaient aux tempes et se répétant éperdument qu'elle ne devait pas avoir peur d'être nue. Il l'avait dévêtue, droite devant le feu. Mille bouches et mains par tendresse patiente, mille rugosités de barbe et d'ongles doux lui avaient mis au monde un corps inespéré. Et par force soudaine clouée sur le sol dur elle n'avait su que haleter, les yeux grands ouverts, écartelée dans sa jubilation stupéfaite comme à l'étal de Dieu.

Il avait paru contrit de l'avoir prise vierge. Elle s'était inquiétée de sa mine assombrie et pelotonnée dans sa chaleur elle l'avait étroitement tenu, de crainte qu'il ne parte avant l'aube. Il n'était pas revenu la voir. De longues journées de chasse l'avaient éloigné du château, et quand certains soirs il était descendu parmi les cabanes des pauvres il n'avait pas poussé plus loin que la demeure de Bernard Marti, son père de cœur. Cependant, les rares jours où Jeanne l'avait vu, par grâce de hasard, venir à sa rencontre, il lui avait parlé avec une maladresse nouvelle, et à l'instant de se quitter il était chaque fois resté devant elle indécis, comme au bord d'un embrassement. De ces gestes inachevés la jeune femme s'était évertuée à raffermir l'espoir qu'elle avait de lui plaire.

Parmi les volailles qui encombraient le sentier entre les premières maisons aux fumées fugitives elle sourit, pensant aux émouvantes gaucheries de cet amant farouche et pourtant si présent dans son ventre et son âme. Allait-elle lui dire qu'elle portait un enfant? « Certes oui, dès ce soir », pensa-t-elle, tout échauffée de beau courage. Le regard envolé au-delà des toits bas elle imagina son corps debout en face d'elle dans la lumière d'une lampe. Elle se plut longuement à lui parler avec cette éloquence muette qui parfois donne aux songes la force de soulever des monts. Enfin, contente d'elle, confuse aussi: « Dieu veuille qu'à m'entendre il s'émeuve et tremble un peu, point autant que moi, pauvre fille, mais comme il convient à un homme de cœur. » Elle affermit son poing sur sa haute corbeille, salua distraitement quelques guenilleux occupés à leurs palabres quotidiennes à l'ombre d'un muret, fit halte un court moment au bord d'un jardin pentu pour écouter un parfait courbé sur ses rangs de choux maigres se plaindre des chiendents et des ravages des petites bêtes. Comme elle reprenait sa montée lente, lui apparut soudain au-dessus de l'entassement des murs et des palissades la maison de Jourdain, plantée seule sur son rocher nu contre le rempart du donjon. Lui vint en tête une bouffée de mauvais sang. Irait-elle frapper tout à l'heure à sa lucarne toujours close? Dieu du ciel! certes non! Mieux valait qu'elle attende sa venue. Il serait bon, pensa-t-elle, qu'ils se rencontrent hors de toute présence sur le sentier devant sa porte où tous les soirs elle guettait son pas. Mais comment en vérité une femme de bonne tenue devait-elle annoncer ces sortes de nouvelles? N'allait-elle point s'enferrer, ou trop sottement dire? Et s'il ne voulait pas l'écouter ? Se pouvait-il qu'il se renfrogne, la rabroue, la laisse là seule ? Tout à coup vidée d'âme elle supplia son aïeul, dont elle ne savait s'il était mort ou vif, de lui venir à l'aide. Elle entendit le rire aigu de Béatrice dans l'air paisible. Elle l'entrevit derrière elle bondissant parmi les arbres, délivrée de son fardeau de linge par un jeune fou qui singeait des trébuchements d'ivrogne funambule, les bras tout encombrés de hardes en panier. Elle ne s'en trouva que plus abandonnée.

Comme elle parvenait au grand chêne où Mathias l'Arquet avait planté une stèle de vieux cimetière en mémoire de sa femme peut-être encore vivante dans la prison de Carcassonne, le jeune fils de cet homme assis là dans l'herbe drue lui désigna soudain la cime des tours en poussant un cri ébahi. Au-dessus du rempart dans le bleu pur du mont un aigle lentement se laissait dériver. C'était un jean-le-blanc. Jeanne resta pantoise à contempler son vol, s'emplit les yeux de lui, le cœur débordant de mercis au beau rapace autant qu'à son grand-père au nom semblable qui lui venaient ensemble offrir le bonjour du ciel et la bénédiction de ses amours. « Assurément, se dit-elle, tout éblouie, ce soir je verrai comment naît un père dans le regard d'un homme. » Elle attendit que l'oiseau ait disparu dans les profondeurs de la vallée, puis elle s'agenouilla, prit dans ses bras le petit crasseux qui rongeait un croûton en la regardant rire et le dévora de tendresses.

A peine franchi le portail du château elle se vit dessus un courtaud de soldat étourdiment venu, trottant à son travers avec une brassée de lances. Partout dans la cour étaient des hommes chargés d'armes et de harnachements. Des sergents courbés sur des meules faisaient crisser des lames dans des envols d'étincelles, d'autres, à l'écart des garçons qui couraient en tous sens, affûtaient des flèches ou torsadaient des cordes ou graissaient des cuirasses. Jeanne, évitant les bousculades le long des auvents, se hâta jusqu'au donjon. Comme elle parvenait aux marches du perron, au-dessus d'elle sous la porte voûtée Jourdain du Villar sortit de l'ombre de la tour. Il était avec Bernard Marti et le messager maigre tout à l'heure apparu sur le bord du torrent. Ils restèrent là à parler sans se soucier d'elle, tandis que tonnait plus haut que les tumultes monseigneur Pierre de Mirepoix surgi d'une écurie en traînant au collet deux écuyers chétifs avec un jeu d'échecs aussitôt dispersé. Jeanne n'osa bouger, de peur d'être vue de son Jourdain sans que le moindre bonjour lui fût dit. Il l'aperçut bientôt, eut un air de surprise contente, laissa ses compagnons et descendit les marches qui le séparaient d'elle en s'étonnant de la rencontrer là. Elle lui répondit qu'elle allait à la chambre moyenne où dame Corba lui avait demandé de déposer les chemises de ses filles qu'elle venait de lessiver. Après quoi elle voulut savoir la raison de ce bruyant désordre qui les environnait. Il lui dit :

– Demain avant le jour nous partons en campagne.

Et comme Jeanne s'effrayait :

– Nous serons bientôt de retour.

Il la prit aux épaules. Dans ses yeux elle vit du feu tant émouvant qu'elle saisit sa main, à sa joue l'attira, mais à l'instant, Bernard Marti passant près d'eux au bas des marches, il se défit doucement d'elle et suivit la robe sombre du vieux père. Elle cria :

– Jourdain, où devez-vous partir et pour quelle bataille ?

Il était déjà loin, traversant au côté du parfait des traits de soleil poussiéreux parmi d'autres paroles et cliquetis de ferrailles.

– Il l'ignore, lui dit le messager.

Elle regarda le bonhomme assis sur le perron contre le mur ombreux. Il rit à petits coups, essuya son couteau contre sa fesse soulevée, et sortant de son sac de ceinture une boule de pain et des pommes ridées il dit encore :

– Seuls sont dans le secret, avec moi-même et le très haut seigneur qui m'envoie, monseigneur Raymond de Péreille, son gendre Pierre (que Dieu le garde en vie car c'est un fier guerrier) et messire Bernard Marti par qui nous sont assurées les amitiés du ciel. La troupe ne saura qu'au moment de combattre. C'est ainsi que chez nous on fourbit les beaux meurtres.

Et l'air fort satisfait il mordit son croûton.

Jeanne espéra Jourdain jusque vers la minuit, puis cessa de l'attendre. Elle resta devant son feu à consoler Béatrice accourue chez elle dès la fin du jour pour lui pleurer sa peur de perdre Thomas l'Écuyer, à qui elle s'était promise. Le jeune homme lui avait tout à l'heure annoncé avec une exaltation de novice sa chevauchée prochaine dans l'enviable compagnie de ses maîtres chevaliers et de trois douzaines d'hommes qui tous avaient donné la mort dans des batailles. Elle avait voulu le retenir de vive force. Il l'avait arrachée de lui, tout rieur et bravache, et s'était enfui sans promesse de retour en poussant des cris d'assaillant de nuées.

Comme la nuit s'épuisait, elles furent réveillées de leur

somnolence trouée de sanglots et de ressassements par le bruit de la troupe qui dévalait la sente. Elles s'en vinrent au seuil, et par la porte entrebâillée elles risquèrent la chandelle. Parmi les éclairs d'armes et de ferrures, les fumées des naseaux dans l'air noir et le fracas des cavaliers qui leur passaient devant, chacune avidement chercha une ombre fugitive. Jourdain vit Jeanne. Il lui fit un signe aussitôt effacé dans l'obscurité mouvante. Sa compagne appela Thomas d'une plainte trop enfantine pour émouvoir le tumulte. Le silence revint. Un coq s'égosilla.

– Dieu veuille nous les rendre en heureuse santé, murmura Béatrice aux dernières étoiles.

– Allons, dit Jeanne, Dieu ne veut rien.

Pierre et Jourdain, au loin, franchissaient le torrent, et le jour se levait.

2

Par les monts sans chemins Pierre de Mirepoix mena longtemps sa troupe, l'éperon vif aux escalades difficiles, la voix rageuse au plus dru des fourrés et la claque sonore sur la croupe de sa jument noire aux franchissements des ruisseaux, des fondrières et des vieux chênes abattus au travers de son galop. Trois fois dans des clairières il retint sa monture, hésita un instant et tout soudain arqua impatiemment sa route sans prendre le conseil de personne. Par vallées traversées, remontées promptes, sommets franchis et biais malaisés, indifférents aux sangliers débusqués, aux envols de perdrix, aux lièvres enfuis devant leur chevauchée, tous derrière son épaisse carrure coururent la forêt d'Ariège jusqu'à parvenir, parmi des arbustes peu à peu dispersés, à la lisière d'une lande.

Là, levant haut la main, Pierre ordonna l'attente à l'abri du plein jour et se mit à flairer l'espace découvert avec une méfiance de grand fauve soucieux d'éviter la fréquentation des hommes. Alors Jourdain poussa seul son cheval par les buissons bas jusqu'à l'horizon proche. Chacun sans mot ni bruit le vit se tenir immobile contre le bleu du ciel, puis s'en aller le long du bord du monde, disparaître dans un creux de garrigue, resurgir d'un élan sur sa bête cabrée et de loin revenir en désignant la ravine à l'écart du sentier.

Pierre rameuta ses soudards d'un moulinet de bras et rejoignit son compagnon. En course oblique ils parcoururent la friche. Par un lit de torrent sec au large d'un entassement de toits à peine aperçus parmi les rocs et l'herbe grise ils gagnèrent un nouveau bois et, le dos courbe, s'y enfoncèrent comme des diables fuyant le soleil de Dieu.

Vers midi, près d'une ruine de chapelle fut donné l'ordre de la halte. Chacun délaça sa tunique et s'assit avec son pain et ses fromages durs à l'ombre des vieux murs où frémissait du lierre, tandis que les écuyers menaient les chevaux boire au bas d'un raidillon. Pierre chercha Jourdain, l'aperçut installé contre le tronc d'un orme à l'écart des sergents, vint lourdement à lui et l'air fort satisfait lui dit en débouclant son ceinturon sur sa bedaine :

– Nous avons fièrement avancé, mon tout beau.

Jourdain ne pipa mot. L'autre s'accroupit, du bout de son couteau embrocha un croûton et quelques figues sèches au fond du sac ouvert de son frère de cœur. Il dit encore, remuant et rieur :

– Ne fais pas ton bénédictin, bonhomme. Tu crèverais plutôt que d'avouer un soupçon d'intérêt, mais je te connais. Tu voudrais bien savoir vers où je vous conduis, toi et nos bonnes gens.

– A coup sûr vers le nord, lui répondit Jourdain. Sans doute en Lauragais.

Pierre hocha la tête, et poussant vivement, comme un joueur comblé :

– Bien vu. Pour quel travail ? Allons, demande-moi.

Jourdain resta muet, un moment s'amusa en secret de l'envie débordante qui brillait dans l'œil noir du joufflu. Il répondit enfin :

– Je croyais que tu avais juré de ne rien dire.

– A toi je peux.

– Jusqu'à quand dois-tu tenir ta langue ?

– Demain soir, si tout va, dit Pierre à grand regret.

– Tais-toi donc, bougre d'âne, lui répondit Jourdain. Les promesses sont saintes, et moi je suis content d'aller sans savoir où.

Un frelon vint entre leurs visages, bourdonna, à peine mouvant dans un rayon éblouissant remué par la brise. Pierre d'un revers de dague le chassa, et soudain revenu de sa bouderie, rayonnant comme un soleil au sortir d'un nuage :

– Ceci, tu peux l'entendre sans que je manque à ma parole. Écoute bien ton Mirepoix. Il sait. Il ne ment pas.

Il s'agita sur ses larges fesses, savoura un instant d'attente délectable, puis :

– Tu reverras bientôt ton château du Villar, tes forêts, tes jardins, tes musiciens arabes. Nous fêterons chez toi notre prochain Noël, c'est écrit dans le ciel. J'y veux un porcelet à la broche pour moi seul, te voilà prévenu.

Jourdain le regarda, plus roide et circonspect qu'un confesseur de filles. L'autre, le voyant ainsi, se prit à rire haut et franc, puis se pencha en avant, et les mains volubiles se risquant en brèves bourrades :

– Allons, réjouis-toi, dit-il encore en confidence jubilante. Nous allons allumer un si bel incendie qu'on le verra d'ici à Saint-Pierre de Rome, et pour peu que le vent l'attise comme il faut les clercs inquisiteurs avant qu'il soit longtemps n'oseront plus sortir de leurs tanières, et foutredieu ! les barons français fuiront tous en couinant derrière leurs chevaux, les bras au ciel et le feu aux sandales !

– Tu rêves, dit Jourdain, gagné par la joie du compère.

– Tu ris triste, c'est mal.

– Mais non, je suis content.

– Flaire un peu l'air d'ici, Jourdain, j'y sens déjà la renaissance. Flaire donc, mécréant !

– Eh ! nous allons combattre ! A moi, cela suffit.

– Combattre ne vaut rien si l'on n'a pas d'espoir. Moi j'en ai pour mille ans.

– N'aie pas peur, mon caillou. Moi j'en ai pour demain.

Ils se turent le temps d'un battement d'ailes d'oiselet parmi les miettes, dans le torchon ouvert sur l'herbe.

– Je ne suis plus celui qui a perdu Villar, et Villar vit sans moi, et le monde sans toi, depuis qu'il t'a jeté sur ta montagne avec ta garnison de village, dit encore Jourdain, déjeunant lentement. Pierre, crois-moi, n'attendons rien des autres. Nos pays sont perdus.

– Que me chantes-tu là ? Pourquoi marcherions-nous si nous n'avions pas foi ? Pour l'honneur ? Moi, je veux davantage.

– Nous marchons parce que nous n'avons pas d'autre choix. Nous marchons pour ne pas nous morfondre. Allons, tu sais bien que nous mourrions de honte s'il nous fallait flatter ceux qui nous ont tout pris.

– Tu divagues. Tu m'as assez parlé de ta forêt des Fages et des fraîcheurs de ta maison forte, quand nous n'avions à boire que notre propre sang dans le désert de Palestine. Tu as tout oublié, brigand ? Pas moi. Je veux vivre à nouveau en maître libre sur mes terres, aimant qui me convient, Sarrasin, Bourguignon, hérétique ou curé. Et je veux que les gens du roi de France retournent à leurs vaches grasses et nous rendent nos loups, nos saints, nos châteaux, nos villes et nos putes. J'en manque, à Montségur. Philippa est trop prude. Et moi, seigneur de Mirepoix, je n'ai même plus la liberté d'aller jouir à Foix !

Il se tut, se tint un moment hautement scandalisé par ces misères éhontées qui lui étaient faites, puis peu à peu se reprit à rire sous le regard de son compagnon occupé à dévorer ses figues, l'œil amenuisé par un sourire railleur. Pierre lui pointa sous le nez son couteau.

– Ne te moque pas, dit-il. Sans moi tu serais peut-être à cette heure comme un vieil ours couvert de liseron, planté devant ta grotte à ruminer ton dégoût du monde.

– J'ignore ce qu'est le monde, lui répondit Jourdain. Je sais un peu de quelques hommes, voilà tout.

Et nouant les lacets de son sac :

– Le vieux Marti m'a dit hier soir une parole de vrai bon sens : il faut tout faire comme si rien ne devait nous être donné en échange et en même temps cheminer comme si Dieu nous menait sans cesse à des miracles.

Il eut un éclat de joie fugace à voir son compère rester devant lui bouche bée, sans paraître comprendre, puis, tout à coup bourru :

– Cela signifie que nous avons ensemble raison, gros pendard.

L'autre approuva d'un hochement illuminé. Ils se levèrent. Pierre étira ses membres au soleil, frotta des poings ses yeux et dit, après qu'il eut bâillé comme un lion :

– Crois-en ton frère, mon beau. Nous avons de sacrés jours à vivre, toi et moi. Tout serait pour le mieux si tu aimais parler des femmes. En Palestine tu paillardais à peine et tu n'en disais rien. A Montségur je t'ai quelquefois vu avec ta tisserande de Vendines, mais je jurerais que tu ne lui as jamais soulevé l'habit.

– C'est une bonne fille, dit Jourdain.

– Tu l'as troussée ? Avoue donc, sacredieu !

– Qu'importe.

– Raconte. A-t-elle bien joui ?

Jourdain haussa l'épaule.

– Comment savoir ce que sentent les femmes ? dit-il.

Et soudain, comme il bouclait la selle sous le ventre de son cheval :

– Pierre, où allons-nous ?

Il entendit au-dessus de sa tête son compère lui dire à voix basse et contente :

– Dans ton pays. Non point Villar mais guère loin. Avignonet.

L'autre se redressa, resta un moment sans geste ni parole, puis :

– C'est loin, dit-il. Il est temps de partir.

Un braillement lui répondit parmi les arbres. Pierre était déjà au milieu des hommes affalés, à les botter joyeusement et leur fouetter les sangs de rudesses charretières.

A peine la troupe ébranlée Jourdain poussa en tête sa monture et dès lors loin devant ouvrit seul la route forestière, plus agile que son compagnon à éviter les branches basses, plus prompt aussi à découvrir les sentes dans le foisonnement des buissons et les gués des torrents sous les embruns ensoleillés des cascades. En vérité, l'aiguillonnait surtout le désir impétueux de pénétrer sans compagnie, comme un voyageur du temps à rebours, dans ce pays immobile et mille fois couru au temps d'enfance où il chassait la grive et la poule faisanne avec les bergers de son père.

Nul ne parvint à suivre sa chevauchée, sauf Thomas l'Écuyer qui l'avait rejoint au prix de périls extravagants dans les éclaboussements d'un lit de ruisseau encombré de rochers. Le garçon, soufflant rauque, suant comme au sortir d'étuve et plus rayonnant qu'un saint messager de printemps malgré les griffures qui traversaient de partout son front et son visage, semblait avoir jeté toutes les forces de son jeune orgueil au défi de ne plus le quitter d'un sabot. Jourdain s'émut autant qu'il s'irrita de le découvrir au train de son cheval. L'envie l'effleura de lui ordonner d'attendre les hommes, mais il ne voulut point s'y résoudre, par crainte que la moindre parole ne trouble ces vieilles lumières à tout instant redécouvertes et par souci de ce fils qui sans doute éprouvait les mêmes poignements que lui.

Thomas et Béatrice l'avaient seuls accompagné quand il avait dû quitter Villar, après qu'Étienne de Saint-Thibéry et Guillaume Arnaud, frères inquisiteurs du tribunal ordinaire de Toulouse, furent venus dans son château avec croix, bannières et soldats pour l'accuser d'avoir accueilli durablement de hauts dignitaires de l'Église hérétique et fulminer contre lui l'excommunication majeure. Il n'avait pas voulu se défendre ni tenter la moindre démarche pour se faire pardonner. En ce temps-là, trois saisons étaient passées depuis qu'il était revenu de Terre sainte où l'avaient attiré, selon ses juges, plus que la foi chrétienne, l'éclat du ciel et la futile passion des découvertes. A son retour, il n'était point parvenu à reconnaître le monde de ses jeunes années, ou s'il l'avait reconnu il s'était peu à peu rendu à l'évidence douloureuse que cette vieille vie n'était plus la sienne. Le jour même de son arrivée en Lauragais, à l'instant de franchir le pont du Villar dans l'heureuse mélancolie des retrouvailles il avait vu soudain dressé, immobile au milieu des gens de sa maisonnée qui accouraient à sa rencontre, un homme qu'il croyait pour toujours séparé de lui depuis leurs adieux sur les hauteurs de Jérusalem : Khédir l'Aveugle, aussi droit que son long bâton de buis, guenilleux et noble comme il l'était toujours quand il l'accueillait sous son figuier au feuillage plus haut que la terrasse de sa très sommaire demeure. Son apparence s'était presque aussitôt défaite parmi les bras tendus et le contentement des visages, mais Jourdain n'avait plus su regarder les siens ni répondre à leurs questions, à leurs larmes joyeuses, à leurs étreintes, que par affection contrainte et malaisée.

Khédir lui avait dit, au moment de leur séparation : « Je t'ai donné le beau voyage, va ton chemin, il sera long. » Et comme Jourdain entrait après deux ans d'absence dans la salle fraîche de son château retrouvé où l'attendaient, parmi les bousculades, une tablée de viandes, de cruches de vin, de gâteaux au miel et de fruits devant lui timidement poussés par des mains de filles, il n'avait ressenti que l'impatience de repartir, sans savoir où. Il était resté. Il avait invité des musiciens arabes, espérant le parfum des chants de Khédir. Il avait hébergé des hérétiques parce qu'il les avait vus démunis, comme Khédir l'était. Il avait écouté avec une passion d'affamé des hommes pourchassés par l'Église de Rome. Il avait parfois éprouvé, à les entendre, des saveurs fugaces. Mais aucun n'avait su lui dire le sens de cette parole énigmatique qu'il avait un jour reçue de Khédir, comme une pierre dans son cœur : « Tu ne seras pas construit tant que tu ne seras pas en ruine. »

Il s'était sans cesse redit ces mots, le jour mémorable où les inquisiteurs de Toulouse l'avaient défait de ses biens. Il était parti, soulagé au fond de lui d'aller sans autre espoir que ciel clair et bon vent. Thomas l'avait suivi parce qu'il admirait ses silences de voyageur lointain. Sans doute rêvait-il aussi de chemins infinis. Béatrice avait enfourché derrière lui sa mule. Comme ils le rejoignaient hors des remparts au petit trot de la monture, « Voyez, messire Jourdain, lui avait dit le garçon, fier comme un coq maigre, cette pécore ne veut pas vivre sans moi. Je ne peux la laisser à ces diables d'Église, elle ne survivrait pas ! »

Ils avaient erré quelques jours au hasard. A la foire Saint-Georges de Toulouse un messager était venu vers eux. Cet homme avait dit à Jourdain que Pierre de Mirepoix le faisait partout chercher depuis qu'il avait appris ses déboires. Tous trois étaient allés à lui dans son château d'Ariège. Les jeunes gens avaient passé leur temps de route entre disputes aigres et rêveries inquiètes, aux haltes nocturnes, serrés l'un contre l'autre comme des oisillons. A Montségur ils s'étaient établis dans la même cabane, et n'était point passé de jour sans que Jourdain songe secrètement à reprendre son chemin. Mais pour quel but ? Quelle promesse ? Il avait attendu. Il attendait encore.

– Nous voici proches de chez nous, mon maître, cria Thomas derrière lui, à quelques foulées de cheval.

Seuls ensemble parvenus à la fin des arbres, sur une butte peuplée de rocs et de hautes avoines rousses courbées sous la brise du soir ils s'arrêtèrent pour reprendre haleine. Comme ils contemplaient devant eux la vaste plaine du Lauragais que joignait au ciel, à l'horizon sans fond, la mélancolie du crépuscule :

– Est-ce sur nos terres que nous allons combattre ? demanda le garçon.

Et dans un rire d'enfant ébloui :

– Le cœur me bat, c'est la fatigue. Si vous me répondez que oui, je crains qu'il ne se rompe.

– Oublie Villar. Ce soir nous camperons ici. Demain nous mettrons cap à l'ouest, lui répondit Jourdain, désignant des lisières de bois le long des vignes, des champs, des brumes pourpres.

– Contre qui allons-nous ? Le savez-vous mon maître ?

– Je l'ignore.

– Qu'importe, dit Thomas. Monseigneur de Mirepoix ne peut nous conduire qu'à bonne guerre. J'ai hâte de prendre de ces mauvaises vies qui nous infectent l'air.

– Prendre une vie n'est ni bon ni facile, fils. Rien ne nous justifie de le faire, sauf de risquer la nôtre. Garde-toi de t'exalter.

Une rumeur de piétinements, de souffles fourbus et de cliquetis d'éperons envahit derrière eux l'air calme. Ils tournèrent bride et sans hâte rejoignirent Pierre qui s'égosillait à rassembler sa troupe égaillée parmi les hautes herbes et les buissons épars. Le grand diable fit tournoyer sa jument pour s'assurer qu'aucun de ses gens n'était attardé, puis désigna un bouquet de pins et ordonna que l'on attache là les montures.

Les hommes mirent pied à terre et menèrent leurs chevaux au petit bois. Comme ils se dispersaient, de l'abri des arbres jaillit soudain droit comme flèche un hurlement strident mêlé d'imprécations batailleuses. Pierre et Jourdain, qui déjà s'installaient au pied d'un haut rocher, d'un bond se redressèrent, en alerte soudaine. Près d'eux, entre les mufles de leurs chevaux tenus par la boucle des rênes, Thomas se prit à pousser des « ho, ho » stupéfaits, voyant apparaître sous les nuées mauves la grande carcasse d'Esclassan Mange-Fort, fauconnier de Péreille et sergent d'occasion qu'il avait de longtemps jugé simple d'esprit parce qu'on ne pouvait guère lui parler, même de choses graves, sans qu'il vous rie au nez à petits coups distraits. Pour l'heure il brandissait d'une main un lièvre colleté de chanvre et de l'autre tiraillait par le poignet une fille échevelée qui le suppliait et le houspillait et se débattait avec une sauvagerie de louve. Une brusque saccade la fit tomber de son long dans les avoines et les coquelicots. Cul par-dessus tête elle roula, se releva d'un coup de reins, malgré l'escogriffe qui l'entraînait à longues enjambées. A nouveau, tandis qu'il avançait sans se soucier d'elle en bombant son torse aussi noir et bouclé que sa barbe, elle s'acharna à mordre, à griffer, à s'arc-bouter, et trébuchant encore à s'agripper à tout sans pouvoir rien tenir, aspérités de rocs et branches de garrigue, touffes, ronciers, ciel même, le poing en sang, jusqu'à se voir devant Pierre jetée.

Elle resta sur l'herbe à haleter et lancer des regards de proie fuyarde à la lande presque dissimulée par les bottes venues de partout la cerner. Esclassan, la désignant de la poigne qui tenait encore le lièvre, dit qu'il l'avait trouvée à braconner à la lisière de la forêt. Elle avait seize ans, guère plus. Elle était vêtue d'un vieux sac où son corps se perdait, malgré sa ceinture de corde étroitement serrée. Sous l'averse de cheveux piqués de paille qui lui tombaient du front jusque sur la poitrine sa bouche se mit à trembler et balbutier. Vers Jourdain elle leva son visage crasseux. De lui seul, avec une véhémence éperdue, elle sembla exiger secours.

– Il nous faut la tuer, dit Pierre. J'ai promis que nous ne serions vus de personne. Nous risquerions trop à la laisser aller.

Elle tourna vivement vers lui la tête et se traînant sur les genoux elle voulut saisir la tunique de cette ombre démesurée qui venait de la vouer à la mort. Par une déchirure de son haillon un sein pointu fugacement parut. Des soudards rirent. Il en fut un pour s'accroupir et fourrer la main sous sa guenille en roucoulant des paillardises. Elle fit un bond si brusque de côté qu'elle s'en vint rouler contre Thomas. Les chevaux effrayés se cabrèrent. Le garçon eut grand-peine à les tenir. Il dit, presque emporté par les rebuffades des bêtes :

– Je pourrais avec moi la garder prisonnière.

Pierre haussa les épaules et ordonna d'un geste à

Esclassan d'amener la pauvresse à son sort décidé. Vint à Jourdain le désir violent de partir, loin et seul, mais il ne bougea pas, au contraire, il s'appuya contre le rocher et dit sèchement :

– Donne-lui sa chance.

Pierre regarda son frère d'armes. Il lui sentit cette force revêche que par une sorte de crainte qu'il ne s'expliquait pas il ne s'était jamais aventuré à contrebattre. Il en fut agacé, s'éloigna de quelques pas, revint comme s'il ne savait que faire de son corps. De fait, quand Jourdain parlait ainsi entre ses dents, de ce ton trop net et trop calme, il paraissait n'avoir plus d'ami en ce monde.

– Souviens-toi de nos chasses, dit-il encore sourdement. Au nord du bois sont des chiens et des hommes, au sud sont des chiens et des hommes, à l'ouest sont des chiens et des hommes. Nous gardons l'est ouvert. C'est le chemin de Dieu. Aux loups même on laisse leur chance. Donne à cette fille la sienne.

– Elle l'a eue, répondit Pierre. Elle aurait pu s'enfuir.

Il se prit à rire malaisément, le regard pitoyable, les bras ouverts à l'évidence.

– Le bois n'était fermé que d'un côté, mon beau !

– C'est vrai, j'y étais seul, dit Esclassan énormément jovial, tenant à bout de bras sa proie qui remuait encore comme bête hargneuse.

– Qui te parle, canaille ? rugit Pierre à sa face, tout d'un coup emporté par les tumultes qui lui bouillonnaient au cœur.

Comme un paquet de hardes il releva la fille et la jeta sur le bonhomme qu'il se mit à pousser au loin à grandes bourrades, coups de botte au train et hautes insultes après qu'il eut cessé de le poursuivre, tandis que l'autre, le dos courbé comme sous une ondée, à travers l'air du soir s'efforçait de courir avec son fardeau de pauvre vie.

Les hommes qui les environnaient s'éloignèrent. Les uns par petits groupes s'en furent au jeu de dés sur des pierres plates, d'autres à des palabres de fin de jour. Pierre soupira bruyamment, se tourna vers Thomas, lui désigna le grand bougre presque effacé au loin dans la brume nocturne.

– Suis-le, petit, dit-il. Surveille et reviens-nous.

Il attendit que le garçon se fût éloigné avec les deux chevaux, puis, paisible maintenant face à la vaste nuit :

– Elle tient un couteau caché dans sa guenille.

– Je l'ai vu aussi, lui répondit Jourdain.

– Dieu fera ce qu'il voudra, pas vrai ?

Ils rirent un peu, s'assirent contre le rocher et ne parlèrent plus.

Quand Thomas parvint au petit bois il lui sembla d'abord qu'Esclassan, dans les ténèbres, se colletait avec un spectre. Puis il devina une courbe d'épaule, des mains affairées, un visage tout à coup apparu hors d'une chevelure obscure. La fille, droite contre un arbre, s'était dénudée jusqu'à la taille. Il la vit offrir ses seins aux embrassements du bonhomme, tandis qu'elle lui défaisait la ceinture et se frottant à lui soulevait par à-coups nerveux son haillon le long de ses jambes ouvertes. Le corps lourd qu'elle excitait impatiemment se courba sur elle pour empoigner ses cuisses sous son vêtement troussé. De gorge en bouche et creux de cou son mufle se mit à grogner. Elle poussa un cri d'oiseau, eut un brusque sursaut aussitôt étouffé sous la large carrure de l'homme. Un instant il sembla la submerger tout entière et l'engloutir en lui, puis hors de son encolure massive un bras apparut soudain, frêle et blanc comme la lune, erra dans l'air, et d'un trait s'abattit sur sa nuque.

Esclassan Mange-Fort exhala une sorte de soupir rauque, rien de plus. Il ploya les genoux, battit l'obscurité, chercha appui pour se garder debout. La fille sous lui prestement se déroba. Il n'étreignit que bois rugueux. Lentement, écaillant l'écorce, il se laissa glisser à terre tandis qu'elle fuyait, à demi nue, bondissante au-dessus des bruyères, agile entre la nuit opaque et les lueurs d'étoiles, déjà lointaine et disparue.

Thomas s'en vint au corps agenouillé sous le haut feuillage noir en criant le nom de son compère de campagne mais il n'en eut pas de réponse. Esclassan tenait le tronc étroitement embrassé contre sa joue. La bouche ouverte et les yeux fixes il semblait écouter de secrètes paroles d'arbre avec l'imperturbable attention des morts. Du manche de couteau fiché dans son échine le sang suintait à peine. Le garçon, répugnant à l'ôter, tendit une main indécise, gémit :

– Oh ! Dieu de Dieu !

Il se releva sans avoir rien touché, se détourna, bégaya. Un long hurlement d'appel à l'aide déborda de sa gorge. Les bras en avant il s'élança hors du bois. Comme il s'époumonait à travers la lande, courant au rocher noir où il avait laissé ses maîtres, Pierre et Jourdain vinrent en hâte à sa rencontre. Aux bribes haletantes qui les assaillirent ils surent la nouvelle avant qu'elle soit dite. Pierre se mit à secouer l'écuyer en pestant et en exigeant à grosse voix d'inutiles précisions sur les circonstances du meurtre. Tandis que le jeune affolé, les mains agitées, démêlait à grand-peine flots de mots et souffle court, Jourdain, sans souci de l'entendre, s'éloigna vers le bois. Il n'erra pas longtemps à chercher Esclassan. Le perdu n'était guère éloigné de l'abri de branches où les chevaux broutaient l'herbe, paisibles comme au jardin d'Éden. De son dos arrondi il arracha l'arme paysanne tout juste bonne à trancher raves et collets et le coucha le long d'un buisson d'aubépines.

Aux quelques soudards venus le rejoindre il ordonna de creuser une fosse et d'enterrer leur frère de route. Aucun ne demanda de quelle main le pendard était mort. Aucun ne le plaignit, ni ne pria pour lui, ni ne maudit le sort. Chacun fit son travail en silence contrit, les uns à fouir la terre et à rassembler des cailloux pour en couvrir le tertre, les autres à déshabiller le cadavre jusqu'à le mettre nu. On ne lui laissa que les deux clous de forge liés en croix qu'il portait au cou au bout d'un lacet de cuir. Sa tunique et sa dague, ses bottes et ses chausses, sa ceinture à boucle de cuivre et les six deniers de sa bourse furent jetés en tas près de sa tombe et partagés à la fin de l'ouvrage entre les fossoyeurs, comme un butin de jeu.

Quand les hommes allèrent dormir, la lune à la cime des pins régnait déjà sur ses troupeaux d'étoiles. Jourdain s'en revint au campement sommaire où étaient Pierre et Thomas. L'écuyer tremblait et sans cesse remuait sous sa couverture. Pierre, de son long étalé, les mains croisées sur la nuque, contemplait fixement le ciel.

– Nous n'aurions pas dû laisser son couteau à cette fille, dit-il.

Un moment il se tut, puis :

– A quoi bon nous creuser la misère ? Peau contre cuirasse, elle l'aurait tué quand même. Le combat n'était pas égal. Elle avait la bonne peur, celle de son ennemi. Il avait la mauvaise, celle de se faire grand mal en trouant cette renarde.

Il se tourna d'un coup contre le roc, des pieds et des reins poussa ses compagnons au large et se pelotonna. Des ronflements tonitruants envahirent bientôt l'air nocturne.

– Mon maître, dit tout à coup Thomas à voix basse et pressante, croyez-vous qu'Esclassan, la nuit dernière, a dormi simplement, comme nous dormons tous ? Croyez-vous pas qu'un savoir lui est venu, un mot pour tout comprendre, un air de Dieu peut-être, dans son dernier sommeil de vivant ?

Le garçon se souleva sur le coude, chercha le visage de cet homme au savoir fort et sûr selon son jeune cœur, mais ne put le voir. Jourdain avait tiré son manteau sur ses yeux. Thomas crut qu'il dormait. En vérité, dans le creux de fatigue où il était, il avait abandonné à la confusion des ténèbres le mystère où étaient désormais ensemble le mort et la vivante enfuie. Il pensait à Jeanne comme l'on pense parfois à des êtres inattendus, et s'en trouvait étrangement apaisé.

Le lendemain vers le milieu de l'après-midi ils sortirent de la forêt d'Antioche et firent halte dans un hameau où ne vivaient qu'une vieille femme, une chèvre, quelques volailles et un cheval de trait. Là, ils s'assemblèrent à l'abri d'une grange où logeaient des oiseaux aux ailes lourdes dans l'obscurité des hautes poutres. Pierre fit asseoir ses hommes parmi la paille poussiéreuse. Il leur dit que l'angélus lointain qui leur venait par le portail ouvert était celui d'Avignonet. Il leur dit aussi qu'Étienne de Saint-Thibéry et Guillaume Arnaud, juges inquisiteurs de Toulouse, avec leurs clercs, leurs scribes, leurs registres et leur garde, étaient depuis trois jours dans cette ville, mais qu'ils n'y condamneraient personne comme ils en avaient l'intention car lui, Pierre de Mirepoix, avait en grand secret conduit jusqu'à ce lieu sa troupe afin qu'elle fasse carnage de ces maîtres du pays, haïs et craints de tous. Il en avait ainsi décidé avec le vénérable Bernard Marti, guide de leurs âmes, et Jacques d'Alfaro, demi-frère du comte Raymond de Toulouse et seigneur du château où logeaient ceux qui devaient mourir.

Il affirma enfin que la bénédiction du comte Raymond leur était acquise, et que ce noble allié de leur cause n'attendait que la mort des persécuteurs de son peuple pour rameuter ses barons et se joindre aux villes et villages où l'on prendrait assurément les armes, dès la nouvelle apprise. Ainsi seraient partout brûlés les registres d'inquisition, partout les moines s'en retourneraient tête basse à leurs couvents et abbayes, partout les Français harcelés se verraient forcés de quitter à jamais les terres du Lauragais, de Comminges et de Provence. Il se tut et se prit à rire, submergé de vivats jubilants et féroces. Il ouvrit les bras pour accueillir ses gens qui lui venaient autour mais resta tout surpris à regarder dehors. Jourdain était debout dans le jour du portail. Il lui tournait le dos. Près de ses bottes immobiles des poules picoraient la poussière. Comme tous l'appelaient, lentement il s'éloigna dans la cour vide.

3

– Hommes et femmes, que Dieu soit dans votre cœur comme la flamme d'une lampe. Qu'Il vous garde en éveil, qu'Il vous désigne l'ami vrai, le chemin juste et le grain nourricier, qu'Il tienne éloignés de vous les animaux sauvages, comme la flamme d'une lampe. Hommes et femmes, que Dieu vous rassure dans l'obscurité du monde, comme la flamme d'une lampe. *Amen.*

Ainsi parla d'abord Bernard Marti à ceux de Montségur réunis dans la cour entre les auvents sombres où remuaient les bêtes. Sous la lune presque ronde posée en haut du mur nul ne bougea dans l'assemblée. Les parfaits en longue robe aux premiers rangs restèrent recueillis. Derrière eux les pauvres hères des cabanes attendirent d'autres paroles, en silence anxieux, sauf Mersende qui se mit à dodeliner et soupirer qu'elle avait trop mal aux jambes et trop envie de vider sa tripaille pour supporter longtemps de telles patenôtres. Jeanne et Béatrice la poussèrent du coude en étouffant des rires. Elle se rebiffa comme une chatte de broussaille et leur répondit vertement que soulager sa colique lui était pour l'heure autrement urgent qu'élever son âme. La réprobation alentour attisant sa hargne, elle se prit bientôt à ronchonner contre ces hommes qui la voulaient gouverner jusque dans ses soucis de ventre, et peu à peu, laissant enfler sa grincherie :

– Je voudrais bien voir ces grands péteux aux pots et aux lessives, aux chiures, aux morves, aux misères d'enfants, aux fumiers, aux légumes, aux lavements des paillasses, dit-elle. Ils apprendraient la vie d'où ils sont tous sortis et peut-être bien trouveraient Dieu plus sûrement que dans les philosophies de ce marchand de lampes qui va nous faire prendre froid à nous tenir dehors quand les volailles dorment. Je sais de qui je parle. Je l'ai connu jeunot, fier comme un paon et beau comme on ne sait plus l'être. Et je l'aime toujours, pauvre de moi !

Le vieux Bernard, l'air surpris, chercha d'où venaient ces grincements à grand-peine assourdis par les remontrances et petits cris des femmes faussement indignées à l'abri de leurs châles. Il devina l'aïeule, que cachaient ses compagnes. Jeanne le vit ému plus qu'il n'aurait dû l'être. Elle s'étonna, rencontra le regard du seigneur de Péreille qui scrutait lui aussi les visages, tandis que dans le groupe noble où se tenaient Corba son épouse, Esclarmonde, Arpaix et Philippa ses filles, on murmurait entre soi. Dans le donjon n'était resté personne, sauf le veilleur sur la terrasse. Son chant de bonne garde et de paix des ténèbres du haut des nuées noires vint errer sur la cour, guttural, long et lent, et dans le vent léger s'en retourna vers des tranquillités inaccessibles.

– Il est temps que vous sachiez où sont ce soir nos hommes, dit Bernard.

Il voulut poursuivre plus avant. D'un instant il ne put.

Sa bouche trembla mais il ne baissa pas le front, au contraire il se raidit et la lumière de ses yeux se perdit au-dessus des gens, son capuchon noir sur son crâne glissa, ses longs cheveux blancs frémirent sur ses oreilles et il resta ainsi désarmé, vulnérable comme si l'assaillaient toutes les nuits du monde, le temps que passe encore une bribe de litanie du veilleur invisible. Puis à nouveau il parla. Il dit à grands efforts pour quel travail était partie la troupe. Il prit la main de Péreille à son côté debout et rapporta fidèlement ce que cet homme de bien, et Pierre de Mirepoix son gendre, et Jacques d'Alfaro et peut-être le comte Raymond dans son palais espéraient du meurtre des inquisiteurs de Toulouse : le soulèvement du peuple, la guerre décisive, la fin des bûchers et des persécutions, le retour de la paix tolérante et joyeuse. Il dit enfin :

– Je ne leur ai pas interdit ce massacre parce qu'on ne peut interdire au torrent d'aller à sa vallée. Je leur ai dit pourtant qu'à combattre des diables avec des armes de diables ils risquaient grandement de devenir semblables à ces êtres qu'ils détestaient. Ils m'ont répondu : « Devons-nous rendre gorge et nous laisser mourir ? » Je leur ai dit : « Nous le devons si nos âmes l'exigent, car nos âmes sont plus vastes et plus précieuses que nos existences. » Ils m'ont répondu : « Que valent notre âme et la tienne au regard de mille et mille gens que nous pouvons sauver ? » Je leur ai dit : « Elles valent ce que Dieu vaut. » Ils m'ont répondu : « Dieu veut la vie. » Alors je leur ai dit : « Pauvres enfants, de quelle sorte de vie parlez-vous ? » Et nous avons tous baissé la tête, et après longtemps sans rien dire Pierre m'a demandé de le bénir et de bénir ses hommes, et je les ai bénis, car ce sont mes enfants.

Il ouvrit à demi les bras, hésita, et tandis que sa robe ondulait au gré du vent fraîchi :

– J'ai parlé comme je le devais. Mais je veux maintenant devant vous confesser que je ne peux m'empêcher d'espérer et de me réjouir au fond de moi, car il est peut-être vrai qu'après la mort de ces inquisiteurs notre vie changera. Il est peut-être vrai qu'à nouveau nous pourrons aller sans souci sur les chemins. Il est peut-être vrai que les bons chrétiens ne subiront plus ni le bûcher, ni la prison, ni l'insulte des gens de Rome. Hommes et femmes, tout est vanité et pourtant rien jamais n'est vain. Entre ces deux vérités il nous faut tracer notre route de vivants ivres de Dieu. Qu'Il vous conduise à bonne fin.

– S'il n'avait pas dit qu'il était content, grogna Mersende, il aurait goûté de ma pigne.

Elle sortit de son ample poche une pomme de pin, la fit sauter à petits coups dans sa main comme un caillou vengeur, puis tout soudain regarda ses compagnes, l'air douloureux, s'empoigna le ventre et s'en alla, trottant, gémissante et courbée, vers l'ombre du dehors.

Bernard Marti, Péreille et sa famille laissèrent là leurs gens et franchirent le seuil du donjon dans l'envahissante lueur d'une paire de torches portée par un jeune parfait. Alors les regards s'illuminèrent dans la cour délivrée de leur présence, les corps se délièrent, et tous, laissant aller leur bonheur étonné, s'égaillèrent en petits groupes pour commenter la nouvelle. Partout ne furent bientôt que pépiements, grosses voix satisfaites, étreintes, fiertés guerrières, allées et venues vives. Une femme longue et maigre se prit à rire à grands cris de poule égorgée après que Mathias l'Arquet, hissé sur la pointe des pieds, eut dit à son oreille une galanterie de petit homme. Elle le repoussa, jouant les prudes, puis revenant à lui les yeux étincelants elle le mit au défi, puisqu'il se sentait de belle humeur, d'improviser quelques quatrains sur la prochaine entrée en enfer des juges inquisiteurs de Toulouse. Mathias, qui depuis la mort de sa Raymonde cherchait une paillarde d'assez bon cœur pour aimer aussi son marmot, tendit à la grande perche ses paumes ouvertes comme s'il lui offrait la mélopée fort incertaine aussitôt jaillie de sa gorge et se mit à braire une longue diatribe en vers boiteux et rimes pâles. Les gens firent cercle autour de lui, s'amusant fort de ses mines de pitre et approuvant hautement les naïvetés ordurières et obscénités sodomites dont il accablait les dépouilles imaginées de ces clercs de haut vol si longtemps redoutés. On se prit à battre des mains, à frapper le sol du talon et à chanter avec lui, à mener tapage de fête.

Seules, Jeanne, Béatrice et quelques épouses de sergents restèrent en groupe serré contre le pilier de la forge à parler de leurs inquiétudes rassurées, du peu de danger que couraient leurs hommes et de leur retour probable avant deux nuits. S'exaltant à voix menue elles en vinrent à peser leurs chances de revoir bientôt leurs villages, leurs vignes, leurs marmites et leurs coins de feu, s'il était vrai que l'on n'aurait plus à craindre les gens d'Église et leurs tribunaux qu'elles ne pouvaient encore évoquer sans effroi. Une femme de Revel, émue aux larmes, s'inquiéta même de l'état de sa maison depuis un an abandonnée et du ménage qu'il lui faudrait y faire, car nul n'y avait vécu après elle. Béatrice, radieuse et butée, affirma que si Dieu voulait elle se faisait fort d'épouser Thomas, au Villar, avant la Saint-Michel de septembre. Elle se tourna vers Jeanne, prit sa main.

– Tu y viendras, dit-elle.

Jeanne lui sourit pauvrement et ne sut lui répondre. Tout à coup désemparée elle découvrit qu'elle avait laissé Vendines comme on se défait de l'adolescence, à peine quittée, déjà pour toujours étrangère, et qu'elle n'avait désormais d'autre lieu où se trouver heureuse que dans le cœur d'un homme insaisissable et dans l'enfantement d'un être qu'elle devrait bientôt sans cesse rassurer, elle qui n'était sûre de rien. Dans la confusion où elle était, l'espoir lui vint que Bernard Marti pourrait peut-être la secourir. Il connaissait bien Jourdain. Le vieil homme devait être dans sa cabane à cette heure, elle l'avait vu sortir du donjon et quitter le château quand Mathias l'Arquet s'était mis à chanter. Mais comment aller l'importuner avec ses misères de femme, lui qu'elle avait vu tout à l'heure si rudement déchiré entre terre et ciel et si seul devant ces innocents qu'émerveillaient des meurtres ? Elle dit à ses compagnes qu'elle avait froid, serra son châle sur sa poitrine et s'en alla seule.

Marti entendit son pas léger s'approcher sur le sentier. Il avait décidé de ne point dormir jusqu'au retour des hommes. La fatigue brûlait ses yeux. Il sentit pourtant, écoutant s'éloigner cette vie qui venait d'effleurer sa porte, qu'au fond de lui était un être qui savait faire cela : passer, traverser les souffrances en visiteur du monde, marcher, furtif et sûr, vers d'infinis mystères, sans s'arrêter jamais.

Dans la cour du hameau Pierre vint à Jourdain qui contemplait au bout de l'aire le bois peuplé de chants d'oiseaux. Une chèvre à côté broutait les feuilles d'un buisson, sous elle son chevreau lui tétait la mamelle. Le jour pâlissait. La voix du grand jovial sonna haut dans l'air calme.

– Nos gens sont plus contents que s'ils allaient courir les bordels de Toulouse, dit-il. Pourquoi donc restes-tu à l'écart, mon tout beau ?

Près de lui il fit halte, risqua un regard bref, vit son compagnon d'armes d'humeur si taciturne qu'il s'inquiéta. Il dit encore, malaisément joyeux :

– Tu conduiras la troupe. Ainsi j'aurai l'esprit tranquille, tu ne te perds jamais dans le noir compliqué. Je te suivrai jusqu'au rempart. Je garderai la porte du village avec Berriac et Taillefer. Pour l'instant il nous faut attendre. Quelqu'un d'Avignonet viendra nous prévenir quand nos diables seront en chemise de nuit.

– Qui sera dans la chambre ?

– Ceux-là qui t'ont ruiné, Jourdain, tu le sais bien : Saint-Thibéry, Arnaud, répondit le compère, fronçant le nez, fuyant de l'œil.

– Qui d'autre ?

– Des gens sans importance : quelques moines, un diacre et son servant, des greffiers, un notaire. Hé, qu'as-tu donc à me tarabuster ?

– Notre Marti sait-il ce que nous allons faire ?

Pierre s'illumina. Il répondit, sûr d'estoquer d'un coup les ombres malfaisantes qui leur tournaient autour :

– Ne t'inquiète de rien. Il sait que nous marchons pour le bien du pays. Il nous a tous bénis.

Il rit et déchanta, et se tint à l'affût, voyant Jourdain remuer de droite et de gauche la tête et regarder au loin comme si lui venait une épreuve inacceptable. Pierre de Mirepoix sut alors que le mal était profond dans le cœur de son frère. Aussitôt l'envahit une bouffée de peine et de colère sourde. Jourdain, d'un souffle, murmura :

– Il ne peut avoir fait une chose pareille.

– Pourquoi donc ?

– C'est un pur.

Il dit cela dans un élan d'évidence douloureuse, voulut parler encore, se tourna vers son compagnon. Il parut un instant en espérer secours, puis revint à sa rumination, l'œil sombre et le front bas, triste comme devant un ami trépassé.

– C'est un assassinat que nous allons commettre.

Pierre, comme il faisait toujours au bord d'une bataille de mots, s'éloigna de trois pas, les mains tout agitées, et s'en revint bientôt débordant de paroles.

– Dans quelle guerre te crois-tu, mon joli ? rugit-il. Vingt morts à Pennautier, gens de bien, tous paisibles, trente à Saint-Paul-en-Croix, dix-huit l'autre semaine à Limoux, dont sept femmes et une fille de douze ans. Voilà pour ce mois-ci. Et je ne compte pas les bûchers de rencontre, les défunts déterrés jetés au feu public, et les emprisonnés, et les maisons défaites. Ici, dans ce hameau, tous ont péri, sauf la vieille et sa chèvre. Sais-tu combien de gens ils sont venus juger à Avignonet ? Trente-huit. Le temps des beaux combats armure contre armure est fini, mon Jourdain. Les règles sont changées. Nous avons à trancher des langues venimeuses, à faire rendre gorge à des bandits aussi puants que pestes, et s'il faut pour cela nous rabaisser à de sales ouvrages, eh bien troussons nos manches et remuons l'ordure jusqu'à racler le fond, foutredieu, sans vaines simagrées !

– Pierre, voilà que tu parles comme eux. Mener à bien le ménage du monde, arracher les mauvaises vies, ruser parce qu'il faut et torturer les corps par nécessité froide, ils ne disent rien d'autre. Ils t'ont déjà vaincu si tu fais comme ils font.

Pierre ricana sec.

– Contre qui joue sournois il faut jouer sournois, dit-il. Sinon nous serons bientôt plus sûrement perdus que par tes prétendues contagions de paroles.

– Sais-tu en vérité, lui demanda Jourdain, ce que nous ferons, tout à l'heure, dans la chambre où dorment ces gens ?

– De la pâtée de clercs.

– Des martyrs.

– Tu plaisantes, mon grand, les martyrs sont chez nous. Demain, dans les villages, quand arrivera la nouvelle, ce n'est pas le tocsin que sonneront les cloches, mais la fête des fous, la belle délivrance. Tu n'imagines pas les joies qui viennent. Comment le pourrais-tu ? Le bonheur te fait peur.

Jourdain se détourna, un instant démuni. Il pensa qu'il aimerait plus que tout au monde ce mot jeté à sa figure s'il lui venait un jour comme une averse bienfaisante sur cette sorte de cuirasse de terre sèche dont il se sentait malaisément vêtu, chaque fois que l'on s'aventurait aux abords de son cœur. Il dit, amer et simple :

– Imagine ces hommes que nous allons tuer, couchés, grotesques, presque nus.

– Ils ne souffriront pas le millième du mal qu'ils ont semé partout sur ce pauvre pays.

– Ils seront sans défense.

– Tant mieux pour nos soldats.

– Pierre, Pierre, si quelque fou de foire, quand nous étions en Terre sainte, t'avait prédit qu'une nuit de ta vie tu pousserais ta troupe dans une chambre ouverte par traîtrise pour surprendre des moines sous leur couette et leur casser le crâne avant qu'ils ne s'éveillent, qu'aurais-tu fait, dis-moi ?

– J'aurais assurément assommé le jean-foutre. Nous étions dans nos vieilles guerres, tout était franc en ce temps-là. Rien ne l'est plus.

Jourdain sourit et dit encore :

– Un jour, à Jérusalem, nous avons sauvé un homme de la mort, un derviche inconnu.

Pierre hocha la tête.

– Certes, je me souviens. C'était ton vieux Khédir.

– Des croisés de Bourgogne le bottaient comme un sac au milieu de la ruelle qui conduit au Saint-Sépulcre.

– Nous l'avions pris, de loin, pour un tas de guenilles, dit Pierre, l'œil tout à coup pareil à un trait de soleil au sortir d'un nuage.

– Les soudards ont cru voir un taureau leur tomber sur le râble, tant tu leur es venu furieusement dessus.

– Autant qu'il me souvienne, répondit le jovial, je n'ai cassé que quelques dents. Tu as fait pire, mon beau. Tu as rompu un bras et enfoncé deux trognes. Notre cause était bonne. Khédir était un sage.

– Nous l'avons su plus tard, dit Jourdain. Nous n'avons relevé, ce jour-là, que le corps d'un mendiant aveugle. Et s'il avait été le diable ?

– Hé ! nous aurions pareillement couru à son secours ! murmura son compère, rêveur et riant doux.

Jourdain aussi se prit à rire, content et véhément comme si lui venait une découverte de grand prix.

– Oui, dit-il, nous aurions pareillement couru à son secours, car même le diable, par je ne sais quel mystère, même lui aurait échauffé notre pitié, s'il nous était apparu comme un miséreux tourmenté par des ivrognes en armes. Dieu, tellement absent du monde, se cache peut-être là, et peut-être ne se révèle que là, dans cette sorte d'innocence d'enfant qu'on voit toujours aux êtres sans défense, même les pires. Pierre, si nous tuons ces gens, le dégoût de nous-mêmes nous viendra dans la gorge chaque fois qu'un homme de cœur nous offrira son amitié.

Pierre parut brusquement s'éveiller, resta un moment à bafouiller des mots éberlués, puis, d'un coup s'insurgeant :

– Tu divagues. Ces moines sont des bourreaux. Malheur sur toi, mille dieux, si leur sang te fait peur.

– Un bourreau martyrisé n'est plus un bourreau mais une victime, lui répondit Jourdain d'un grand souffle impatient. Enfonce donc cela dans ton crâne de bœuf !

– Hé ! brailla l'autre, ceux de Pujols, de Saint-Paul, de Limoux, et ceux qu'ils sont venus juger chez d'Alfaro, que sont-ils ? Des coupables ?

Il s'éloigna, revint, soupira bruyamment, dit encore :

– Jourdain, nous tuerons cette nuit qui nous devons tuer. Je sais, l'ouvrage est sale. Eh ! nous nous laverons ! Ce que l'on fait, le temps l'efface. L'important est ce que l'on est. Les malfrats que nous menons ensemble n'auront aucun besoin de courage pour cogner de la hache et jouer du couteau. Il leur suffira de se laisser aller à leur jubilation de bêtes enragées. A nous, il faudra plus de bravoure que nous n'en avons jamais eu, parce que nous sommes de bonnes gens, toi et moi, et que nous aurons à vaincre les plus rudes ennemis qui soient : nous-mêmes, et cette sorte d'amertume insupportable qui vient avec la crainte d'être indignes. Mais nous ne nous perdrons pas. Demain, quoi qu'il arrive, même empêtrés de misères imprévues, nous n'aurons pas à avoir honte. Bien ou mal, nous aurons fait ce qui était à faire, avec ce que nous sommes et comme nous pouvions.

– D'autres inquisiteurs viendront après ceux-là, plus exaltés encore et plus impitoyables, parce qu'ils se sentiront justifiés par le sacrifice de leurs frères, marmonna Jourdain. Pierre, je ne crois plus en rien de bon.

Il se tut un moment, puis, tout brusque :

– Qu'importe, je ferai la besogne.

– Bientôt la guerre s'allumera partout, Jourdain, la belle et bonne guerre. D'ici quelques matins il pleuvra des miracles, dit Pierre, les doigts agiles au-dessus de sa tête, content et délivré.

Riant à petites cascades il regarda son compagnon. L'autre, le voyant ainsi faire le pitre, bredouilla des jurons découragés mais ne put empêcher un sourire de poindre. Pierre grimaça de plus belle. Alors, tout à coup débondé, Jourdain se mit à singer son compère, puis le prit au collet et le poussa au large en l'accablant d'insultes démesurées. Tous deux bientôt en vinrent à se défier énormément, pareils à des enfants jouant à la bataille, jusqu'à ce que Pierre submergé de bourrades se prenne un éperon dans de grosses racines. Il battit l'air, les yeux tout ronds, poussa un « ho » de fin de vie et tomba cul par-dessus tête dans un buisson piquant. Comme il tendait les mains en hurlant comiquement à l'abandon, il vit trotter vers eux à travers la cour le messager de Jacques d'Alfaro. C'était un homme sec et petit, au teint bistre. Jourdain, débordant de politesses excessives, le présenta au seigneur de Mirepoix. Pierre, assis dans son roncier, lui ouvrit grands les bras et lui dit rudement qu'il arrivait à la bonne heure.

Le bonhomme effaré se courba pour l'aider à se défaire des mille branches épineuses qui de partout s'agrippaient. Il n'osa que quelques demi-gestes, appela d'un coup d'œil Jourdain à son secours, mais le voyant amusé, nonchalamment appuyé contre un arbre, il se redressa, tout à coup circonspect, et se résolut enfin à parler avec un empressement si volubile qu'il en perdit ses mots au bout du premier souffle. Pierre, remis sur pied, le prit aimablement par l'épaule et lui demanda son nom. Il répondit qu'il s'appelait Golairan. Il ajouta aussitôt dans un grand élan de fierté naïve et trébuchante qu'il était le fils de Na Bernarda, dont monseigneur d'Alfaro avait tété comme lui-même le sein dans son enfance. Après quoi, assez échauffé pour exposer sans fautes ce que son maître désirait faire savoir à ses compagnons de complot, comme un âne qui trotte il s'engagea sur son chemin de paroles.

Pierre et Jourdain apprirent ainsi que Jacques d'Alfaro avait ordonné à son humble frère de lait de recruter une dizaine de villageois et de les poster dès la nuit tombée aux abords du château, afin que nul n'en approche sauf ceux qui devaient y venir. Golairan s'était acquitté de cet ouvrage avec une irréprochable minutie. Par malice finaude il avait un soir rassemblé ses compagnons sur le perron même de l'église, dans la fraîcheur et l'odeur d'encens qui venaient au-dehors par le portail ouvert. A la vue des passants et des petits groupes parmi la place, il leur avait parlé sans passion apparente, l'air matois, comme s'il devisait des pluies et des soleils. Dès qu'ils avaient su ce que l'on attendait d'eux, les conjurés s'étaient convaincus de la fin prochaine de leurs misères et de leurs terreurs, car tous avaient grandement à craindre de ces impitoyables inspecteurs d'âmes pour qui l'on dressait déjà estrades et tentures dans la cour du château. De si violents espoirs les avaient alors envahis que le petit homme, pour tempérer l'exaltation de leur dévouement, les avait entraînés dans le pré carré du cimetière où n'était personne à cette heure crépusculaire. Il les avait là sermonnés à voix basse. Point assez. Car depuis ce jour et jusqu'à l'instant de rejoindre monseigneur de Mirepoix dans ce hameau il avait dû courir des uns aux autres, sans cesse inquiet de brider les fanfarons et de menacer de mort les possibles bavards. Aucun, grâce à Dieu, n'avait failli. Tous étaient maintenant à leur poste dans la ruelle qui grimpait du rempart du village au portail du donjon.

Pierre, brusquement impatient, écarta Golairan et décida qu'il était temps de se mettre en chemin. L'autre hocha la tête à petits coups d'oiseau, mais dans le même temps, soucieux de ne rien omettre, il redressa sa taille brève, haussa d'un ton sa voix nasillarde et redoubla de paroles et de trébuchements. Comme le grand diable hésitait à s'éloigner, il dit que les juges inquisiteurs conviés à dîner par monseigneur Jacques en étaient sans doute, après ce repas dont il avait pu, tout à l'heure, flairer les parfums de bonnes viandes, à leurs dernières dévotions avant le repos de la nuit. Peut-être même, à l'instant où il parlait, étaient-ils déjà en chemise. Pierre d'un clin d'œil invita Jourdain à le suivre et s'en retourna vers la grange où étaient ses gens. Golairan se mit alors à trotter derrière eux, l'index devant sa face, pour préciser encore qu'il ignorait dans quelle salle avaient été dressés les lits des enfroqués, car il n'avait pour mission que de conduire la troupe à la poterne du donjon où son maître attendrait. Il prévint ces nobles personnes qui ne l'écoutaient plus guère que Jacques d'Alfaro n'aurait pas de torche mais serait vêtu d'un pourpoint de satin blanc. Ainsi les sergents de monseigneur de Mirepoix pourraient le suivre sans peine, dans l'obscurité des jardins et des couloirs, jusqu'à la chambre des moines. Comptant malaisément sur ses doigts il voulut dire enfin qui étaient ces clercs qu'il fallait tuer. Pierre se retourna, grommela qu'il en savait assez et d'un geste agacé lui imposa silence.

– As-tu peur ? dit Jourdain.

– De quoi donc ? grogna l'autre.

– De voir ces gens prendre vie, s'ils sont nommés.

Pierre se torcha le nez d'un revers de poignet, remonta son ceinturon sur sa bedaine.

– Cesse de te moquer, dit-il. Nous avons du travail.

– Hé ! poursuivit Jourdain en riant doucement, les ruisseaux ont un nom, même devenus secs. Il en va de même pour les hommes. Si tu ne sais rien d'eux, tu peux les effacer du monde aussi simplement que des ombres. Mais si tu connais leurs noms, mon âne, voilà qu'ils demeurent vivants.

– Tais-toi donc, répondit son compère en chassant devant son visage des mouches imaginaires. Tu radotes comme un vieux juif.

– Bien, bien, murmura Jourdain, tout suave.

Il prit Golairan par l'épaule, l'attira dans leur compagnie.

– As-tu entendu? lui dit-il. Monseigneur de Mirepoix ne craint pas que les noms de ses prochaines victimes lui bourdonnent dans la mémoire. Son âme est sans souci. Tu peux parler, bonhomme.

L'autre fort satisfait leva la tête au ciel, sortit entre les lèvres la pointe de sa langue, joignit ses doigts crasseux sur son ventre concave et ânonna, l'air pénétré :

– Donc, puisque messeigneurs le désirent, voici. Outre Étienne de Saint-Thibéry et Guillaume Arnaud, seront dans cette chambre deux frères prêcheurs : Garsias d'Aure et Bernard de Roquefort ; un frère mineur : Raymond Carbonnier ; l'archidiacre Escriban et son clerc Bertrand ; un notaire : Pierre Julia ; et deux appariteurs : Aymar et Fortanier. Monseigneur Jacques, en récompense de mes services, m'a promis le cheval de l'archidiacre, qui est une fort belle bête. J'espère que vos sergents ne me la disputeront pas. Cela déplairait fort à mon maître, autant qu'à vous-mêmes, assurément.

Jourdain le rassura d'un ébouriffement négligent puis s'en fut au milieu de l'aire battue où étaient les chevaux autour d'un vaste chêne. Golairan eut un sourire modeste et salua, bien que personne ne fût plus devant lui. Pierre, la tête dans les épaules, pénétrait déjà dans l'ombre de la grange. A peine franchi le seuil il y mena un raffut si tonitruant et ravageur que les hommes, comme chassés par une bouffée de bourrasque, furent aussitôt dehors, empêtrés dans leurs savates délacées, ou dans leurs chausses basses, ou dans leurs ceinturons encombrés de ferrailles, haches, épées et dagues.

Monseigneur de Mirepoix fut le dernier à sortir. L'enjambée longue, bousculant sa troupe devant lui et dispersant dans la nuit naissante la nuée de brins de paille qui l'environnait, il s'avança dans la cour, heurta Golairan sans paraître le voir, vint enfin à l'abri du feuillage où déjà bruissaient ensemble étriers, harnachements, sabots et corps. Il se hissa sur sa monture et dans l'obscurité que ne troublait nul vent il désigna ceux qui chemineraient en tête avec son frère d'armes et ceux qui fermeraient avec lui la chevauchée. Après quoi, poussant parmi ses gens sa jument impatiente il prévint à voix sévère que tout le butin ramassé dans la chambre des moines devrait lui être remis, jusqu'au moindre denier. Il dit enfin, haussant encore sa puissante figure :

– Et s'il est parmi vous un bougre d'assez bon cœur pour me ramener la tête de Guillaume Arnaud, je ferai de son crâne une coupe ornée d'un pied d'argent joliment ouvragé et je l'offrirai à notre bon Jourdain, afin qu'il y boive à son aise le vin de ses belles vignes du Villar que nous vendangerons bientôt avec nos femmes. Allez, mes bons enfants, et revenez-moi tous !

Il rit dans les vivats sonores, se tourna vers son compagnon qu'il croyait à côté, ne le vit point, s'inquiéta.

Il le chercha, l'aperçut au bord du clair de lune, éperonna sa bête jusqu'à lui, saisit fermement son bras et se tint ainsi silencieux, le visage tendu, en grand souci d'une parole d'amitié. Jourdain le regarda, l'air rancunier. Il lui dit :

– Dieu te garde, bandit.

Pierre se redressa, rayonnant, lança au ciel un hurlement sauvage et galopa vers le fond de la troupe où parmi ses gens il se perdit.

A l'instant où les chevaux s'ébranlaient, la vieille femme du hameau que personne n'avait encore vue apparut avec sa chèvre dans la lumière nocturne qui baignait la cour. Elle trotta, courbée sur son tablier qu'elle tenait en boule contre son ventre, jusqu'au bord du sentier où elle s'arrêta. Là elle se mit à puiser fiévreusement dans son haillon des poignées de blé qu'elle jeta aux cavaliers passants, comme l'on fait à un mariage, en criant à voix perçante des paroles de bonne chance. Sur son visage infiniment ridé ruisselaient larmes et morves parmi des lambeaux de chevelure terreuse. Éperdus étaient ses gestes à chaque enfouissement de son poing dans ses hardes, effrayants ses yeux étoilés à chaque envol de main tremblante au-dessus de sa tête, insupportables enfin ses pleurs, ses reniflements et son sourire extasié à chaque braillement de sa bouche sans dents. Golairan lui fit un signe amical et se mit à chantonner dans la nuit comme un homme sans souci. Tandis que se mêlaient, pour un instant fugace, les criailleries de la mère Misère et la musique tranquille du guide, vint à l'esprit de Jourdain que si le tiraillait sans cesse le désir de fuir lieux de halte et maisons fermées, c'était sans doute qu'il détestait la vie qui pesait sur le monde.

4

Un vent léger les accueillit sur le chemin montant qui menait à la porte du village. Devant, à quelques pas, l'allée s'enfonçait sous une voûte sombre et malodorante entre deux tours campagnardes peuplées de corbeaux au vol pesant, aux cris rares. Jourdain leva la main, fit s'arrêter ses gens sans qu'un mot ne fût dit et resta tout roide sur sa selle à guetter l'alentour. Aux deux bords de la montée la muraille d'enceinte se perdait au loin, dans des brumes. Quelques cabanes bancroches parmi de vagues jardins dévalaient la pente douce de la butte. La nuit lui parut franche, telle qu'au désert autrefois il l'aimait parce qu'elle dépouillait le monde de tout, sauf de l'essentiel, un trait noir de rempart tiré à travers ciel, une ligne de terre, un arbre droit sous la lune précise. Il fit un signe à Golairan. Le bonhomme descendit de sa mule, s'avança prudemment sous l'arc du portail, disparut dans d'épaisses ténèbres. Une lueur de torches envahit le passage pavé. Avec ce feu haut brandi dans le noir trois ombres s'en revinrent, hésitèrent soudain, effrayées par un crépitement de galop qui montait du fond de la troupe. Jourdain d'un bref coup d'œil vit Pierre à son côté tirer si brutalement sur ses rênes que sa monture se cabra en hennissant aux étoiles. Golairan recula, les bras ouverts pour tenir à distance de ce déferlement les hommes qui l'accompagnaient. Il les rassura de quelques paroles malingres, puis quand lui parut apaisé ce fou tonitruant qu'il semblait redouter inconsidérément il s'avança jusqu'aux cavaliers. Sans trop oser lever la tête, comme s'il craignait encore des foudres imprévisibles, il dit aux museaux des chevaux que tout était tranquille et qu'on pouvait aller. Selon ce qui s'était murmuré parmi les veilleurs dissimulés sous les porches de la ruelle, les chandelles étaient éteintes dans la chambre des clercs, Jacques d'Alfaro déjà s'impatientait à battre la semelle sous le mur du donjon et seule dans le village une vieille putain exilée de Toulouse errait sans espoir le long du cimetière où n'étaient que des chiens. Pierre désigna les deux villageois qui se tenaient à l'abri de leur compagnon, la figure illuminée par la flamme fumeuse que tourmentait la brise au bout de leur bâton.

– Ceux-là resteront ici avec Berriac, Taillefer et moi, dit-il.

Il se dressa sur ses étriers pour les mieux voir et dit encore, haussant le ton :

– Êtes-vous armés, mes jolis ?

– Certes oui, monseigneur, chevrota l'un, j'ai mon couteau. Il est si bien aiguisé qu'il trancherait le cou d'un canard sans que la tête tombe.

– J'ai ma serpe, glapit l'autre.

Il s'acharna en vain à la délier de sa ceinture, bien que Golairan l'ait prestement défait de la torche qui l'encombrait. Voyant ces pauvres diables embarrassés et farauds :

– Où suis-je donc tombé ? dit Pierre à voix grognonne. Me voilà gouverneur de saltimbanques.

– Tais-toi, j'aime ces gens, lui répondit Jourdain. Ils sont simples. Un jour, si Dieu le veut, je serai leur semblable.

Une humble exaltation le prit, qui le fit rire. Pierre rit aussi, tourna bride et s'en revint raffermir les courages parmi ses hommes. Golairan grimpa sur sa mule, scruta devant lui l'obscurité, le flambeau tremblant à bout de bras, et pour lui seul se mit à geindre en litanie peureuse que ce travail d'écervelé ne lui disait plus rien qui vaille, mais qu'il était grand temps, mille dieux, d'y aller. Comme la troupe s'engageait à sa suite, dans la confusion des piétinements Jourdain entendit derrière lui son frère d'armes posté au coin de la voûte obscure exciter les bêtes à grands claquements de gantelet sur les croupes tandis qu'il répétait aux cavaliers, en étouffant sa voix joyeusement teigneuse :

– Je veux la tête de Guillaume Arnaud, mes braves, sa tête proprement tranchée, mes coquins, dans un sac à reliques !

Ces paroles bientôt se perdirent, submergées par le bruit des sabots sur le pavement de l'espace désert où déboucha la troupe. Là étaient un vieux puits à la margelle basse, des granges, des charrettes, un âne qui broutait des herbes de muraille, et le long du rempart un chemin broussailleux. Jourdain les yeux à demi clos se plut à goûter, le temps d'un miracle imperceptible, la tranquillité sans mesure de cette place immobile dans l'or lunaire. Avidement il respira le parfum de foin qui venait d'un portail béant. Il vit une étoile, plus jubilante que toutes. Sa lumière lui traversa l'esprit, et sans qu'il y ait un instant pensé l'évidente certitude l'envahit qu'il n'aurait plus, demain, ni compagnon ni demeure. Il s'en trouva infiniment allégé. Golairan pencha la torche entre deux pigeonniers décrépits pour lui désigner la ruelle qui montait au donjon. Tous s'y enfoncèrent.

Elle était tant étroite que les façades contraires semblaient jointes dans l'ombre proche. Comme la flamme brandie creusait son chemin dans le noir entre les avancées des toits, les enseignes marchandes, les encorbellements et les torchis bosselés, Jourdain pensa que sans nul doute le ferraillement des armes et le fracas de la cavalcade résonnaient dans les maisons jusqu'au plus profond des chambres, réduits, greniers et trous à rats, et qu'à l'instant même probablement hommes et femmes se dressaient hors de leurs édredons de paille, les yeux ouverts dans le noir, se disant d'aller voir sans oser faire un geste, tandis que leurs marmots couraient aux fentes des lucarnes. Il regarda les volets clos, espéra un entrebâillement, une figure dans un rayon de lampe. Il ne vit rien que bois aveugle. Un battant grinça dans un renfoncement. Des relents épais l'assaillirent, cuirs et fumées, vieilles soupes, pissats d'étable. Des chats fuirent devant les montures, et des volailles pépiantes dans de brusques battements d'ailes. Les juges terribles qui n'entendaient pas venir la mort derrière les portes ferrées du donjon lui parurent tout à coup plus ignorants et fragiles que des personnages de songe. La lueur de la torche effleura un Christ de carrefour. Un travers de vent échevela la flamme. Jourdain d'un signe appela Thomas l'Écuyer qui chevauchait à sa suite. Il le vit presque aussitôt accolé à son étrier, tout frémissant et pâle, et l'œil fixé au loin comme s'il redoutait dans la paix du village de voir surgir des monstres. Il sourit des yeux à ce visage enfantin fasciné par la nuit. Il lui dit :

– Tu garderas les chevaux à la poterne. Je ne veux pas de toi dans la chambre des clercs.

– Suis-je donc trop chétif pour égorger des moines endormis ? demanda le garçon, autant rageur que mal assuré.

Des hommes apparurent le long des façades, comme sortis des murs, et se mirent à courir au-devant des cavaliers, se retournant sans cesse et gesticulant pour les faire se hâter. Dans l'obscurité d'une venelle éclata soudain un bringuebalement retentissant d'outils et de seaux renversés. Un gringalet déboula, traversa la rue, bras et jambes en grand désordre, jusqu'à rebondir sourdement contre un volet d'étal. Il virevolta sur un pied, les mains aveugles, trouva la bride de la mule que montait Golairan, l'empoigna, et tout de go conduisit le porteur de feu parmi les veilleurs qui allaient et venaient, fier comme s'il menait la monture d'un prince. Un sifflement voyou retentit dans l'air nocturne. Golairan se dressa sur ses étriers, tendit le cou.

– Sans doute prévient-on monseigneur d'Alfaro, dit-il, la voix brumeuse.

– Pourquoi les gens ne viennent-ils pas aux portes ? lui demanda Jourdain. Nous faisons un raffut à fendre les planchers.

– Ils ont peur, messire, répondit le bonhomme. Nous leur avons dit que vous étiez des guerriers intraitables et que s'ils montraient dehors le moindre bout de nez vous n'auriez aucun scrupule à les saigner comme de vulgaires poulets.

– Pauvres de nous, soupira Jourdain.

Il sentit la brise à nouveau vivace, point parfumée, venue du ciel. L'ombre s'ouvrit. Les sabots des chevaux sonnèrent sur de larges dalles luisantes. Au bout de l'aire découverte apparut un portail fermé contre une muraille rébarbative dont les hauteurs se perdaient dans les ténèbres. Tandis que les cavaliers s'assemblaient autour de la torche, les villageois qui les avaient accompagnés se mêlèrent à eux, flattant les bêtes, palpant les cuirs, éprouvant le tranchant des armes qui pendaient aux selles. Ils restèrent ainsi un moment indécis, les uns scrutant le noir, les autres pareils à des enfants captivés par des objets de guerre.

Alors contre la courbe du rempart un homme svelte sortit de la nuit. Il parut à tous d'une beauté étrangement angélique, vêtu de blanc comme il était, gants et pourpoint, bottes et chausses. Il s'avança le long du mur, arrêta d'un geste Golairan qui venait à lui et pointa pour le chasser un doigt vers la ruelle. Il attendit à la lisière de l'ombre que le bonhomme s'en fût allé avec les veilleurs, puis il s'approcha de la cohue des montures débarrassées à la hâte et chercha qui commandait la troupe. Il toisa Jourdain, le regard vif mais fuyant comme l'eau, sans cesser d'ajuster nerveusement ses gants entre les doigts. Après quoi il tourna les talons, et la main au-dessus de sa tête il fit signe qu'on le suive.

Les sergents à son train s'en furent le long de la muraille, les uns courbés, l'épée au poing, pareils à des brigands marchant à l'embuscade, d'autres fièrement bombés du torse et la hache accrochée à la nuque, tandis que dans la longue file d'ombres quelques peureux à demi aveugles trébuchaient aux talons de ceux qui allaient devant et les poussaient entre les épaules en grognant des jurons exaspérés. L'homme aux gants bagués mena ces gens jusqu'à une poterne étroite, hésita sur le seuil, se tourna vivement, se hissa sur la pointe des pieds, inquiet que nul ne reste à la traîne. Jourdain, à quelques pas, singeant le geste impérieux qu'il lui avait vu quand il avait chassé Golairan, d'un coup d'index désigna l'ouverture. L'autre s'y glissa de profil pour ne pas salir son ample pourpoint aux aspérités de la pierre. Tous à sa suite pénétrèrent dans un verger immobile et parfumé comme un Éden. A peine s'étaient-ils enfoncés dans ce lieu ceint de tours et de remparts qu'un vacarme d'aboiements, de grincements et de fouaillements forcenés bouleversa la nuit. Presque aussitôt une minuscule créature aux jambes torses sortit du donjon carré vers où l'homme blanc entraînait la troupe et courut à sa rencontre avec une agilité si nerveuse et véloce que tous, ébaubis, s'arrêtèrent en bousculade.

– Messire Jacques, messire Jacques, haleta le petit être, agitant ses bras courts.

Il lui bondit sur la poitrine, à son cou s'agrippa comme un enfant épouvanté. C'était un nain. D'Alfaro, sans plus se préoccuper des soldats, se mit à le bercer, à lui baiser les cheveux, à le rassurer de grognements doux. Il parut bientôt n'avoir plus le moindre souci des meurtres où ils allaient. Jourdain resta un moment à l'examiner avec une perplexité de plus en plus impatiente, puis voyant s'éterniser ses mignardises affectueuses il décida brusquement de poursuivre sans lui. En deux enjambées il fut à son côté et lui demanda à quel étage de la bâtisse était la chambre des moines. L'autre, sans se préoccuper de lui répondre, murmura contre la joue de son nabot que rien n'était plus à craindre puisqu'il était revenu, puis il le déposa sur l'herbe et lui ordonna bonnement d'aller jeter quelques viandes aux chiens. Après quoi il se redressa et dit, la mine hautaine :

– Vous voilà bien tourmenté, messire du Villar. On m'avait affirmé que vous étiez le plus sûr et le plus aimable des hommes. Je crains qu'on ne vous ait flatté. Allons, rien ne presse. Nos clercs dorment. Et ne dormiraient-ils point, qu'importe, ils ne sont armés que de crucifix.

Il reprit son chemin parmi les arbres, traversa un bref espace découvert où était un puits environné de rosiers, entra dans le donjon aussi tranquillement que s'il allait à son repos et se mit à gravir un escalier de pierre aux marches hautes. Des torches brûlaient contre la muraille. Il les ôta, les tendit aux hommes qui montaient après lui. Sur le palier de l'étage il désigna une épaisse porte voûtée. Jourdain prit rudement deux porteurs de torches par les cols et les tira devant.

Le premier coup porté résonna comme dans une église. Le deuxième fit trembler les gonds, ébrécha le mur, et dans un craquement d'arbre mort abattit sur le pavement de la chambre une planche hérissée d'échardes et de clous. Le troisième arracha ferrures et verrous. La ruée des bottes fracassa le battant dans l'obscurité du dedans. Une chaude bouffée de dortoir confiné envahit le seuil où Jourdain et d'Alfaro étaient restés à pousser les hommes. Comme le dernier pénétrait dans la salle déjà traversée en tous sens par des lumières fauves et des ombres immenses, un *Te Deum* soudain puissamment s'éleva et rebondit aux murs, multipliant les voix, effraya les flambeaux tout à coup indécis, s'engouffra dehors sous la voûte, emportant dans son envol impétueux et sombre les bruits de croix ferrées, d'ustensiles brisés, d'éperons sur les dalles, et les cris égarés lancés de-ci, de-là. Les moines en chemise parmi les corps mouvants des soudards étaient tous à genoux, chacun près de son lit, dans le désordre des couvertures et des matelas foulés. Tous, les mains jointes et les yeux grands ouverts, semblaient contempler la magnificence de Dieu au plafond où bougeaient de vagues rousseurs de feu. Guillaume Arnaud dénudé jusqu'au ventre ouvrit les bras aux éclairs de lame qui hésitaient au-dessus de sa tête. Jourdain vit son visage empreint d'une sauvagerie tant extasiée qu'il sentit son âme, dans un frémissement insupportable, s'enfuir de lui. Il resta pétrifié, le corps insensible, l'esprit comme une tombe vide.

– Voyez, Du Villar, oh ! voyez comme ce saint homme est velu de la poitrine ! dit d'Alfaro à son oreille.

Jourdain le regarda d'un coup de tête sec, voulut parler, ne put, se tourna vers la salle et se mit à hurler à s'arracher la gorge.

Alors se fit un tumulte de bêtes fauves brusquement débridées. La hache s'abattit sur le crâne d'Arnaud. Il tomba de côté, fendu jusqu'aux épaules, souillant de cervelle et de sang le blond Saint-Thibéry qui soutint ce bouillonnant cadavre contre lui, d'une étreinte aimante et simple, sans que tremble son chant nasillard. Une gifle d'épée éberlua sa face et de son cou jaillit un jet tout raide et pourpre. Le cantique se perdit en égosillements, fracas, piétinements, râles mourants.

– C'est bien, garçons, c'est bien, répétait d'Alfaro, captivé par les courses au travers des décombres mais reculant d'un pas au moindre effleurement.

A Jourdain il désigna l'archidiacre Escriban, cloué sur une table un couteau en plein cou, les bras en croix sous un linceul de parchemins épars. Il hocha la tête, l'air satisfait, puis fronça les sourcils et se prit à examiner les pénombres lointaines et à compter sur ses doigts les cadavres des clercs illuminés par les errances des flambeaux. Au pied d'un lit brisé lui apparurent Garsias d'Aure et Bernard de Roquefort, tous deux nus et grotesquement affalés dans des lueurs ruisselantes, l'un couché sur le dos, grosses cuisses ouvertes, et l'autre agenouillé près de lui, son maigre cul offert aux reflets des flammes fugaces et le visage enfoui dans les débordantes tripailles de son compère. Il compta deux, s'avança prudemment dans le carnage. Une torche passante éclaira sur un mur de grands saints enluminés aux figures impassibles. Devant ces êtres peints il devina un corps jeté au travers d'une paillasse rouge. A son crâne rasé qui pendait sur le carrelage il reconnut Aymar, le vieil appariteur, compta trois, fouina encore, découvrit Fortanier tout sottement assis contre la cheminée. Il n'avait point de blessure apparente, mais dans son abandon d'ivrogne repu son nez saignait un peu, sa langue était sortie et ses yeux révulsés regardaient ses dedans. Près de lui était Pierre Julia le notaire, enfoncé de guingois dans la bouche d'ombre où rougeoyaient des braises, la poitrine empalée sur un chenet pointu. D'Alfaro compta quatre et cinq. Sous l'étroite croisée baignée de nuit tranquille le cadavre blafard du frère Carbonnier, environné de duvets d'édredon, bascula d'une couche, poussé par un soudard qui brandit aussitôt une sacoche trouvée sous l'oreiller. Il compta six. Il dit :

– Je ne vois pas Bertrand, le clerc de l'archidiacre.

La tête haute il s'avança à sa recherche, trébucha contre un pied, s'écarta vivement et l'aperçut enfin. Le garçon était près de la porte, la joue posée dans un pli de tenture. Il tenait par le manche un poignard dans son cœur. Il avait voulu fuir. Lui seul semblait souffrir au-delà de la mort. Il était tout jeunot, frisé, l'air d'un bon rustre. Monseigneur d'Alfaro se pencha sur son corps, esquissa un signe de croix, et se redressant :

– Sept, dit-il à Jourdain. Avec Escriban, Saint-Thibéry et ce velu d'Arnaud, dix. C'est bien. Allez-vous-en. Emportez les registres, n'en laissez pas traîner. Moi, je pars pour Toulouse. Il faut que l'on me voie tout à l'heure à la messe.

Il tourna les talons, épousseta ses manches et s'en fut, le pas sonnant. Les hommes maintenant partout fouillaient et renversaient les armoires béantes, les coffres, les bahuts, les malles, les écritoires et les sacs de cuir lancés aussitôt vides au travers de l'air sombre. Des torches s'assemblèrent au milieu de la salle où régnait une chaleur de four. Dans leur lumière accoururent des sergents chargés de livres et de grands cahiers qu'ils entassèrent pêle-mêle dans un drap étendu sur d'informes reliefs, puis deux écuyers déployèrent une couverture et par brassées cliquetantes d'autres hommes venus des profondeurs obscures y jetèrent en hâte des bourses, des ceintures, des gobelets d'étain, des bottes et des boîtes, des chaînes, des bagues et des chandeliers.

Du seuil où il était, Jourdain appela rageusement ses gens. Un seul lui obéit, mit sa hache à l'épaule et sortit posément sans regarder derrière. Dans un regain de chocs et de tintements de clinquailles les autres précipitèrent leur besogne, puis nouèrent les coins des ballots et traînèrent leur butin dehors parmi les coulées de sang et les débris épars qui encombraient le dallage, tandis qu'une insatiable arrière-garde s'obstinait dans les recoins, dispersant à coups de pied les paillasses et les ruines de meubles dans l'espoir d'un dernier objet désirable. L'un de ces enragés s'en revint tout rieur avec un petit chat au chaud de sa tunique. Ceux qui étaient restés après lui à errer dans la salle abandonnèrent leurs cassements et s'empressèrent à ses côtés, riant aussi, enviant sa trouvaille et d'un doigt timide caressant entre les oreilles la bestiole tremblante aux grands yeux étonnés. Jourdain leur ordonna de se presser, mais comme ils ne l'écoutaient point il vint à eux, prit sa torche au malfrat qui marchait le premier et les aiguillonnant à coups de bâton ardent il les précipita dans l'obscurité de l'étroit colimaçon où cascadaient bruyamment les ballots. Demeuré seul, il s'en retourna à l'entrée de la chambre. Tout y était obscur, sauf la trouée de la fenêtre par où entrait la nuit. Le silence lui parut étrangement parfait et reposant. De l'encadrement de la porte il contempla un moment les ténèbres, puis prit un souffle brusque et dit à haute voix :

– Que Dieu nous garde tous dans Sa main, vivants autant que morts. Qu'Il nous donne l'amour qui tant nous manque. Qu'Il nous délivre du mal qui tant nous pèse. Ainsi soit-il.

Il tourna les talons et descendit l'escalier en s'efforçant de ne point se hâter, par souci de dignité dans le dégoût sévère où remuait son cœur. Il sortit. La brise du verger lui fut si délicieuse que son âme perdue lui parut être revenue dans son corps. Il brida le sentiment de délivrance qui l'envahissait, suivit à pas mesurés les ombres de ses hommes qui couraient à la poterne. Comme il cheminait sous les arbres fleuris, il se trouva pris d'inquiétude à la pensée de ce désordre obscène où il avait laissé les clercs. « Nous aurions dû les porter au cimetière, les enterrer proprement et faire bénir leur tombe par un prêtre, se dit-il. Au moins ainsi aurions-nous pu garder l'espoir de n'être pas des porcs définitifs. »

Il franchit l'ouverture enfoncée dans le rempart. Un allègre tintamarre de cloches carillonnantes aussitôt dégringola du ciel, tandis qu'à quelques pas sur l'aire pavée quatre torches embrasaient l'amas de registres mêlés de chiffons tachés d'encre et de planches à écrire. Les flammes se ruèrent haut dans la nuit, illuminant les soudards débraillés et maculés comme des bouchers à l'abattoir. Parmi les sonnements, les ronflements du feu et les clameurs de la troupe, Jourdain vit Thomas l'Écuyer courir vers lui, l'air égaré, semblable à un enfant à bout d'attente inquiète.

– Mon maître, partons vite, dit le garçon, tout haletant. Golairan et ses veilleurs courent partout dans le village. Ils bastonnent les portes, ils cassent les volets, ils rameutent les gens.

Puis ébahi, contemplant sa figure :

– Comme vous êtes pâle, mon Dieu, comme vous êtes pâle ! N'êtes-vous pas blessé ?

L'autre le rassura d'un sourire contrit. Thomas resta encore un moment indécis, les yeux emplis d'affection secourable, puis il lui prit la main et brusquement l'entraînant à toute force il lui fraya un chemin jusqu'à l'entrée de la rue. Là il lui désigna dans la descente entre les maisons noires d'innombrables lumières de chandelles qui des tréfonds montaient vers eux. Ils s'en retournèrent aux hommes qui braillaient et riaient dans les crépitements de l'air enflammé et bondissaient au travers des fumées hautes, comme l'on fait à la Saint-Jean. Ils les poussèrent aux chevaux. Seul au bord du brasier un sergent s'attarda. Il ramassa deux livres épargnés par l'incendie, examina leur reliure de bois peint, les glissa entre ventre et ceinture, puis trotta vers Jourdain qui montait en selle et lui dit :

– Mazerolle ne revient pas à Montségur. Il part pour Toulouse. Il compte bien se faire engager dans la milice de monseigneur Raymond.

Jourdain se pencha sur ce routier bedonnant que l'on raillait sans cesse comme un étrange fou parce qu'il parlait de lui, toujours, comme d'un autre. Il lui serra l'épaule et répondit, tandis que redoublait l'assourdissant vacarme des cloches sur leurs têtes :

– Va si tu veux mais prends garde. Ne te vante de rien, ne te fie à personne, et surtout lave-toi, sinon tu seras pris avant qu'il soit longtemps.

Il éperonna sa monture et poussant droit parmi les braises et les cendres qui s'envolaient déjà sous la brise en tête de la troupe il s'engouffra dans les ténèbres pentues de la longue ruelle. A peine y était-il que de jeunes villageois vinrent à lui et se mirent à marcher à ses côtés le long des façades en se disputant le privilège de se tenir au plus près de ses harnachements. D'autres bientôt sortirent des maisons et de l'obscurité des venelles voisines. Avec ceux qui montaient à leur rencontre en brandissant des lanternes ils encombrèrent tant le passage que les cavaliers, avant même d'être parvenus au premier carrefour, se trouvèrent environnés par mille bras tendus, mille menues lumières et cris mêlés d'alléluias.

Ils ne cheminèrent alors qu'à grand-peine parmi les fuites d'enfants nus en bandes agiles, les filles qui tentaient de grimper en croupe derrière les sergents, les courses, les chants et les danses qui ne voulaient pas se défaire devant la chevauchée. Un moment leur ouvrirent commodément la route trois pitres à la poitrine fière portant à bout de bras en guise de bannières des haillons noués à des manches de pioches, mais leur avancée fut brève, car ces pendards après quelques pas braves se mêlèrent à la foule assemblée sous les lucarnes d'étage où des femmes piaillaient des bénédictions, les seins hors des chemises et les bras ouverts aux gaillards à cheval. Comme ils arrivaient, suants et tiraillés, sur la petite place à mi-chemin, un envol de vivats salua des hommes sans chausses occupés à pisser contre le Christ en croix. Au-delà de cet espace, tandis que des garçons armés de frondes lançaient des cailloux aux volets encore clos, un vieux vêtu d'un sac, timidement poussé par sa commère, vint au-devant du cortège, et comme s'il offrait à Dieu la coupe sainte tendit un bol de lait au chef de ces routiers sanglants que l'on fêtait comme des sauveurs. Jourdain ne fit pas un geste pour le prendre. Il vit briller des larmes heureuses dans les yeux du vieillard, perçut quelques bouts des mille grâces que balbutiait sa bouche édentée. Il passa, et l'humble bonhomme disparut dans la houle des corps et des visages.

Les courses peu à peu se firent plus furtives, les lumignons plus rares, les cris plus solitaires. Bientôt ne furent devant les soldats harassés que quelques jeunes gens sur des ânes trottants, des chèvres égarées, des volailles envolées des persiennes. Parmi ces ombres clairsemées la troupe galopa jusqu'à la porte du village. Entre les deux tours rustiques, immobile au beau milieu du passage, attendait un cavalier plus haut que tous. C'était Pierre. Il ne questionna point.

– C'est fait, dit Jourdain.

Son frère d'armes désigna le ciel où tintaient encore les cloches et répondit :

– J'entends.

Ils allèrent côte à côte, sans un mot, jusqu'au-delà des jardins. Au bord de la première friche ils firent halte et attendirent leurs hommes. Dès qu'ils furent tous autour d'eux, Pierre demanda qu'on lui amène le butin. Un écuyer s'approcha de lui parmi les murmures et les grondements et dit piteusement qu'il en avait eu la charge, mais que la couverture où l'on avait tout entassé s'était ouverte sur la croupe de sa bête, et qu'il avait perdu jusqu'au plus petit sou dans la foule de la ruelle. Comme ses compagnons laissaient aller leur rage et protestaient qu'il fallait retourner chercher ce qui leur était dû, Jourdain, la figure offerte au ciel, partit d'un grand rire silencieux. Pierre gronda :

– L'un de vous au moins m'a-t-il ramené la belle coupe que je veux offrir à mon frère Du Villar ?

Dans un remuement lourd de corps et de montures fut désigné le sergent qui avait fendu le crâne de Guillaume Arnaud.

– Je n'ai pas pu la prendre, monseigneur, elle était brisée, dit l'homme.

Jourdain brusquement tourna bride et s'en alla sur le chemin large. Thomas le voyant s'éloigner poussa son cheval à sa poursuite et bientôt le rejoignit. Un moment ils allèrent le long des herbes déjà luisantes de rosée, muets et délivrés du monde dans la fringante fraîcheur de la nuit. Ils cheminèrent jusqu'à s'enfoncer sous une voûte feuillue qui menait au gué d'une rivière. Là ils s'arrêtèrent et attachèrent leurs montures à un arbre penché au-dessus de l'eau d'où soudain s'envola dans un froissement d'ailes un grand oiseau indiscernable. A peine le silence revenu, ils entendirent loin derrière sur le sentier des piétinements désordonnés, des éclats de disputes, des appels, des hennissements de bêtes harcelées. Jourdain s'assit sous les branches. Thomas s'en fut prendre des gourdes qui pendaient aux harnais. Comme il s'accroupissait sur la rive pour les remplir, un galop furibond monta vers eux du fin fond des ténèbres. Jourdain tendit l'oreille et sut que c'était Pierre. D'aussi loin qu'il se souvienne, il avait toujours reconnu les bruits et les rythmes de ses chevauchées aussi infailliblement que les claquements de ses pas, où qu'ils se trouvent, en guerre comme en paix. Il sourit, pensant cela, le cœur poigné de mélancolie lourde.

– Voilà bien le moment de jouer à l'ermite, tonna dans

l'ombre le grand diable. Les hommes tremblotent et renâclent comme s'ils revenaient de se faire étriller. Sanglants comme ils sont tous, ils ont grand-peur du jour. Viens donc m'aider à leur chauffer le dos, sacredieu !

– Conduis-les jusqu'ici et rebaptise-les, lui répondit Jourdain, perdu dans les reflets dorés sur l'eau mouvante.

L'autre hésita, grogna, fit tournoyer sa bête, et la débridant d'une claque en croupe il s'en revint à ses soldats.

Tous furent bientôt sur la berge, les semelles traînardes, accablés et puants. Tous sans un mot se mirent nus, puis parmi les chevaux qui buvaient et s'ébrouaient ils allèrent en grelottant s'agenouiller dans le courant vivace. Et s'aspergeant la face l'échine courbe ils parurent prier, et relevant la tête dans les lueurs du ciel ils parurent pleurer, et sortant du courant, luisants et ruisselants, par la pitié de Dieu ils parurent renaître. Et peut-être en fut-il ainsi, car il n'est pas de faute aux hommes ignorants. Ils lavèrent aussi leurs bottes et leurs gilets de cuir, et les taches sur leurs tuniques, et leurs armes, avec grand soin. Puis ils s'enroulèrent dans des couvertures et chacun se chercha, parmi les buissons et les herbes, un lieu solitaire où dormir.

Thomas s'allongea aux pieds de Pierre et de Jourdain qui n'avaient pas bougé de l'abri de l'arbre où ils s'étaient assis, épaule contre épaule. Après longtemps de silence parmi les chants d'oiseaux revenus :

– Pardonne-moi, dit Pierre sombrement, regardant loin devant une étoile cligner au travers d'un feuillage.

Jourdain lui répondit, pareillement perdu :

– Ne ferme pas les yeux. Il faut prier, mon âne.

Et Pierre, dans un souffle :

– N'aie pas peur, sacredieu, n'aie pas peur, n'aie pas peur.

Jusqu'au jour ils se tinrent côte à côte au secret de la nuit. Et comme ils ne l'avaient jamais fait ils prièrent en eux-mêmes et pleurèrent en silence, sans qu'ils n'osent se regarder. Et sortant de la nuit l'un de l'autre ils se détournèrent, chacun honteux de soi et souffrant pour son frère.

5

Quand apparut au loin entre les arbres la longue lueur pourpre et pâle de l'aurore, la première pensée qui germa dans l'esprit de Jourdain fut pour la rivière. « Dans l'ombre ou la lumière, se dit-il, elle court avec la même foi. » Il se sentit ému, ne comprit pas pourquoi. Tout baignait alentour dans le soleil nouveau. Il lui sembla que les feuillages et les touffes vivaces, les cailloux du chemin, les buissons ravinés s'émerveillaient ensemble dans un recueillement de prière naïve. Il leva le front. Un rossignol s'égosillait parmi les branches. « Il ne salue rien, se dit-il encore, ni le matin naissant ni la fin de la nuit. Il chante, voilà tout, pour le seul plaisir d'être. » Et soudain réchauffé au plus secret du cœur : « Quel besoin la nature a-t-elle de soucis, quel besoin de raisons ? Être en vie dans ces herbes, même pour le renard avec l'oiseau saignant au travers de la gueule, c'est être simplement dans la confiance en Dieu. Seigneur, pourquoi n'y suis-je pas ? » A grand-peine il se dressa. Ses jambes et son dos courbatus le firent grimacer. Il s'avisa que son crâne était comme une salle vide et froide. Il alla s'accroupir au bord de l'eau, but et mouilla son visage. Puis tandis que Pierre remuait les soudards encore couchés il s'en fut boucler la selle sous le ventre de son cheval, monta en croupe, franchit le gué et attendit.

Pierre resta sur l'autre rive à pousser sa jument de droite et de gauche parmi ses hommes jusqu'à ce qu'ils fussent tous rassemblés, après quoi il rejoignit son frère d'armes mais ne se soucia pas plus de sa présence que de la vapeur ensoleillée qui montait des genêts et des chardons éblouis de rosée, au-delà des arbres de la berge. Comme il passait raide devant lui et prenait la tête de la troupe, Jourdain vit sa mine si fermée qu'il se prit à l'observer avec une attention tout soudain aiguisée. Il sut aussitôt que son compagnon avait décidé de ne pas éviter les villages et de cheminer droit vers le verdict du peuple, sans ruse aucune, désireux qu'on lui dise, après ce travail de bandit où il avait mené ses gens, s'il pouvait s'estimer justifié ou non. Et le devinant effrontément offert à toutes les rencontres, épargné par les questions vaines, prêt à se fondre en fête ou à combattre à mort, selon que lui viendrait ami ou ennemi, il se sentit bientôt encombré de tendresse. Il ne se plut guère dans cet état. « Au diable, se dit-il, fulminant en lui-même, il faut n'avoir pas l'âme bien exigeante pour aller ainsi chercher l'absolution d'un crime dans les regards contents de quelques bêtes. Moi, si des gens me viennent avec du miel aux lèvres, je les détesterai. » Il cracha méchamment ce mot dans son esprit, et ruminant encore il estima qu'il ne pouvait, lui, s'offrir qu'au jugement de Dieu. Il chercha donc un lieu où il pourrait se rendre et se mettre en péril. Toulouse lui parut un champ clos acceptable. Là étaient d'Alfaro et le comte Raymond, Jean de Falgar l'évêque, des espions, des Français et des nobles d'Ariège aussi défaits que lui.

Là et nulle autre part le bruit de leur massacre ferait trembler durablement les murs. Tandis qu'il chevauchait sur le chemin large, il voulut annoncer leur séparation proche à son frère impassible qui galopait sans hâte à son côté. Au bord des mots il hésita, demanda où ils allaient ainsi.

– A Saint-Félix, répondit Pierre. Nous avons grand besoin de vivres et de repos. Je connais le curé, il nous accueillera.

Un court moment il resta silencieux, puis dit encore à voix tranquille, regardant alentour la paix fleurie des friches :

– Tel que je te connais, tu ne vas pas tarder à t'en aller tout seul.

Jourdain arqua la bouche et le cœur trébuchant lui répondit d'un trait :

– Je dois d'abord parler avec Bernard Marti.

– Dieu fasse qu'il te lave.

– Il ne le pourra pas.

– Il t'aime.

– Il a trahi, dit Jourdain.

Et parlant à la brise :

– Il aurait dû se retirer dans une grotte de la montagne et nous laisser tout seuls avec nos basses œuvres, qu'au moins nous soit gardé un homme juste dans ce monde, qu'au moins soit préservée une lumière sûre, quelque part où nous puissions aller.

Et Pierre, au même vent :

– C'est vrai. Il a eu tort de nous bénir avant les meurtres. Mieux aurait valu qu'il nous pardonne après.

Jourdain le regarda, l'œil noir, les sourcils hauts,

comme si venait d'être dite une étonnante incongruité. Derrière eux parmi la troupe un homme se mit à chanter un chant rugueux et sombre. Tandis qu'ils s'engageaient dans un bouquet de pins, des voix éparses s'unirent à la sienne, prirent un envol poignant, retentirent dans l'air ombreux, puis refluèrent et s'éteignirent une à une dans les profondeurs des poitrines, étouffées par des nostalgies inexprimables.

Au-delà des arbres penchés apparurent dans l'éblouissement du matin une maison forte à la large carrure et sur le flanc de la butte où elle était plantée un enchevêtrement de murs et de toits ocre autour d'une église au clocher rustique. Pierre battit la croupe de sa jument, dévala le premier, par le sentier pierreux, vers les champs de blé où étaient des hommes et des femmes courbés sur des épis. Le bruit de la cavalcade les fit se redresser. Ils regardèrent venir la longue file armée, puis brusquement quelques-uns abandonnèrent leurs outils et vinrent sur le chemin tandis que d'autres brandissaient leur pioche dans le ciel en poussant de maigres cris d'allégresse, et que des enfants poursuivis par leurs mères s'en allaient au village, courant et bondissant par-dessus les murets. Comme les cavaliers arrivaient parmi ces gens, un vol de sonnements grêles et joyeux envahit l'air léger. Au milieu des pauvres qui l'accompagnaient Pierre se prit à sourire, droit sur sa monture, les yeux emplis de larmes. Et derrière lui à nouveau monta le chant des hommes.

Sur la place où se pressaient des matrones, des garçons fureteurs et des chiens turbulents, des hommes revenus des champs et des jardins, des filles au bord du puits, les mains mouillées en auvent sur le front, le curé Audebert vint au-devant de Pierre dans l'ombre de l'orme, lui ouvrit les bras en bombant le ventre et les yeux rieurs lui dit à grosse voix, tandis que les guerriers de la troupe descendaient de cheval :

– Viens là, mon fils, viens que je te maudisse, toi le meilleur des hommes ! Jamais mauvaise action ne fut si bien menée. Sacré nom d'un printemps, il faut que je t'embrasse !

Ils s'étreignirent longuement en se grognant des affections paternes, puis le prieur prit son compère par le bras, et l'entraînant au soleil poussiéreux il lui confia avec force gestes et mines excessives que depuis l'aube où des gens d'Avignonet étaient venus lui annoncer la nouvelle ses genoux n'avaient pas quitté les dalles devant la sainte table ni son regard la face du Christ.

– J'ai récité à haute voix, comme je le devais, quatre-vingt-douze oraisons pour le repos de mes frères inquisiteurs, dit-il. Puis, avant que ma langue ne soit tout à fait parcheminée, je me suis permis une prière privée pour que me vienne ta visite. Tes gens se sont conduits en brigands serviables, Pierre. Ces clercs n'avaient que trop massacré. Sais-tu que leur folie, ces temps derniers, était allée jusqu'à me soupçonner, moi, Audebert, curé de ce village depuis vingt-deux années, de cacher des poux dans mon amour pour notre Jésus ?

Il s'arrêta au pied de l'escalier court qui montait au portail de l'église, joignit les mains sous le menton, prit le ciel à témoin, l'air consterné, puis presque aussitôt laissa Dieu dans ses nues, et son bon sourire à nouveau l'éclairant il saisit Pierre au ceinturon, le força à s'asseoir près de lui sur le perron et se mit à contempler la place avec une satisfaction de père fortuné. Partout les villageois s'occupaient des chevaux, leur bouchonnaient la croupe et les menaient au foin des granges, tandis que des sergents buvaient à même les seaux d'eau puisés par les filles et que d'autres, un moment invités dans l'ombre des maisons, ressortaient en trébuchant aux volailles avec des cruches brandies, des boules de pain et des quartiers de viande salée.

Pierre chercha Jourdain, l'aperçut au pas d'une porte en compagnie de trois femmes qui lui parlaient ensemble, et minaudaient, et se rengorgeaient en arrangeant leur chignon sous la coiffe. Comme il se plaisait à l'observer, il le devina si captivé par ce que lui disaient les jeunes mères qu'il en fut intrigué. Il lui apparut alors que son Jourdain ne savait pas écouter sans passion. En vérité, Pierre l'avait toujours vu ainsi, bien qu'il n'y ait jamais pris garde : de pied en cap attentif aux discours des hommes saints autant qu'aux bavardages des commères. Accoudé à ses fortes cuisses sur les marches tiédies par le soleil il se prit à sourire aussi béatement qu'Audebert le faisait à s'emplir les yeux du contentement de ses ouailles, puis lui vint à l'esprit que peut-être ce frère farouchement aimé qu'il voyait fasciné par l'intarissable babil des trois ménagères ne cherchait parmi ses semblables, avec l'espérance obstinée d'un assoiffé perpétuel, qu'une seule parole, celle qui par miracle lui ouvrirait le cœur. Et pour s'appliquer ainsi à n'en négliger aucune, sans doute s'imaginait-il ingénument que la merveille illuminante pouvait lui venir de n'importe où : d'une bouche d'enfant, d'une apparente futilité de fille, d'un grincement de vieillard, d'une pure sentence. Une des femmes, d'un geste simple, l'invita à entrer. Il fit « non » de la tête. Les autres lui prirent les mains et sans qu'il n'ose résister l'entraînèrent dedans.

– Curé, dit Pierre, qui demeure à la maison forte ?

– Personne, répondit Audebert. Elle est propriété de Durand de Beaucaire, l'évêque d'Albi. Dieu merci, il n'y vient jamais.

– Quand nous aurons gagné la guerre, dit Pierre en se levant tout droit, je la ferai donner à Jourdain du Villar.

Le prieur leva vers lui la tête, rit en silence de le voir ainsi, tant rêveur que benoît, fermement assuré dans son âme contente, puis il lui désigna des hommes qui sortaient en courant d'une ruelle en pente, chargés de planches et de tréteaux, de nappes et de bancs, de tonnelets de vin et de corbeilles lourdes. Les sergents les accueillirent à grands cris innocents et paillards et s'empressèrent de les aider, l'un prenant à lui seul deux fûts portés par quatre, l'autre avec des compères déployant des draps blancs, tandis que les matrones tiraient les enfants hors de l'ombre de l'orme où l'on dressait la table, et couraient en tous sens, et se laissaient poursuivre en piaillant dans l'air bleu.

Jourdain un gobelet au poing sortit de la maison des femmes. Comme il restait sur le seuil à cligner les yeux devant l'affairement joyeux qui emplissait la place, Pierre s'en vint vers lui d'un pas de seigneur en promenade. A côté de son compagnon il s'adossa au mur, se tint muet un long moment, puis :

– Vois comme ils sont contents, dit-il.

– Prends garde que nos hommes ne s'enivrent, lui répondit Jourdain. Pour nous, il n'est plus de chemin sûr désormais, et la route est longue jusqu'en Ariège.

– Jouis un peu, que diable ! Profite de la paix.

– Pierre, je ne peux pas.

Ils se turent encore, chacun laissa longtemps errer sa rêverie dans les mille soleils où s'ordonnait la fête. Enfin Pierre grogna, pris de vague inquiétude :

– Promets que tu vivras.

Il sentit une main se poser sur son épaule, resta la tête droite à regarder les gens. Il entendit son frère dire tranquillement :

– Je veux trop savoir pour ne pas vivre centenaire. Pierre, ne parlons plus. S'il te faut du secours, un jour, à Montségur, ne doute pas de moi, je viendrai.

Pierre gloussa, haussa les épaules, et répondit avec une si franche candeur que Jourdain se sentit honteux d'avoir ainsi parlé :

– Bien sûr que tu viendras.

Audebert, s'approchant de la table chargée de victuailles et de tonneaux fleuris, leur fit signe de le rejoindre, puis d'un geste large de patriarche campagnard il désigna les bancs aux sergents de la troupe. Tous prirent place. Pierre vint à sa droite et Jourdain à sa gauche. Alors le prêtre bénit l'assemblée des hommes et bénit aussi le peuple qui se tenait debout alentour sur la place. Après quoi il ouvrit ses bras courtauds et dit :

– Étienne de Saint-Thibéry et Guillaume Arnaud, frères inquisiteurs du tribunal ecclésiastique de Toulouse, avec leurs greffiers et leurs acolytes, sont donc trépassés cette nuit, Dieu ait leur âme.

Il goûta un moment le silence recueilli qui tout à coup l'environnait, courba lentement le dos, appuya ses deux poings sur la nappe blanche. L'œil luisant, il poursuivit ainsi :

– Mes enfants, ils sont morts de fièvre foudroyante, sachez-le. Certes, les maladies qui affligent le monde nous sont bien mystérieuses. Nous savons cependant que si le cœur est froid, et le sang dans le même corps plus bouillonnant que soupe sur les braises, l'un se rompt et l'autre déborde. C'est là le malheur qu'ont souffert ces moines assurément capables de bonté, hors de leurs heures de juges. Vous, pauvres hommes impatients de boire et de bâfrer, vous avez été la main de nature qui fend la pierre en plein hiver, rien d'autre. Ne vous en glorifiez pas. Souciez-vous plutôt de ne point tomber dans cette peste qui a pris la vie de ces clercs haïs de vous, autant haïs, misérables jean-foutre, que vous le serez peut-être vous-mêmes un jour prochain. Car vous souffrez, vous aussi, de fureur trop ardente. Et si vos cœurs restent gelés après ce qui fut fait, incapables d'amour, de pardon, d'humble peine, craignez de n'avoir vu cette nuit que vous-mêmes tels que d'autres bientôt vous laisseront sur quelque pavé de village. Appelez donc le Christ notre Sauveur à l'aide. Il faut qu'Il demeure pour votre salut sans cesse présent au plus chaud de vos âmes. Il faut que sans cesse Il soit au plus sacré de vous comme le dernier pain de février que l'on garde pour les enfants, quand la famine menace et que rien ne germe encore. Préservez-Le, mes fils, prenez grand soin de Son bon feu dans vos poitrines. Alors vous pourrez bien rester ce que vous êtes, pécheurs, méchants, menteurs, tordus comme la vigne, ce n'est pas moi qui vous jugerai, parce que je sais, moi, que le seul tribunal qui rende vraie justice n'est pas du royaume des hommes. Nos pauvres frères Étienne de Saint-Thibéry et Guillaume Arnaud avaient oublié cette vérité simple. Tant pis pour eux. Qu'ils soient pourtant aimés. Que Dieu ne les abandonne pas, oh ! certes non ! car s'Il les abandonnait, pourrait-Il un jour nous secourir, nous qui ne sommes pas meilleurs qu'ils le furent ?

Audebert se tut, resta appuyé sur ses poings, le regard si étincelant que chacun à la tablée autant que sur la place se tint sans oser dire un mot. Les pleurs d'un nourrisson traversèrent l'air calme. Une femme courut vers une porte ouverte. Un homme lui cria d'amener le petit. Le prêtre alors s'assit, déploya une vaste serviette sur son torse et sa bedaine, soupira d'aise enfin, sourit à tous, et penchant vers Pierre sa figure ronde il lui dit fièrement, en confidence :

– As-tu vu comme ils sont restés muets ? Que veux-tu, j'ai le don de parole. Je le dois à mon père. C'était un conteur redoutable. Il était capable d'épouvanter le triple de soudards rien qu'en disant « tonnerre » et en roulant des yeux.

Des abeilles vinrent bourdonner autour des viandes et des fleurs. Elles suffirent à réveiller les hommes, leur faim gourmande, leur soif, leurs disputes rieuses.

Vers le milieu de l'après-midi, après qu'Audebert les eut embrassés tous, ils quittèrent Saint-Félix, alourdis de vins et de mangeailles, serrant des mains du haut de leurs chevaux, emportant en secret dans leurs crânes étonnés de ces regards de femmes où le désir s'avoue d'autant plus hardiment que les hommes s'en vont sans espoir de retour. Ils chantèrent en chemin de nouveaux chants de cœur au vent, rudes et lents, mais ne parlèrent point. Seuls vinrent à leur rencontre dans la brise fraîchie quelques colporteurs à dos d'âne qui se rangèrent, leur chapeau craintivement ôté, sur le bas-côté de la route pour les laisser passer. Aux abords du crépuscule, parvenus sur un plateau aux horizons brumeux, ils découvrirent au bout du sentier un hameau sans église planté parmi des rocs, des coquelicots et des avoines dont les ondulements se perdaient au loin, sous le ciel bas. Ils firent halte à la lisière. Tandis que les chevaux délivrés de leurs selles broutaient l'herbe haute à l'écart des sergents serrés ensemble au creux profond d'un champ, Jourdain et Thomas, tirant leurs bêtes à l'abreuvoir, s'enfoncèrent seuls entre des pans de murs peuplés de chiens errants. Ils débouchèrent presque aussitôt sur une petite place ceinte de quelques bâtisses. Là n'étaient qu'un homme occupé à l'affûtage de sa faux et une femme lasse qui traversait l'aire battue en traînant des seaux d'eau parmi les porcs et les volailles.

Ces gens ne parurent point savoir qui ils étaient. Thomas voulut l'apprendre à l'homme, mais, comme l'autre, après un coup d'œil malveillant à sa figure, se détournait de lui pour faire luire sa longue lame courbe aux derniers feux du jour, le garçon s'en vint vers la femme qui avait posé ses fardeaux débordants contre ses jupes et regardait avidement les visiteurs en essuyant ses mains à son tablier. Elle lui demanda, tandis qu'il s'approchait :

– Vous venez du monde ?

Thomas, déconcerté, se prit à rire sottement. L'homme en maugréant s'enfonça dans l'obscurité d'une grange. Des lucarnes ouvertes vinrent des bruits dans l'air du soir : chocs de vaisselle, raclements, vieilles toux. Jourdain cria :

– Y a-t-il ici quelqu'un qui veuille nous parler ?

Ils écoutèrent, n'entendirent plus, dans les masures, que vie suspendue, rares crépitements de bûches, fuites brèves.

– Peut-être connaissez-vous Bertrand, dit derrière eux la femme venue tout près sans qu'ils l'aient entendue. C'est mon fils. Il est parti. Peut-être savez-vous où il est.

Elle eut un geste malingre et désolé pour désigner l'immensité de l'espace au-delà des maisons, l'infini des chemins sous mille cieux et vents, et tant de saisons indifférentes à son attente, à son espoir éperdu d'entendre un jour une nouvelle de ce fétu de vie à jamais envolé dans l'univers sans bornes. Elle sourit un peu, serra son vêtement contre son cou flétri et dit encore :

– Il me ressemble beaucoup.

– Dieu le garde, bonne mère, lui répondit Jourdain.

Elle fit « oui » de la tête et revint à ses seaux. Thomas s'en fut chercher les chevaux qui buvaient à l'auge sans cesse emplie d'un jet de source. Tandis que Jourdain le rejoignait, une voix d'homme se mit à tonner dans la maison où la femme était entrée.

Au pas de leurs montures ils s'en retournèrent sur le sentier pierreux jusqu'au bord du champ où était une ruine de bergerie. Là ils hésitèrent à rejoindre la troupe dans les hautes herbes, puis Jourdain délia sa couverture sur la croupe de son cheval. Tous deux s'installèrent au pied du vieux mur. Dans la nuit calme et noire où crissaient des grillons ils partagèrent leur pain, quelques pommes acides. Quand ils eurent mangé ils s'allongèrent côte à côte et restèrent muets à contempler les scintillements des astres dans les ténèbres.

– Mon maître, dit Thomas après longtemps de silence, croyez-vous qu'il y ait autant de chemins sur terre que d'étoiles au pays de Dieu ?

Jourdain lui répondit, les yeux perdus :

– Il y avait un Bertrand dans la chambre des moines.

– Croyez-vous qu'il était le fils de cette femme ? demanda Thomas.

De la crête du mur dans un frisson soudain un oiseau s'envola. L'herbe bruissa tout près, les insectes se turent, puis leur chanson timide à nouveau grésilla dans la nuit rassurée.

– Je sais bien que ma mère est en souci de moi, murmura Thomas.

Il renifla, dit encore, la voix altérée :

– Hé ! qu'elle pleure, pauvre femme, peu m'importe ! Je suis libre, je suis bon et je sais aimer. N'est-ce pas, mon maître ?

– Nous allons nous quitter, lui répondit Jourdain.

– Longtemps ?

– Dieu sait.

– Pourquoi ?

Ils ne parlèrent ni ne bougèrent plus. Tous deux restèrent recueillis à se chercher l'un l'autre sur les routes du ciel.

Tout au long de la matinée prochaine ils chevauchèrent

par chemins et villages traversés en si grande hâte qu'ils n'aperçurent au pas des portes que visages effarés, enfants tenus serrés dans les jupes des mères, rares épieux joyeusement brandis et courses brèves devant la cavalcade. Vers l'heure de midi ils s'enfoncèrent dans l'épaisse fraîcheur de la forêt d'Ariège où ils ne cheminèrent plus qu'en compagnie d'oiseaux dans la lumière des feuillages. Quand au sortir du bois de Montferrier la citadelle leur apparut sur l'échine du mont, le soleil resplendissait derrière le rempart ombreux. Du bas sentier ils saluèrent tous à grands cris ce refuge semblable à un faubourg céleste où étaient leurs feux d'âtre, leurs femmes, leur repos, et s'engagèrent sur le raidillon avec une fureur nouvelle.

Alors Jourdain s'arrêta au milieu du chemin. Pierre plus haut fit halte et se tourna vers lui, tandis que les hommes, sans l'attendre, s'éparpillaient sur la friche montante, cherchant des raccourcis buissonniers. Plus haut encore à la cime d'un rocher apparut Thomas, raide sur son cheval parmi les buis et les chênes verts. Tous trois restèrent un moment immobiles, puis Pierre leva son gant au-dessus de sa tête pour un dernier salut, fit tournoyer sa monture, tendit le poing vers le sommet de la montagne où les remparts brunis semblaient tenir captifs les derniers feux du jour, et hurlant tout à coup il éperonna si rudement sa jument qu'elle se cabra en hennissant avant de s'enfoncer entre les arbres. Comme les feuillages se refermaient derrière lui, Thomas, dressé sur ses étriers, se prit à lancer au ciel des paroles violentes que Jourdain ne put comprendre. Le garçon, criant encore, lui aussi tourna bride et disparut dans les fourrés.

Jourdain, demeuré seul, s'en alla par la sente qui menait au torrent des lavandières. Au bord de la clairière où étaient les planches à lessive il laissa son cheval, suivit malaisément la rive vers l'amont parmi les broussailles et les hautes herbes odorantes jusqu'à pénétrer sous une épaisse voûte de branches où était un trou d'eau peuplé de libellules bleues. Il savait que là, tous les soirs à la tombée du jour, Bernard Marti venait secrètement confier sa vieille âme à l'amitié des éphémères. Il s'assit dans ce lieu silencieux et attendit. Les verdures peu à peu s'assombrirent. Nul ne vint. Il pensa que le vieux parfait, accaparé par le retour des hommes, avait peut-être pour ce soir renoncé à goûter le parfum de paix qui régnait dans cette chapelle de nature. Il courba le dos, prit dans ses mains son front. « Bernard, Bernard, se dit-il, pourquoi ai-je voulu vous revoir ? Vous avez trahi Dieu en bénissant ces meurtres. J'aurais dû pour cela me détourner de vous, et pourtant maintenant je n'ai même plus le cœur de vous reprocher ce que vous avez fait. En vérité, savez-vous ce que je veux, ce que j'espère à toute force, pauvre fou que je suis ? Que vous allumiez devant mes yeux une lueur nouvelle vers où je puisse aller. » Il eut un sourire misérable et résolut de partir sans plus tarder. Alors il entendit bruisser les buissons proches.

Une bouffée de feu lui emplit la poitrine, mais il ne bougea pas. Bernard Marti s'assit près de lui sans un mot.

– Bernard, lui dit Jourdain, je n'ai plus foi dans vos paroles.

Il n'eut pas un regard à son visage. Il ajouta, à voix presque basse :

– Il faut pourtant que vous m'aidiez.

Bernard resta muet à contempler l'eau calme. Un mulot ruisselant apparut sur la rive, flaira l'alentour, puis d'une course brusque s'enfonça sous les herbes. Jourdain malaisément s'agita, dit encore :

– Dites-moi seulement que vous avez mal agi, je vous sens si souffrant. Mon Dieu, nous sommes tous faillibles.

Un sourire fugitif traversa la face du vieil homme. L'autre le devina, d'un bref coup d'œil pointu. Il en fut pris de hargne sourde, à grand bruit soupira, gronda enfin :

– Pourquoi ne me parlez-vous pas ? Je ne veux rien que vous comprendre. Est-ce trop demander ? Oh ! certes ! je sais bien que ce massacre était inévitable, mais pourquoi donc l'avez-vous béni ? Pour prendre tout ce mal que nous avons commis sur votre pauvre échine ?

Il se tut, tout à coup songeur. Une feuille tomba de la voûte de branches, comme un lambeau de nuit sur l'eau luisante.

– Oh ! Dieu ! murmura-t-il, que mes enfants demeurent innocents, que soient miens leurs chagrins, leurs péchés, leurs misères, et vous ne pourrez rien contre mon bonheur d'être ! Bernard, n'avez-vous pas un soir ainsi prié devant moi ?

Jourdain regarda le vieux parfait, le vit semblable à une ombre à la tête penchée. Comme il s'en détournait sans espoir de réponse, il entendit ces mots paisiblement offerts à l'obscurité immobile :

– Ne t'acharne pas à tout comprendre. Tu es ici dans un lieu où il me plaît de ne parler à personne, même pas à Dieu. Laisse-moi donc. Dans la clairière où tu as laissé ton cheval tu trouveras une femme. Tu devras la protéger et prendre sur toi ses peines, s'il lui en vient. Dans ce monde et dans l'autre, la paix sur toi, mon fils.

Jourdain ouvrit la bouche pour questionner encore mais s'en retint. Il s'entendit répondre :

– La paix sur vous, Bernard.

Il se dressa, l'esprit tout embrumé, et s'en retourna le long de la rive. Parvenu à la lisière de l'espace découvert où sa monture broutait l'herbe, il s'arrêta. Au bord du torrent était une femme au corps nocturne, svelte et droit. Il reconnut Jeanne, attendit, perplexe, qu'elle vienne à lui, mais elle ne bougea pas. Il s'approcha jusqu'à distinguer son visage, découvrit près d'elle son baluchon de hardes, puis examina sa figure, l'air si méfiant et déconcerté qu'elle se mit à rire.

Elle lui dit d'un ton d'évidence légère :

– J'ai décidé de quitter Montségur. Je n'ai plus rien à craindre, maintenant que les inquisiteurs sont morts et leurs registres brûlés.

– Bernard m'a demandé de veiller sur toi, lui dit Jourdain.

– Oh ! répondit Jeanne, vous n'aurez guère à le faire ! Je ne serai pas un fardeau. Messire Marti m'a seulement conseillé de profiter de votre départ pour voyager en votre compagnie. Il a confiance en vous.

Elle le regarda bravement, dit encore :

– Moi aussi.

Ils restèrent tous deux sans parler, face à face. Un instant doux passa.

– Que font-ils au château ? dit Jourdain.

Ils festoient, répondit Jeanne.

Et penchant de côté la tête, joyeusement moqueuse :

– Qu'avez-vous ? Si j'étais le spectre de Guillaume Arnaud, votre mine ne serait pas plus chagrine.

Il sourit, enfin. Alors elle lui prit la main et le conduisit sous un arbre aux longues branches basses. Là, sur une couverture étendue, étaient une boule de pain et des fromages dans une vasque de feuilles. Elle dit :

– J'ai pensé que vous auriez faim.

Il gronda :

– Une faim de loup.

Les yeux de Jeanne brillèrent.

– J'aime cela, dit-elle.

6

Après qu'ils eurent mangé, l'un près de l'autre ils s'allongèrent. Jourdain dans un soupir ferma sa porte au monde. Pareil dans l'ombre noire à un gisant d'église il parut endormi à peine les yeux clos. Jeanne à côté de lui semblablement couchée resta un long moment à l'affût de son souffle puis sans bruit, lentement, le sang battant aux tempes, elle risqua un bras à l'écart de son corps, jusqu'à, d'un bout d'index, joindre le poing de son aimé. Unie à lui par cet effleurement elle se tint longtemps dans une veille extrême, malgré son cœur qui l'étouffait. Comme elle osait à peine respirer, la large main de l'homme se posa sur la sienne. Elle eut un geste vif de brûlée, poussa un gémissement, se sentit aussitôt emprisonnée et tenue ferme. Elle ne bougea plus, peu à peu s'apaisa, et le sommeil la prit.

A la pointe de l'aube quand elle ouvrit les yeux, elle se trouva pelotonnée contre Jourdain, la joue sur sa poitrine et les épaules chaudement enlacées. La fraîcheur de la nuit, le hasard des remuements ou peut-être l'amour ingénument avoué dans la liberté des songes les avait ainsi rapprochés. Elle ronronna d'aise, fit mine de dormir, pour se garder encore dans cet enclos de paradis où par bonheur inattendu elle s'était réveillée. Elle entendit au-dessus de sa tête :

– Tu as rêvé tout haut.

Elle se redressa à demi, demanda :

– Qu'ai-je dit ?

Jourdain sourit et ne répondit pas. Elle fut d'un bond debout, effrayée comme une fille prise en faute, s'avisa qu'elle tenait ses mains sur son ventre, les retira vivement, craignant qu'il ne soupçonne à ce seul geste qu'elle portait un enfant de lui. C'était là son secret le plus précieux et le plus redoutable. Hors Béatrice et Mersende elle ne l'avait dit à personne, sauf à Bernard Marti, dans la nuit d'avant-veille, à l'heure où son Jourdain menait ses massacreurs au travers du verger de Jacques d'Alfaro. Le vieux parfait lui avait conseillé de tout avouer sans crainte à cet ami qu'il estimait comme le plus tendre des êtres, malgré ses mines hautaines et ses silences de perdu. Elle lui avait vertement répondu qu'elle n'avait pas faim de sa pitié et qu'elle se jetterait dans quelque rivière plutôt que d'endurer son aide, s'il n'éprouvait pas pour elle d'amour véritable. Marti, l'entendant ainsi parler, avait souri. Et Jeanne avait compris qu'en vérité ce n'était point par fierté qu'elle désirait se taire, mais par effroi de la blessure qu'elle aurait à souffrir si elle se voyait rejetée au large de cet homme, après qu'elle se fut livrée à lui.

Jourdain, l'œil amusé par son effarement, alla tranquillement harnacher sa monture. Elle courut à l'eau, se lava la figure, mit en ordre sa coiffe, épousseta sa jupe, s'en revint à son compagnon, et sans cesser de l'examiner, son baluchon au creux de la hanche, elle attendit qu'il eût bouclé la selle, fort attentive et curieuse de savoir quelle trace ces paroles qui lui avaient échappé dans son sommeil avaient laissé dans l'esprit de cet être farouche aux gestes lents et précis. Elle le devina d'humeur plus légère qu'à l'ordinaire, crut même entendre qu'il fredonnait entre ses lèvres, sans paraître se soucier de sa présence. Elle s'en trouva peu à peu délivrée de toute inquiétude, et bientôt se laissant emporter par son cœur prompt à s'élancer elle en vint à se dire qu'assurément elle parviendrait un jour, avec l'aide de Dieu, à défaire l'âme de son Jourdain des broussailles qui l'étouffaient, et à la faire éclore dans le bienheureux amour d'elle.

Il se hissa en croupe, l'aida à monter derrière lui et dans le matin bleu, le front à hauteur d'arbre tous deux s'en allèrent au pas de leur cheval. Parmi l'or des genêts, la rosée ruisselante et les rochers mouillés ils cheminèrent jusqu'à la courbe de la vallée. Là ils firent halte pour un regard d'adieu à la citadelle avant que l'échine du mont qui ombrageait le chemin ne l'efface du ciel où elle resplendissait.

– Je vois votre maison, dit Jeanne, désignant au pied du donjon un grain de toit, un fragment de muret échappé des verdures.

– Elle n'est plus mienne, lui répondit Jourdain.

Sa voix paisible résonna dans l'air où ne passait nul vent. Il regarda pourtant cette pincée de tuiles à l'extrême bord de la cime. Il n'éprouva point d'amertume, ni de regret, ni de mélancolie. Plus fort à cet instant était l'appel des routes, et plus captivant, malgré la ronchonnante méfiance qui lui bridait l'esprit, l'aveu balbutiant que Jeanne lui avait fait tandis qu'elle dormait, blottie contre son corps comme une enfant peureuse. Des femmes quelquefois lui avaient dit qu'elles l'aimaient, des passantes avides, des pleureuses auxquelles il n'avait su répondre, une émouvante écervelée que le temps avait emportée et qui lui avait laissé l'âme comme une grotte grande ouverte à d'incompréhensibles bourrasques. Auprès de toutes, même de celle qui l'avait fui, il s'était senti entravé par des liens impalpables qu'il lui avait fallu douloureusement arracher de lui quand la soif de liberté l'avait poussé dehors.

Aucune n'avait jamais parlé contre sa joue à mots si simples et si peu griffus. Il s'émerveilla de ce chantonnement à peine perceptible qui l'avait réveillé dans le matin naissant. Il s'en était senti baigné d'innocence inespérée, ému à pleurer presque, comme si la voix des sources s'était frayée un chemin jusqu'à lui pour le laver du sang qui l'engluait et lui faire savoir qu'il n'était pas damné, que les morts étaient morts comme l'hiver passé, et que l'été venait, et qu'il y avait partout de la joie neuve à vivre, et de l'amour offert même aux meurtriers d'hier, pour peu qu'ils se désarment.

D'un long moment de chevauchée dans le jour neuf il se laissa aller à savourer ce don que Jeanne, à son insu, lui avait fait. Il lui vint à l'esprit qu'en vérité il ne savait rien de cette jeune femme aux bontés irréfléchies, sauf qu'elle lui avait paru déconcertante chaque fois qu'il l'avait rencontrée au hasard des sentiers ou de l'ombre des murs. Lui revinrent ses airs de fausse insouciance, ses paroles légères où se devinait le souci de l'âme, ses élans gais, ses retenues soudaines, son regard magnifiquement avide, un soir, sous la lampe d'un auvent où Bernard Marti avait prêché. « Mélancolique et pourtant rieuse, se dit-il. Elle est ainsi. » Cela lui plut. Il la revit offerte impudemment à lui devant le premier feu de sa maison aux poutres neuves. Il en eut un moment l'esprit tout trébuchant. Après qu'il eut joui d'elle, il avait craint qu'elle ne le poursuive. Elle ne l'avait pas fait. Il lui en avait su gré.

Il se réjouit d'avoir à veiller sur sa vie. Il espéra l'aider, lui rendre un peu du bien qu'il avait reçu d'elle. « Jeanne a tout du printemps, pensa-t-il, la beauté de fruit neuf, la candeur passionnée, le savoir ingénu et le sentiment vif que rien ne peut durer. » Il sourit en lui-même. Il lui demanda si elle désirait retourner à Vendines. Elle se prit à rire et lui répondit étourdiment :

– Oh non ! Dieu garde ! je vais où vous allez !

Elle rougit aussitôt, s'effraya de son audace inconséquente, pensa qu'il lui fallait expressément brider la jubilation qu'elle éprouvait à voyager seule avec cet homme aimé, sur une route qu'elle s'ingéniait par mille ruses de cœur à imaginer infinie. Elle s'empressa d'ajouter :

– Toulouse est une bonne ville, les ateliers n'y manquent pas. J'y trouverai sans peine à occuper mes doigts.

Ces paroles furent aux oreilles de Jourdain comme un babil passager parmi les chants d'oiseaux, les bruissements de la brise et les battements sourds du pas de leur cheval sur l'herbe du chemin. Il les entendit à peine. Tandis qu'elle se tenait craintivement muette il se plut encore, dans les mille lumières et parfums de la matinée, à s'émouvoir des souvenirs qu'il avait d'elle. Ils cheminèrent en silence rêveur jusqu'au faubourg de Lavelanet, où ils arrivèrent vers l'heure de midi.

Ils firent halte à la lisière de la ville dans une cour d'auberge encombrée de chariots et de bottes de paille où les assaillirent, dès la barrière franchie, les hauts cris d'un rougeaud à la canne levée sur l'échine d'un fuyard d'âge tendre. Comme ils mettaient pied à terre près du seuil d'où sortait une âcre puanteur de four froid, l'homme à coups de savate et de bâton ferré bouscula le garçon au-devant des deux voyageurs et lui ordonna de s'occuper de leur monture. Après quoi, tant geignard que rogneux, essuyant son front moite et désignant la route où ne passait personne :

– Ils sont devenus fous, même les femmes d'âge, leur dit-il. Imaginez, messire. Ils se sont mis en tête d'assiéger le logis de l'Inquisition. Je n'ai qu'un fils, moi, et croyez-m'en, je le clouerai tout nu, pieds et poings, contre cette porte plutôt que de le laisser courir à pareille émeute.

A nouveau s'échauffant il se reprit à maudire l'enfant affalé devant lui contre un tonneau ruiné, brandit encore son arme rustique sur ses épaules, terrible et boursouflé comme un bourreau bouffon hésitant au carnage. L'autre esquiva la menace, saisit la bride du cheval et s'en alla trottant vers l'écurie. Jeanne et Jourdain franchirent l'entrée de la maison où n'était qu'un colporteur attablé sous la lucarne, indifférent à tout sauf au croûton de pain qu'il tranchait dans son écuelle fumante avec la lente précision d'un solitaire inébranlable.

– A aiguillonner l'ours, craignons ses coups de griffes, dit l'aubergiste, pénétrant derrière eux dans la salle embrumée par la fumée de mauvais feu qui débordait de l'âtre. Savez-vous la nouvelle ? Étienne de Saint-Thibéry et Guillaume Arnaud, avec leurs moines, leurs greffiers, leurs valets et leur troupe, ont été massacrés l'autre nuit dans leur lit par des gens de Toulouse, à ce que certains disent. Je ne les pleure pas, certes non. Mais je crains.

Il torchonna la table où les voyageurs prenaient place, et pointant sous son nez un bout d'index crasseux :

– Mon flair de cuisinier ne m'a jamais trompé. Nous provoquons le ciel, messire, il va pleuvoir du sang !

Jourdain, faussement grave, l'approuva d'un hochement de tête et lui demanda du vin. Le bedonnant prophète aussitôt s'éloigna, son chiffon sous le bras, vers les profondeurs obscures de sa demeure.

– La fièvre gagne, dit le colporteur, humant l'air par la lucarne ouverte, comme s'il supputait une montée d'orage. J'étais hier à Foix. On y lève des troupes. Les villages s'énervent.

L'œil de Jourdain brilla. A peine sourit-il. Jeanne l'examina, sourit aussi pour elle, puis, s'inquiétant de la guerre possible :

– Resterez-vous à Toulouse ?

Il ne l'entendit point, la regarda pourtant, revint à ses pensées. « Pierre avait donc raison, le pays se réveille, se dit-il. Et peut-être est-il vrai que d'un assassinat peut naître quelque bien. A violer une fille on peut faire l'enfant le plus précieux du monde. A tuer salement dans une chambre obscure on peut donc ranimer un espoir de lumière. » La voix du colporteur à nouveau résonna, aigre et nette :

– Il semble que le comte Raymond ait envoyé des messagers à tous les barons du pays. Les chemins vont bientôt devenir infréquentables.

– Les auberges aussi, tonna le tavernier, revenant encombré de cruches et de bols.

Il servit à la hâte et s'en fut dans la cour appeler le garçon. Le colporteur essuya son couteau sur sa manche, repoussa son écuelle, déploya sa haute taille et s'en alla sans un salut.

– Vous ne m'avez pas répondu, dit Jeanne.

Ils burent en silence. L'aubergiste revint, poussant son fils devant.

– Il s'échappait, le bougre, dit-il, le poing tendu à ses épaules maigres.

L'autre baissa la tête, s'en fut le pas traînard jusqu'à la cheminée, puis il grogna, teigneux, bottant bûches et braises :

– J'attendrai que tu dormes, je prendrai le mulet et je m'en irai loin.

– Par les pouces, brigand, je te pendrai à ces solives, lui brailla le bonhomme au travers de la salle.

– Je mangerai la corde, répondit le garçon dans un sanglot rageur.

Le rougeaud vint à lui, bousculant les tables et les tabourets.

– Ah ça, fils de putain ! veux-tu que je t'enferme dans la cave avec les araignées, les rats et les fantômes ?

– Je brûlerai la porte ! cria l'enfant, courant à la resserre.

La dispute fit rire Jeanne, point Jourdain, qui resta pensif.

– Si j'ai un jour un fils, il sera comme lui, dit-il.

– Oh non ! répondit sa compagne dans un grand élan doux. Il sera ingénu, pudique, fier aussi. Vous lui apprendrez à tailler des sifflets dans des branches de sureau, à dénicher les merles, à tenir l'épée droite, à chevaucher sans selle. Il sera bien aimé.

Elle voulut parler encore, ne trouva pas les mots. Des larmes dans ses yeux brillèrent.

– Lui aussi aura soif d'aller au bout du monde, dit Jourdain.

– Dieu du ciel ! pour quoi faire ? demanda Jeanne, inquiète.

– Pour être là, debout sur la dernière falaise, avec l'infini devant lui et appeler quelqu'un, je ne sais qui.

Il sourit, pauvrement. Jeanne lui répondit :

– Il aura ce désir, ce sera sa lumière. Mais ses pieds aimeront la terre, l'herbe verte et la vie d'ici-bas.

Un grognement poussif les fit se retourner. L'aubergiste posa sur la table une boule de pain, une écuelle de viande sèche, s'assit en face d'eux, s'accouda pesamment.

– Moi, messire, dit-il, je ne veux pas entrer dans ces querelles de Toulousains et de gens d'Église. Je suis, au bord de cette route, celui qui nourrit et qui désaltère. Que passent par chez moi des sergents ou des moines, des juifs, des hérétiques ou des inquisiteurs, tous boivent le même vin, mangent les mêmes choux, soufflent pareillement sur le même potage, pètent les mêmes vents et me paient en mêmes deniers. Ici, ils sont tous frères, non point en Jésus-Christ mais en tripes et mangeailles. Si dehors ils l'oublient, Dieu les garde. Je n'aiderai pas l'un, quel qu'il soit, à mortifier l'autre.

Ils ne s'attardèrent guère dans la compagnie de cet homme. Après qu'ils eurent mangé, ils sortirent au plein soleil et s'en allèrent à l'écurie chercher leur monture. Ils y trouvèrent l'enfant. Il s'était enfoncé jusqu'aux épaules dans un tas de foin et de là guettait le dehors, le visage tendu, les yeux étincelants. Comme ils passaient près de lui, ils virent que son poing à demi dissimulé sous l'herbe sèche tenait un coutelas de boucherie aussi long que son bras. Jourdain lui demanda ce qu'il comptait faire de son arme. Le garçon répondit :

– Tuer, messire, venger ma bonne mère. On m'a dit que l'heure était venue.

Jeanne se pencha sur lui, s'enquit doucement de cette femme qui semblait consumer son âme chétive. Il l'écarta nerveusement de la lumière de la porte et sans cesser d'examiner la cour il lui dit avec une fierté sauvage qu'elle était morte en pèlerinage où les clercs de Pamiers autant que ce peureux qui prétendait être son père l'avaient forcée d'aller. La voix du gros homme retentit au seuil de l'auberge. L'enfant aussitôt s'enfuit au fond de l'écurie et par une brèche au bas du mur il se glissa dans un buisson touffu.

Dès la barrière franchie les voyageurs virent l'aubergiste au milieu du chemin chercher et appeler, l'air tout désemparé, tournant partout la tête. Ils le laissèrent derrière eux à crier sa rage désolée dans la chaleur du jour qui faisait grincer les insectes, et bientôt s'enfoncèrent entre les façades ombreuses d'une longue ruelle où n'étaient que de vieilles gens rencoignés sous des porches, des femmes à peine aperçues entre deux portes, et de rares dévalements de garçons vers le jour vif de la place.

Tandis qu'ils s'avançaient sous des guirlandes de linges et les galeries de bois qui joignaient les maisons, de cette lumière au bout de la rue leur parvint la rumeur de plus en plus sonore d'une voix à la musique haute, aux trébuchements brusques, aux envols si joyeux et exaltés qu'ils soulevaient à leur suite d'amples houles et bruissements d'assemblée. Au débouché de l'étroite chaussée leur apparut le peuple partout remuant et pressé jusque sur les charpentes des auvents qui entouraient l'esplanade et les branches du chêne au centre de la foule. Là, parmi les feuillages, étaient assis des enfants aux pieds nus. D'autres au-dessous d'eux grimpés sur la margelle du puits se tenaient aux arceaux pour mieux entendre et voir l'homme qui leur parlait, planté droit, devant le portail de l'église, sur le socle ensoleillé d'une croix de pierre. C'était un parfait de longue et maigre taille. A peine avait-il vingt ans. Sa robe noire aux manches troussées jusqu'aux coudes était élimée, poussiéreuse, alourdie de vastes poches, sa figure était radieuse, ses mains étrangement agiles lui échappaient sans cesse pour voleter dans l'air et se tendre aux visages, aux poings levés, aux piques, aux bâtons brandis. Jourdain se tourna vers Jeanne. Il lui dit :

– C'est Pons Bayle.

Elle le reconnut aussi. Il était, l'an passé, un jour de fin d'automne, venu à Montségur. Tous deux se souvenaient l'avoir vu, à peine entré dans le château, ouvrir ses bras aux gens, nobles autant que pauvres, comme s'il retrouvait de vieilles connaissances, et se réjouir de tout ce qui l'environnait malgré ses pieds en sang et sa figure hâve et son corps décharné par un jeûne si long qu'il n'avait su en dire la durée. Bernard Marti lui avait offert l'hospitalité, le temps que s'effacent les cernes qui enfiévraient ses yeux. Pons lui avait répondu avec une véhémence jubilante qu'il était le cheval de Dieu, qu'il n'éprouvait jamais de fatigue et que si son maître céleste lui commandait de se rendre sur l'heure au-delà de la mer chez les bêtes sauvages il y courrait aussitôt. De ces paroles à peine dites il avait ri à grands éclats. Bernard en était resté fort perplexe. Le jeune fou s'en était allé le lendemain sans saluer personne, après une journée passée sur le chemin de ronde à suivre du regard les traversées d'oiseaux dans le ciel tourmenté.

On ne l'avait jamais revu. Et là, sur ce bord de croix baignée de lumière, il était tel que Jeanne et Jourdain l'avaient connu, semblablement content et décavé, volubile et nerveux, infatigable et frêle, violent et aérien, comme si le sel du temps qui tout ronge avait épargné cet être que la mort semblait partout accompagner sans qu'il daigne la voir, sauf pour rire avec elle. Aux bouches bées et aux regards grands qui le contemplaient avec une enfantine avidité il disait que de Montségur même, la plus haute cité du monde où vivaient les hommes les plus proches du paradis, étaient descendus les bienheureux brigands qui avaient porté le coup mortel à la mauvaise Église. Et il riait. Il disait qu'il était allé dans cette citadelle et qu'il avait su, à peine l'avait-il vue, que d'elle viendrait le salut véritable, celui qui éclôt contre toute attente comme une aube par une brèche dans une nuit brisée d'un coup de front des anges.

Et il riait encore. Il disait qu'il voyait dans l'air de cette place les âmes de ces gens qui l'écoutaient, et qu'elles ne se souciaient point de vengeance, mais plutôt de s'entrebaiser librement, maintenant que les diables de Rome s'étaient renfoncés dans la terre. Il disait que désormais s'ouvrait un nouveau règne, non point celui de la justice que les turbulents mystères du monde ne sauraient accueillir, mais celui des pauvres qui connaissent la douleur et la bonté de vivre, l'effrayante fragilité du cœur et la couleur des yeux de Dieu.

Et Jeanne descendue de cheval se sentait émue et ravivée par ces paroles. Sans cesse elle jetait des regards à Jourdain, craignant qu'il ne veuille partir, et se tenait aux harnachements pour n'être pas séparée de lui, et se rassurait de le voir patient. En vérité il n'était occupé que des visages qui peuplaient la place. Plus que l'illuminé qui leur parlait, le captivaient l'empreinte des mots dans les yeux immobiles des hommes, et l'abandon des femmes, et leur oubli du temps, des nouveau-nés plaintifs alanguis sur leur sein, de leurs travaux du jour.

La frémissante approbation à tous venue en même temps, quand fut dite la gloire des pauvres, l'emplit de brusque amour pour ces êtres aux sentiments errants qui se croyaient promis aux sources pures. « Bientôt, se dit-il, les manigances des nobles, les calculs des clercs, les complots des princes les changeront en bêtes absurdes. Pourquoi, Seigneur, s'élèvent si haut les désirs, quand les vérités sont si basses ? » Comme il s'insurgeait confusément dans son cœur, il entendit un lointain ferraillement de cavalcade. Des enfants à l'instant parvinrent sur la place. Au milieu d'eux était le fils de l'aubergiste que les autres environnaient et précédaient avec respect parce qu'il portait à la ceinture le coutelas de cuisine qu'il avait volé à son père. Jourdain l'appela, lui demanda s'il savait d'où arrivait cette troupe qu'il voyait maintenant s'approcher à petit trot massif dans la longue pénombre de la rue traversée d'éclats de lumière. Parmi les mouvements et les bruits de voix soudainement enflés autour de lui il entendit que c'étaient là des hommes du comte de Foix. Il saisit Jeanne au poignet, l'aida à grimper derrière lui en selle et poussa sa monture sous les auvents des échoppes jusqu'à s'enfoncer dans un étroit passage encombré d'ordures, de porcs bourbeux et de ronciers.

Dès qu'ils se trouvèrent entre les murs ébréchés de ce boyau où seuls des frôlements et des souffles de groins troublaient la chaude puanteur de l'air, Jeanne demanda pourquoi ils s'enfuyaient. Jourdain, guidant malaisément sa bête, lui répondit qu'il ne voulait pas être reconnu, même de soldats alliés à ceux de Montségur, car désormais il n'avait plus aucun ami au monde, sauf Pierre de Mirepoix, qu'il n'espérait pas revoir. Après qu'ils eurent débouché sur la rive feuillue d'un torrent, il ajouta qu'il devrait ces jours prochains se méfier de tout, et qu'elle risquerait peut-être de graves désagréments à demeurer longtemps avec lui.

– Oh ! dit-elle en riant avec simplicité, Dieu nous garde ! Avec vous je n'ai peur de rien, sauf quelquefois de vos silences.

Sa réponse l'émut. « La peste, pensa-t-il, tant grognon que content, jusqu'où m'embarrassera-t-elle ? » Ils s'engagèrent sur une passerelle de moulin au travers de l'eau vive, s'en furent sur un sentier bordé de jardins et sortirent de la ville.

Vers le milieu de l'après-midi, comme ils chevauchaient sur un chemin désert, d'un creux de verdure au fond des champs et des friches ils virent s'élever une épaisse fumée. Quelques moines bientôt sortirent en grande hâte des tourbillons obscurs et se dispersèrent sur la lande, bondissant, froc troussé, au-dessus des buissons. Derrière eux apparurent des gens de village armés de longs bâtons, et d'autres qui tiraient à grand-peine des ânes lourdement chargés, sans se soucier des fuyards. Jourdain s'arrêta pour regarder au loin ces traques effrénées et minuscules dans la lumière dorée des blés que menaçaient les lourdes nuées rabattues par le vent. Il se dit que c'était là son œuvre et celle de Pierre. Il resta fasciné, l'esprit inquiet, le cœur secrètement allègre, tandis que Jeanne, effrayée par les âniers et les chasseurs d'hommes qui se rapprochaient d'eux, le poussait à reprendre la route.

Ils voyagèrent sans autre encombre jusqu'aux faubourgs de Pamiers, où ils arrivèrent à l'heure du crépuscule. Il faisait un temps à confier à la nuit proche les plus innocentes nostalgies du monde. De longs nuages pourpres traversaient le ciel derrière les tours carrées qui cernaient, au bout de la route poussiéreuse, la porte du rempart. Jeanne fredonnait à peine, du bout des lèvres, la joue posée entre les épaules de son compagnon. Dans l'air que ne troublait aucune brise sa musique sonnait si distincte et si pure à l'oreille de Jourdain qu'il chantait lui aussi dans son cœur, sans mot dire. Comme ils s'avançaient ainsi au pas de leur monture parmi les cabanes éparses où tremblaient des lueurs de lampes, ils virent des hommes rassemblés sur un espace aride. Entre leurs corps ils devinèrent un mort couché de son long sur la terre nue. Deux femmes près de lui étaient agenouillées. L'une pleurait, le visage dans ses mains, et l'autre, serrant contre son sein la tête du gisant, parlait avec colère à ceux qui l'entouraient. Jourdain fit halte près d'un jeune mendiant vêtu de lambeaux de laine qui, du bord du chemin, à petits coups de tête au bout de son long cou semblait flairer de loin cet attroupement où l'on criaillait obscurément. Il tenait un bol de bois dans une main ballante et dans l'autre une branche noueuse. Au geste hasardeux qu'il fit au-dessus de son crâne ras, sans même se tourner vers eux, ils surent qu'il était aveugle. Jeanne, du fond de sa bourse fouillée parmi les hardes de son sac, sortit un denier et le déposa dans la sébile tendue aux étoiles naissantes, puis elle lui demanda s'il savait qui était là-bas couché. Le claque-faim ramassa la pièce d'un coup de pouce preste et répondit, sans se laisser distraire des hommes indécis alentour du cadavre :

– L'évêque le payait pour écouter aux portes. C'est son frère qui l'a tué. Il crèvera aussi. Ils crèveront tous, ceux-là, les autres, comme les inquisiteurs de Toulouse.

Jourdain d'un mot furieux le voua au diable et d'un coup d'éperon reprit sa route droite. A peine passé la porte de la ville il dut renfoncer sa bête sous un porche d'écurie pour éviter le vent d'une troupe de cavaliers en armes qui descendait la ruelle. Les deux voyageurs regardèrent ces soldats ferraillants disparaître au-delà de la haute voûte sous les derniers feux du crépuscule, puis se mirent en quête d'un toit où passer la nuit.

Ils trouvèrent abri dans la cathédrale. Quand ils y entrèrent, quelques groupes informes dormaient déjà le long des murailles. Avant de se coucher au creux d'une niche profonde où étaient des cierges allumés devant une Vierge en bois peint, Jeanne alla s'agenouiller au pied de l'autel. Au retour de sa prière elle trouva Jourdain déjà pelotonné contre le mur. Elle s'allongea près de lui et murmura contre sa nuque une bénédiction d'amante. Il ne répondit pas. Elle resta chaudement accolée à son dos.

Après quelques traversées de villages effervescents et rencontres de chariots environnés de bandes cavalières, parvenus à la cime d'une colline plantée d'oliviers au soir d'un nouveau jour de voyage leur apparurent la Garonne où cheminaient des barques, des ponts hérissés de tourelles et de maisons aux fumées errantes, des moulins sur l'eau et parmi les toits roux, les clochers de Toulouse illuminés par le soleil couchant. Ils se laissèrent baigner de brise à contempler la grande ville, puis sous le couvert argenté des arbres ils descendirent jusqu'au Pré Cardonnel. Dès la lisière du vaste champ les assaillit une épouvante puanteur d'ordures brûlées. Çà et là étaient des gibets et des pieux obliques d'où pendaient des lambeaux de cordes. Au loin, près d'une haute croix, de vagues grisailles montaient encore d'un relief de bûcher. Ils s'avancèrent dans ce lieu désolé jusqu'à découvrir deux sergents occupés à jouer aux dés aux pieds du Christ pétrifié sous le ciel pâle. Ces hommes regardèrent venir les voyageurs sur leur cheval, puis tout à coup alertés tournèrent la tête vers l'étouffant brouillard qui couvait à quelques pas le cercle de débris consumés. Une créature furtive en sortit, jeta sur son épaule un ballot au fond lourd et s'en alla trottant. D'un bond les gardes se dressèrent, lui coururent dessus en la hélant rudement. C'était une vieille femme aussi maigre et cendrée que la Mort même. L'un lui tordit le bras jusqu'à l'agenouiller, l'autre sans souci de ses cris lui arracha son sac avec une hargne tant avide qu'il en tomba de cul. Jourdain près d'eux fit halte et toisa les pendards du haut de sa monture, le dos droit, l'air sévère.

– Voyez, messire, dit le soudard assis par terre.

Il plongea ses deux mains dans la misérable besace, exhiba des ossements noircis devant sa figure triomphante, les jeta par-dessus l'épaule, en sortit d'autres, partit d'un rire saccadé sous son casque trop grand. Il dit encore :

– Ce sont des débris d'hérétiques. Des gens viennent parfois voler de ces reliques.

– Menons-la au viguier, grogna son compagnon.

La vieille agenouillée haletait et priait. Aux deux soldats qui la tenaient contre leurs bottes trouées Jourdain demanda combien de marcs d'argent leur étaient payées ces sortes de prises. Ils répondirent ensemble. L'un dit deux, l'autre trois. Dans l'herbe il laissa choir quatre pièces luisantes. Les hommes les ramassèrent, les examinèrent une à une, l'œil précis, et les faisant sonner dans leur paume ils s'en retournèrent à leur jeu de dés. La vieille s'en alla vers le bord de Garonne. Au bout du champ, Jeanne et Jourdain franchirent la porte du Bazacle entre deux remparts ruinés où n'étaient que ronces et chats sauvages. Sur les toits de la ville sonnait l'angélus du soir.

7

Par les ruelles encombrées de charrettes, de portefaix, de femmes babillardes et d'ânes taciturnes, de bancals harcelant des gens en baguenaude, d'odeurs de cuir, d'épices, de tripailles et d'étables, de psalmodies d'aveugles, de marchands de gros sel aux clochettes acides, ils cheminèrent à grand-peine à la recherche de la rue des Bancs-Majours, qu'on leur avait dite proche du Capitole. Là était la maison de Sicard Lalleman. C'était le seul parent que Jourdain eût en ville, et comme sa demeure approchait une inquiétude lourde, quoique vague, envahit peu à peu son cœur. « Peut-être, se dit-il, ne suis-je plus pour lui qu'un dangereux perdu. Peut-être aura-t-il peur de me donner asile. » Infiniment lointaines lui parurent ces années de prime jeunesse où pour chaque Noël et Saint-Jean de juin maître Lalleman venait au Villar visiter sa famille. C'était un cousin de son père. Il n'avait pas d'épouse. Il était avocat. Au regard innocent de l'enfant du château, il était fastueux comme un Roi mage. Environné d'une caravane de rêves, ainsi lui apparaissait à l'entrée des plus belles fêtes de l'an ce juriste aux robes lourdes qui affectait un intérêt benoît pour sa menue personne, se laissait attirer aux nichées de faucons et jurait en latin quand par pure bonté il perdait aux échecs. Tandis qu'il chevauchait avec Jeanne éblouie dans les poussières d'or de cette fin de jour printanière, revinrent à l'esprit de Jourdain de ces plaisantes sottises aux musiques sonores. Il en fut tout échauffé de nostalgie. Maître Sicard avait cessé de venir au Villar après qu'il eut conquis un siège de consul au parlement de Toulouse. Autant que ses sûres compétences, sa maîtrise dans l'art d'engourdir les méfiances avait fait de lui, à ce que l'on disait, l'un des membres les plus influents de cette éminente assemblée. « Même avec les enfants et les vieilles servantes il rusait par plaisir », pensa Jourdain, poussant son cheval harassé le long des obscures boucheries de ce quartier des Bancs-Majours qui paraissait peuplé, plus que de gens de robe et de parcheminiers, de chiens, de commerçants crasseux et de mégères. Un ruisselet de sang et d'eau entre les étals où bourdonnaient des nuées de mouches parmi les viandes mena sa monture à l'encolure basse jusqu'au carrefour de l'Homme-Sauvage. Passé les chants braillards qui montaient d'un soupirail de taverne, la rue était déserte et bordée, jusqu'au fond ouvert sur le pré du Capitole, par deux longues bâtisses. L'une était un couvent, l'autre celle de ce vieux cousin dont il espérait bon accueil.

Près du portail voûté dans une niche fleurie de roses fraîches était un saint Martin au manteau pourfendu par une épée de pierre. Ce signe de maison charitable raffermit sa confiance quelque peu émoussée par ses ruminations. Il franchit le seuil pavé de galets, mit pied à terre et lia la bride de sa bête au figuier près du puits. Jeanne à mi-voix lui dit qu'elle l'attendrait là. Comme il s'avançait vers le fond de la cour où était une demeure de belles briques, il vit s'ouvrir la porte et sortir un valet qu'il reconnut à l'instant, malgré les ans passés. Apparemment, depuis le temps béni de ses visites au château de son père, Sicard Lalleman était toujours servi par le même truand autrefois ramassé au pied d'une potence après que la mauvaise corde où l'avait pendu le bourreau de Toulouse se fut rompue tout net au-dessus de son cou. Le bonhomme fronça le nez, écarquilla les yeux, le désigna de l'index, poussa un cri épanoui et s'en retourna dedans en appelant son maître. Il ne tarda guère à resurgir, lui prit la main, le fit entrer et courut aux soins de son cheval.

Dans la salle près des fenêtres étroites lui apparut le corps massif d'un scribe aux larges manches à demi dissimulé par une imposante écritoire qu'illuminaient deux lampes. Sa tête était penchée derrière un buissonnet de grattoirs et de plumes. Alentour, sur les tentures et les bahuts bougeaient les lueurs d'un feu de fortes bûches. Dans la paix de ce lieu à peine troublée par des crépitements d'étincelles et des crissements doux :

– Jourdain du Villar, dit la voix enjouée de Sicard Lalleman, te voilà donc revenu de Terre sainte.

Le consul ferma son encrier, se dressa, lourd et lent, s'avança, débonnaire, l'œil joyeusement vif et les bras grands ouverts. Jourdain le découvrit plus épais de figure que dans son souvenir, plus bas de taille aussi. Il répondit, rieur, après qu'ils se furent embrassés :

– J'ai quitté Jérusalem depuis bientôt trois ans, mon bon cousin.

Le vieil homme, tout à ses remuements de bienvenue,

parut n'avoir pas entendu. Il prit son visiteur par l'épaule, évita son regard. Un grain de froid piquant ternit un court moment sa lumière joviale.

– Que me chantes-tu là ? lui dit-il. N'y es-tu pas retourné ?

– Certes non.

Maître Sicard, qui déjà l'entraînait vers la cheminée haute, fit halte au milieu de la salle, appesantit sa main sur la nuque de ce jeune parent poussiéreux qui le dépassait d'une tête et répondit, l'air étonné, tant plaisant que grondeur :

– C'est pourtant ce que tu viens à l'instant de me dire, mon cher enfant. Et tu l'as dit aussi à mon valet Peignon. Assurément tu t'en souviens. Et tu m'as dit enfin que tu t'en venais à Toulouse avec l'intention ferme et fort louable d'entrer au service de notre jeune comte Raymond. Et je t'ai cru, mon fils, parce que je suis un homme simple.

Il eut un geste errant, un hochement de tête, puis menant à nouveau son compagnon pantois vers le banc près du feu :

– En vérité, peut-être me suis-je laissé abuser par la malheureuse affection que je te porte, ou par ton air de bon aloi, qu'importe. S'il faut qu'un jour j'avoue avoir été trompé, la faute est amplement pardonnable. Donc, tu reviens de Terre sainte.

« Le renard, le Pilate, le mauvais grimacier, pensa Jourdain. Il sait tout de ma vie. Depuis deux ans sans doute il m'espionne sans cesse, et certes, il m'attendait. » La brusque envie le prit d'écarter loin de lui cet étouffant bonhomme qui le tenait au bras d'une poigne trop assurée. Il s'en retint, se dit encore : « Hé ! je l'effraie peut-être ! » Il répondit, méfiant et paterne :

– J'en reviens à l'instant, puisque vous le voulez.

Sicard s'épanouit, poussa un soupir d'aise, et le regard soudain étrangement candide il lui tendit les mains pour la deuxième fois.

– Quel bonheur de te revoir, lui dit-il de bon cœur. Sans mentir, mon cousin, tu m'as donné bien du tourment.

Son air était si franc que Jourdain tout béat se laissa embrasser comme un piquet planté. Tous deux enfin s'assirent devant les hautes flammes.

– Autant qu'il m'en souvienne, dit le consul, s'installant dans un devisement de bonne compagnie, notre pauvre frère Saint-Thibéry t'avait conseillé ce nouveau voyage, après les compromissions hérétiques dont tu t'étais rendu coupable. J'avais en son temps longuement conversé avec lui de tout cela. Je lui avais fait valoir que ta curieuse passion de tout savoir des êtres et des machineries du monde t'avait sans doute malencontreusement égaré. Nous étions convenus que tu méritais l'indulgence et que si tu faisais preuve de repentir convenable, après deux nouveaux ans passés à méditer et à combattre outre-mer, ton château du Villar te serait tout bonnement rendu.

Il croisa les mains sur son ventre, laissa aller le menton sur sa poitrine, resta rêveur le temps d'un éclat d'étincelles, puis :

– Quel diable, pauvre enfant, t'a donc poussé sur ce mauvais chemin ? Cessons nos simagrées, elles me sont pénibles. Comment vais-je pouvoir te sauver maintenant ?

– Nous serons bientôt en guerre, maître Sicard, lui

répondit Jourdain s'efforçant à l'entrain, le cœur tout cahotant. J'ai vu sur mon chemin le peuple remuer. Le comte de Toulouse rameute ses barons. S'il chasse les Français et renferme les gens d'Église dans leurs cloîtres, vous n'aurez guère à vous soucier de moi.

Le vieil homme maugréa et remua la tête, comme si l'empêtrait quelque songe pesant.

– Bien sûr, l'espoir est là, dit-il, mais il est tout menu.

– Les clercs inquisiteurs et les nobles du Nord sont partout détestés dans le pays. Quoi ? Doutez-vous vraiment que nous puissions les vaincre ?

– Raymond le peut, mais s'il s'engage il le fera sans toi, lui répondit Sicard, l'œil aiguisé sous la paupière lourde.

– Pourquoi ? risqua Jourdain.

L'autre le regarda sans paraître le voir, puis rabaissa le front, s'affaissa en méditation vague, haussa tout soudain les sourcils, et les yeux à nouveau piqués de lueurs vives :

– Un seul homme à Toulouse peut te laver de pied en cap.

Il resta à l'affût, une moue à la bouche, tapi dans son silence comme un joueur matois.

– Allons, dites-moi qui, lui demanda Jourdain, riant malaisément.

– D'Alfaro, répondit Sicard.

Et tout à coup s'animant, semblable à un gourmet visité par un fumet de belle viande :

– Il est puissant mais j'en sais long sur lui. C'est un proche du comte, il est son demi-frère. Va le voir de ma part. Mon seul nom lui dira qu'il ne peut pas te nuire, car il n'ignore pas que je le tiens un peu.

– Et moi, maître Sicard, me tenez-vous aussi ? dit à mi-voix Jourdain, l'air faussement léger.

L'autre l'examina, la mine rendurcie, resta un moment sans répondre.

– Si je ne t'aimais pas, tu ne pèserais rien, gronda-t-il enfin avec une gravité de vieux père. Tu ne ferais même pas un espion convenable. Non, je ne te tiens pas, je tiens à toi, c'est tout. Je ne veux pas te perdre.

– Aidez-moi seulement à combattre, lui répondit Jourdain. C'est pour cela que je suis venu à Toulouse. Je ne veux rien d'autre que servir dans la troupe du comte Raymond, et rien d'autre de vous que quelques jours d'asile, le temps de rencontrer ceux qui voudront de moi. D'Alfaro en effet peut être un homme utile.

– D'Alfaro est un diable. Apprends donc, jeune fou, à flairer tes semblables. Il se jouera de toi si je te laisse seul.

« Pourquoi ferait-il cela, pensa Jourdain, pour quel plaisir, ou quel profit ? Et ce vieux papelard, pourquoi me regarde-t-il ainsi ? Qu'ai-je donc de si pitoyable, sacredieu ? Ces gens me sont décidément trop étrangers. Ils ne suivent pas des routes droites, s'opposent sans combattre et biaisent et feintent et jouent avec des mots masqués. Dieu me garde d'entrer dans leurs machinations. » Il entendit Sicard lui dire doucement :

– Tu m'estimes retors, n'est-ce pas ?

– Assurément vous l'êtes.

– Hé ! c'est ma seule force !

– Pardonnez-moi, je ne vous savais pas d'un cynisme si rude.

Maître Sicard gloussa, eut dans l'œil un éclat d'espièglerie finaude, puis soudain s'assombrit et dit paisiblement :

– La force, d'où qu'elle vienne, est sans vertu ni vice. Elle n'est rien qu'un outil. Et je crois faire meilleur usage de mon hypocrisie que toi, beau combattant, tu n'en as fait ces jours-ci de tes armes.

Et comme Jourdain restait la tête basse à ruminer des foudres :

– Notre comte Raymond a confié à Jacques d'Alfaro le soin de manigancer cette tuerie où tu as trempé ton nez. Soit. Il avait besoin d'une étincelle pour allumer son feu. Mais quel homme sensé pourrait imaginer qu'il puisse désormais se commettre dans la compagnie, même passagère, de l'un ou l'autre de ces inavouables ouvriers de boucherie qui l'ont servi gratis ? Je savais que tu ne retournerais pas à Montségur avec ton Pierre de Mirepoix. Dès que tu as compris à quel travail il te menait, tu l'as haï, et avec lui tous ceux qui vous avaient poussés, et tu t'es vu sans plus de frère ni de maison sur ta montagne, perdu, libre de tout, sauf, apparemment, de cette jeune tisserande de Vendines que tu m'as amenée, je ne sais trop pourquoi. Où pouvais-tu aller ? A Toulouse. Non point chercher abri auprès du bon Sicard, je connais ta fierté. Elle était émouvante quand tu étais jeunot. Elle ne t'est guère plus utile aujourd'hui qu'une lampe allumée devant des yeux d'aveugle. Pauvre enfant ! Tu espérais en venant à la ville trouver un chemin de rédemption, quitte à te contenter de rencontrer la mort et de lui ouvrir les bras pour peu qu'elle te dise : « Tout est bien, mon Jourdain, tu as payé ta faute. »

Le vieux consul leva ses larges mains et se prit à rugir, débordant de fureur joyeuse :

– Misérable ! Qu'as-tu fait du sang de ton père, de son

goût de jouir, de son front de sanglier qu'aucun mur n'effrayait ?

– Comment savez-vous tout cela de ma vie ? dit Jourdain, ébahi.

Sicard lui répondit en riant :

– Mazerolle.

Un espion, ce balourd, ce dindon gobe-mouches ? Jourdain sourit vaguement au visage épanoui de Sicard Lalleman, puis son regard s'en fut jusqu'à l'ombre lointaine entre mur et plafond. Mazerolle en effet avait de quelques jours suivi son arrivée à Montségur. Sa lenteur de pataud toujours tombant des nues et son innocente ardeur à rire avec les autres des moqueries dont on l'accablait l'avaient fait passer aux yeux de tous pour une brute épaisse à l'esprit de chiot. Il le revit à la sortie de la poterne sous le ciel noir d'Avignonet, errant parmi ses compagnons souillés du sang des clercs sur l'espace pavé où l'incendie des registres illuminait le rempart du château. Dans l'assourdissant vacarme des carillons qui emplissaient la nuit, tandis que les hommes s'en revenaient en hâte à leurs montures, il avait trotté jusqu'à son capitaine qui chevauchait déjà, et sa figure lunaire maculée de salissures répugnantes mais nette de tout tracas lui avait dit en souriant qu'il quittait ici la troupe et partait pour Toulouse.

– Certes, il n'avait pas pensé que tu viendrais me voir, dit Sicard. Cela, je l'ai flairé quand il m'a rapporté ta dispute avec ce brigand de Mirepoix.

Il se pencha vers son jeune cousin, lui prit les mains, dit encore :

– Jourdain, je suis heureux de t'avoir près de moi. En

ville, ces jours-ci, on s'agite beaucoup. Des soldats vont et viennent. Tu passeras inaperçu. Sauf d'Alfaro, tout le monde ignore à Toulouse que tu étais de ces étripailleurs qui, soit dit en passant, ont fait bien des contents, en cachette de Dieu.

– Mazerolle le sait. Êtes-vous bien certain qu'il n'a servi que vous ?

Sicard Lalleman croisa ses doigts sur sa bedaine et répondit, moqueur :

– Il ne parlera pas, mon petit, sois tranquille. Je lui ai payé son dû, et Peignon l'autre soir lui a tranché le cou.

Sicard Lalleman ne voulut pas en dire davantage. Il se dressa en maudissant à voix geignarde ses douleurs de vieil homme et s'en fut par la salle appeler son valet avec une truculence de charretier. L'autre à peine paru s'entendit houspillé comme une mule cabocharde. Sicard, secrètement joyeux dans sa mauvaise foi chicanière, s'étonna par mille dieux et diables que la table ne fût pas encore dressée et le dîner servi. Tandis que Peignon s'insurgeait contre l'injustice patente de son maître, Jourdain s'en alla s'accouder sous l'arc de la fenêtre. L'air de la cour était baigné de lune tiède. Jeanne n'était plus sous le figuier immobile près du puits. Il en fut tout à coup tant inquiet qu'il en oublia sur l'instant les sauvageries feutrées, chausse-trappes et menaces brumeuses que les discours de son vieux cousin avaient partout désignées autour de lui.

Il se retourna vers la salle où Sicard et Peignon, l'un tonnant et l'autre fuyant autour de l'écritoire, semblaient jouer avec un entrain saugrenu une vieille comédie de ménage. Il demanda au valet où était partie la jeune femme avec qui il était venu. L'autre sursauta, comme pris en flagrant délit de négligence, et répondit qu'il l'avait conduite chez un tisserand de sa connaissance qui tenait boutique rue des Paradoux.

– Elle me l'a demandé comme un service urgent et n'a pas voulu que je vous prévienne, dit-il, tout pleurnichard. Par pitié, messire cousin, ne me disputez pas. Je peux si vous voulez la ramener sur l'heure.

Sicard le poussa aux cuisines et d'un mot sans appel décida que la donzelle avait agi comme il fallait. Jourdain s'approcha lentement du feu, l'âme vide et plus seul tout à coup qu'au cœur des lointaines nuits du désert. Comme il renâclait contre cette froidure qui l'envahissait, une lueur lui vint en tête. Il lui apparut que Jeanne, depuis qu'ils s'en étaient allés ensemble, avait sans cesse été à son côté aussi précieuse qu'une gardienne nourricière. Il s'en trouva déconcerté, se demanda sur quel imperceptible trésor elle avait ainsi veillé. Un court moment il goûta la saveur d'une confiance insouciante qu'il avait quelquefois sentie germer dans l'obscurité de son esprit, tandis qu'ils voyageaient. Il se souvint qu'il avait voulu se défaire d'elle. Une bouffée de joie échauffa sa poitrine, fugace, vite éteinte. Il pensa : « La fatigue seule me fait bancal, point l'absence de cette fille. » Il n'osa la nommer, même dans son silence.

Après qu'ils eurent dîné, Sicard Lalleman dit à Jourdain qu'il lui avait fait préparer un logis hors de sa maison, où il ne désirait pas qu'il revienne. Ils convinrent que Peignon tous les jours irait prendre de ses nouvelles et lui porter les informations que le consul jugerait utiles à sa sauvegarde. Ils s'étreignirent longuement sur le pas de la porte, tandis que le valet battait la semelle dans la ruelle, tenant d'une main le cheval par la bride et de l'autre une torche haut levée. A l'instant de se séparer, Sicard retint son cousin par la manche et murmura contre sa joue, avec une sorte de tristesse franche et sévère :

– Je souhaite de tout cœur trépasser avant toi.

Puis, d'un geste brusque de la main, il le chassa.

Comme il cheminait avec Peignon par les rues désertes, Jourdain voulut savoir dans quelle humeur exacte Jeanne avait quitté la cour où il lui avait demandé de l'attendre. L'autre lui répondit qu'elle lui avait paru un peu mélancolique, mais qu'ils avaient cependant ri ensemble à suivre, chemin faisant, une bande d'enfants au cul nu qui chevauchaient des porcs. Avant qu'il ne la quitte, pensant assurément à « messire cousin », la jeune femme lui avait dit : « A la grâce de Dieu. » Peignon répéta trois fois ces mots avec une emphase croissante, comme s'il se fût agi de quelque énigme prophétique. Les paroles du valet rassurèrent Jourdain. Jeanne ne l'avait pas fui, mais s'était sans doute souciée de ne point demeurer à sa charge. Il décida d'aller, dès le prochain matin, la visiter à son travail.

Passé les deux tours obscures qui gardaient l'entrée du Pont-Neuf ils s'engagèrent au-dessus de l'eau où s'enchevêtraient étroitement des échoppes de bois mêlées de tourelles et de galeries traversières. Entre un petit oratoire orné d'un saint grossièrement sculpté et la haute maison d'un marchand de vin, ils firent halte devant une boutique de parcheminier dont l'enseigne écaillée chantonnait sous la brise comme un oiseau plaintif. La porte poussée d'un coup d'épaule grinça pis qu'un guichet de l'enfer.

Ce lieu où n'habitait depuis longtemps personne empestait le moisi. Tandis que Peignon déposait sur la longue table une dizaine de chandelles, Jourdain ouvrit le volet de la lucarne, huma le vent piquant du fleuve, puis s'en fut grimper à l'échelle qui menait à des combles sommaires. Comme il découvrait ce grenier à la charpente basse où n'étaient qu'un lit de paille et une cruche, le bonhomme lui dit qu'il mènerait demain son cheval à une étable de sa connaissance. Après quoi il l'assura qu'il serait là tranquille, car les murs de cette demeure étaient encore empreints des mille bontés et pensées généreuses d'un philosophe qui y avait autrefois vécu parmi ses livres.

– Il était juif, dit-il, et cela le fit rire inexplicablement, comme à la plus joyeuse facétie du monde.

Ayant ainsi parlé, il partit sans un bonsoir.

Jourdain demeuré seul s'en alla respirer l'air de la nuit à la fenêtre. Contre le mur de l'hôpital Saint-Jacques, sur l'autre rive, un feu brûlait. Des fanaux luisaient sur la Garonne. De longs appels de bateliers lui parvinrent des lointains embrumés où étaient les moulins du Bazacle. La brise était fraîche, puissamment odorante. Il se plut à s'en baigner le visage jusqu'à ce que montent de l'eau noire de vagues relents de pourritures. Il regarda les étoiles. Lui revinrent des paroles que maître Sicard lui avait dites. Le consul lui parut avoir grandement exagéré le péril où il était. Qui connaissait son visage dans cette grande ville ? Personne. « Je peux si je le veux m'engager parmi les fantassins et les coupe-jarrets de l'armée du comte Raymond, se dit-il. Que suis-je d'autre, désormais, qu'un routier parmi la piétaille ? »

Tandis qu'il contemplait les oiseaux noirs qui paresseusement entrecroisaient leurs vols au-dessus du fleuve, une phrase tranquille entendue de Khédir un soir de bel orient lui traversa l'esprit avec une force de flèche. « Tu es un chercheur de vérité. » Il se souvint que l'aveugle lui avait dit cela presque négligemment, en lui servant le thé, sous l'arbre où ils parlaient devant l'humble maison de terre. Il lui avait demandé avidement : « La trouverai-je ? – Non », lui avait répondu le derviche, plus absorbé par la chaleur de son breuvage que par les mots qu'il laissait aller dans l'air doux. « Elle te trouvera, où que tu sois. »

Une nostalgie lourde l'envahit. Comme il s'était éloigné de cet homme ! Ses sentences maintenant lui paraissaient aussi dénuées de poids qu'un souvenir de parfum de rose. Elles ne le nourrissaient plus. Leur sens même lui échappait. Il aperçut une longue barque silencieuse qui glissait lentement vers l'arche du pont. L'envie subite le prit de se laisser tomber dessus et de partir où le voudrait le fil de l'eau. Des lanternes étaient à sa proue et à sa poupe. Il lui sembla qu'elle passait, sans qu'il ose bouger, comme passe une dernière chance. Quand elle eut tout entière disparu dans les ténèbres, il ferma le volet. Alors il entendit qu'on frappait à la porte. En trois enjambées il y fut. C'était Jeanne.

Ils restèrent face à face, l'une dehors, n'osant le moindre pas, l'autre planté sur le seuil à examiner, tout surpris, ce visage qui lui venait il ne savait d'où, rosi par la fraîcheur de la nuit. Elle balbutia :

– Peignon m'a dit où vous trouver.

Ses yeux brillèrent, inquiets, aimants. Elle s'efforça de

sourire, et tenant son fichu serré sur sa poitrine elle dit encore :

– J'ai craint de ne pas vous revoir. Vous auriez pu m'oublier, distrait comme vous êtes.

Il lui sourit aussi. D'un geste simple et lent il lui ouvrit les bras, et tout soudain ils s'étreignirent, gémissants et rieurs, entrèrent enlacés dans la demeure obscure, fermèrent derrière eux d'un coup de pied la porte, se prirent aux tempes pour se mieux regarder, se baisèrent la bouche, furieusement gourmands, se serrèrent encore à perdre sens et souffle, s'écartèrent, haletants, se contemplèrent, les mains mêlées, l'un et l'autre muets, éberlués, radieux. Jourdain enfin poussa un soupir délivré.

– Je ne t'espérais pas, dit-il.

Elle lui répondit :

– Vous m'aimez donc un peu ?

A nouveau il l'attira contre lui, la tint blottie étroitement et la berça debout, la bouche avide et chaude sur sa chevelure répandue en houle brune hors de la coiffe dénouée, tandis qu'elle lui demandait sans cesse, le visage étouffé dans sa tunique, agrippée comme un chat à sa taille, à son dos :

– Oh ! dites-moi ! m'aimez-vous bien ?

Son murmure finit en râle bienheureux car Jourdain, l'empoignant aux reins, aux fesses fermes, buta contre son ventre, impétueux et rude, et le ventre de Jeanne s'offrit à la fière poussée, et son regard s'en fut vers les cieux du dedans, et sa tête éperdue partit à la renverse. Un moment elle s'abandonna à l'errance effrénée des lèvres sur son visage, sur son long cou tendu, sur ses seins dénudés d'un déchirement bref, bouleversée par l'insurpassable bonheur de se livrer sans force au désir de l'aimé. Puis il voulut impatiemment la prendre contre la longue table. Alors elle se défit de lui et l'entraîna jusqu'à l'étage où était le lit de paille. Elle le dévêtit. Il fit de même d'elle et gravement, avec une grâce attentive, se dérobant aux véhémences de son homme elle l'attira au long plaisir, aux mille découvertes des bouches et des mains, aux exaltations lentes, aux aveux débridés, à l'offrande sans bornes jusqu'à rouler ensemble, hors des jours et des nuits, hors des vies et des morts.

Après qu'ils furent revenus au monde, ils se tinrent longtemps embrassés sur la paille, puis Jeanne se sentit à nouveau taraudée par l'inavouable et pourtant irrépressible inquiétude des femmes éprises. Mille fois dans son cœur elle demanda : « M'aimes-tu ? », jusqu'à ce que les mots débordent de sa bouche. Il répondit que oui et la serra plus fort sur sa poitrine. Alors d'un bond subit elle s'agenouilla devant l'homme couché, et les mains jointes sur son ventre elle dit dans un souffle tremblant :

– Voilà bientôt deux mois tu m'as fait un enfant.

Il se mit à genoux lui aussi devant elle, regarda sa Jeanne aux yeux grands, sourit petitement.

– Mon Dieu, dit-il, mon Dieu, quelle étrange nouvelle.

8

De l'enfant à venir ils ne parlèrent point cette nuit-là. Jourdain resta les yeux ouverts, couché raide et tenant serrée contre lui Jeanne vivement éveillée. Longtemps elle guetta un possible grincement d'humeur, maintenant que son homme connaissait son plus grave secret, ou un signe d'absolution suffisant, aussi fugitif soit-il, pour la délivrer de sa crainte sans cesse renaissante de n'être pas aimée. Aucun des gestes et soupirs de la grande ombre immobile qu'elle n'osait pas interroger ne l'apaisa ni ne l'inquiéta, et dans la paix incertaine où elle errait elle finit par s'endormir.

Jourdain, lui, ne connut qu'un sommeil épisodique et malaisé. La pensée de cet être vivant qui bientôt poserait sur lui le plus énigmatique regard du monde lui fut d'abord extrêmement contrariante. Il n'en voulut rien montrer, par souci d'épargner cette chaude compagne qu'il estimait d'âme fragile. Cependant, comme la fatigue tempérait sa morosité, lui vint le sentiment que peut-être lui était offert un insurpassable cadeau, le plus beau et le plus effrayant qu'un homme puisse recevoir. Il n'avait rien voulu ni demandé, et voilà que lui était accordée la grâce de faire œuvre de vie. Une fierté si joyeuse l'envahit que son cœur ne put la contenir. Il voulut la brider. Bougonnant dans ses dedans il se jugea le plus naïf des hommes. « La belle affaire, se dit-il, que d'engrosser une femme ! Au premier sot venu ce pouvoir est donné. Il n'y a pas là de quoi se boursoufler d'orgueil. » Il ne parvint point pourtant à étouffer ce feu tourmenté mais invincible qui l'illuminait. Il s'y abandonna par instants bienheureux jusqu'à ce qu'enfin il s'assoupisse, une heure avant l'aube, dans un inextricable buisson de rêves, de craintes et de rires profonds. La rumeur de sa propre voix le réveilla. La bouche de Jeanne baisait çà et là sa poitrine, et il gémissait d'aise. Il faisait grand jour.

Il s'assit sur la couche, la figure ébahie. Elle lui sourit, lui souhaita le bonjour. Par des fentes du toit tombaient autour d'eux des traits de lumière poussiéreuse. A la chaleur déjà franche dans la pénombre du logis ils surent que sur la ville où bruissaient mille appels, roulements et chants d'enclumes s'était levé un de ces soleils de fin de printemps qui font courir les garçons aux rivières. Jeanne se vêtit en hâte, descendit ouvrir le volet de la lucarne. Son compagnon la suivit en battant ses hardes piquées de brins de paille. Comme il parvenait pesamment au bas de l'échelle, à peine vit-il s'échapper un pan de son jupon par la porte entrebâillée sur un éclat de jour. Il alla s'accouder à l'étroite fenêtre. Au loin dans le ciel pur fumaient mille toits roux. Sur le vaste fleuve glissaient des barques nonchalantes que manœuvraient des bateliers armés de longues perches. Des hommes sur des pontons branlants leur lançaient des cordages, à l'écart du chemin de rive où se pressaient en foule chariots et portefaix, ânes et lavandières, soldats en baguenaude et crieurs affairés. Cette foison de vie dans la transparence dorée du matin l'éveilla tout à fait, lui remua le cœur et l'échauffa d'envie de se frotter au puissant désordre du monde. Il résolut d'aller visiter d'Alfaro. « Il ne me nuira pas, quoi qu'en dise Sicard, pensa-t-il dans sa vigueur nouvelle. Nous avons tous les deux trempé nos bottes dans le même sang. S'il me perd, il se perd. Que dans l'armée du comte il me trouve une place, voilà ce que je veux. Et si notre bonne fortune nous conduit jusqu'à la délivrance de ces gens de Garonne, de ces clochers, de ces terres où va le fleuve, sacredieu, le soir même de notre victoire j'offrirai au Villar la plus belle fête de retrouvailles qui fût jamais donnée. » L'enfant que portait sa compagne lui revint soudain à l'esprit. « Il me faudra réchapper des batailles », se dit-il encore, tout renâclant contre le bonheur ingénu et turbulent qui le remuait. Il entendit grincer derrière lui la porte.

Il quitta les lointains, s'en revint au dedans où Jeanne, essoufflée, posait sur la table un seau débordant d'eau et une boule de pain. Il la découvrit rayonnante comme une épousée dans sa maison nouvelle, impatiente de vaquer aux soins domestiques, et dans son désir de servir son homme ordonnant, l'œil aigu, toute chose autour d'elle. Il se sentit vaguement entravé par cet empressement ménager. Le voyant assombri elle pensa, inquiète : « Seigneur Dieu, qu'ai-je fait pour le mécontenter ? » Elle vint se serrer contre sa haute taille. Il lui baisa le front, puis il la repoussa avec une douceur contrainte, s'en fut au seau d'eau claire, s'aspergea la figure, se trancha du pain frais et sortit sans un mot.

Parmi la foule qui peuplait les ruelles, les badauds alentour des croix de carrefours où jonglaient et chantaient des mendiants saltimbanques, les femmes couronnées de cruches vertes qui cheminaient, furtives, le long des murailles aveugles, il s'en fut jusqu'au quartier Saint-Étienne où était l'hôtel de Jacques d'Alfaro. La mine circonspecte et le pas ralenti il franchit le portail et s'aventura dans la cour où scintillait une fontaine ronde. Le lieu était apaisant comme un cloître d'abbaye fortunée. Deux sergents devisaient, assis contre le mur de la galerie large ornée de colonnades qui entourait l'espace obliquement tranché de soleil franc et d'ombre. Tandis que prudemment il s'avançait vers eux, un brusque bruit de voix et de portes battues résonna dans la pénombre de la demeure. Presque aussitôt d'Alfaro apparut à la porte avec un bel éphèbe à la mine arrogante. Occupé qu'il était à parler à cet adolescent, il ne remarqua point, d'abord, son visiteur. Jourdain fit halte au bord de la fontaine et le regarda, silencieux et revêche, attendant d'être vu. Tandis que le seigneur du lieu franchissait le pas de lumière vive qui éblouissait le pavement, il lui parut aussi peu redoutable que le plus évanescent des diables, si diable il était. Ses coups de tête d'oiseau et sa manie de renfoncer sans cesse ses bagues à ses doigts gantés étaient d'un être à l'âme indécise. Les deux sergents dressés d'un bond accoururent vers ce maître impatient et si bien vêtu qu'il semblait sortir d'un livre d'heures. D'Alfaro esquissa un pas à leur rencontre. Alors il aperçut cet homme grand qui l'observait. Il resta médusé, puis soudain s'assouplit, tint à l'écart ses gens, d'un geste mesuré, s'approcha de lui. A deux enjambées il s'arrêta, haussa autant qu'il put son visage et dit suavement, un sourire amusé dans ses yeux demi-clos :

– Par Dieu, voilà bien la visite la plus inattendue qui soit.

– Je ne veux pas troubler votre tranquillité, monseigneur, lui répondit Jourdain. Je suis venu vous demander simple assistance dans une démarche que je veux entreprendre.

L'autre l'examina avec une méfiance fort affûtée, quoique distante, puis se laissant aller négligemment à rire :

– Vous m'offensez, messire du Villar. Un grand seigneur ne rend que grands services. Demandez-moi donc l'impossible, et certes je vous écouterai.

Et s'appliquant à l'aisance mondaine il prit au bras son visiteur, l'entraîna au travers de la cour, dit encore :

– Je dois à l'instant rejoindre monseigneur le comte Raymond au couvent des hospitaliers. Venez donc avec moi, nous parlerons en route.

Il se tourna vers les sergents qui les suivaient, leur ordonna que l'on amène son cheval. Son geste fut brusque et sa voix étrangement hargneuse. Sous l'arche du portail il fit halte, jeta un coup d'œil à la ruelle, et tout de go revenu à son enjouement de bonne compagnie :

– Êtes-vous donc à pied ? Voilà qui n'est pas raisonnable. La ville pue à hauteur d'homme, ne trouvez-vous pas ? Allons, mes écuries sont suffisamment fournies pour que je n'aie point à vous laisser trotter à mes trousses.

Jourdain retint autant qu'il put son humeur rechignée par les insaisissables manières de cet aristocrate décidément trop déroutant pour s'accorder aussi peu que ce fût à sa propre nature. D'Alfaro, tout à coup absorbé, se prit à épousseter les poignets de ses gants. Il le fit avec un soin si méticuleux que son compagnon, à le voir ainsi s'appliquer, sourit et s'étonna. Tandis qu'il l'observait, l'œil arrondi :

– Il paraît, messire du Villar, que vous tenez en grande estime les croyants hérétiques qui peuplent nos pauvres terres d'Ariège, dit l'autre sans cesser son minutieux ouvrage. Est-ce donc pour leur salut que vous avez fait ce dangereux voyage jusqu'à mon château d'Avignonet ?

– J'ai suivi mes amis, lui répondit Jourdain, tout soudain circonspect.

Puis, prudent pis qu'un chat sur un chemin mouillé :

– Il est vrai que m'importent les gens de Montségur, et les souffrances qu'endurent ceux qui les aiment. Vous désirez aussi, je crois, que leur soit fait du bien.

D'Alfaro releva la tête. Il lui sourit avec une amitié presque enfantine, le prit aux épaules. Les chevaux tenus en bride par les sergents battirent bruyamment, près d'eux, le pavement.

– Vous êtes un homme de grande force et de belle droiture, dit-il. J'envie cela, moi qui me sens de si mauvaise graine. Suivez-moi donc, messire Jourdain. Je suis sûr que je vais prendre plaisir à vous remettre sur la bonne route.

Sans souci de la remuante piétaille des rues que les deux soldats devant eux écartaient à grands coups d'étrier et rudoiements bravaches, ils parvinrent bientôt à la courbe de la Garonne où était la blanche église de la Dalbade. Sous les statues de son portail que d'ondoyants reflets d'eau ensoleillaient ils mirent pied à terre, confièrent les chevaux à la garde de leurs sergents, contournèrent l'angle de la façade et s'engagèrent, le long de la muraille armée de contreforts, dans la venelle qui menait à l'enclos des hospitaliers de Saint-Jean. Franchi l'arceau d'une poterne herbue ils pénétrèrent dans le cimetière du couvent. Parmi les buissons d'églantiers foisonnants d'abeilles et d'oiselets ils traversèrent ce court espace semblable à une miniature d'heureux jardin jusqu'à l'orme près de l'hospice où des hommes d'armes et des moines devisaient et partageaient leur pain et se passaient des gourdes. Tous se turent et se raidirent quand d'Alfaro, le pas nerveux et la cape mouvante, éventa leur assemblée. Il entraîna Jourdain vers la porte de l'austère maison. Quelques degrés de bois grimpaient jusqu'à son seuil. Au-dessous de cette échelle courte était une ouverture d'où montaient des relents de cave.

L'échine ployée, ils s'enfoncèrent prudemment dans ces profondeurs noires par un colimaçon fort étroit, jusqu'à distinguer les parois d'une crypte où bougeaient, sous le plafond voûté, des lueurs rousses. Deux écuyers immobiles à l'entrée de ce lieu tenaient haut des flammes de torches. A quelques marches au-dessus de ces feux Jourdain se vit d'un geste imposer une halte. Il découvrit alors sur qui veillaient ces ombres.

Dans la vague clarté que cernaient les ténèbres un homme était agenouillé devant un long bahut où gisait une forme roide. D'Alfaro se tournant à demi ordonna à son compagnon de demeurer où il était, puis le pas allégé il descendit jusqu'au sol du sépulcre et prit son flambeau à l'un des gardes. Il s'avança sur la terre battue avec sa lumière fumante. Alors apparurent le manteau de soie bleue qui couvrait le dos courbe de cet homme en prière, sa chevelure noire et luisante, sa joue pâle, et le misérable cadavre qu'il contemplait, les mains jointes sous le menton, en bafouillant une patenôtre sans fin mêlée de sanglots. Le corps couché sur cette planche de vieux meuble était aussi rogné, recuit et décavé qu'une vieille carcasse abandonnée des bêtes. Il n'avait plus que des haillons de peau sur les os blancs. Autour de son crâne bombé s'ébouriffaient des touffes grisaillantes semblables à des poignées de fils d'araignée, ses orbites n'étaient que des trous d'ombre et sa bouche riait comme rient les squelettes. Une robe de moine hospitalier à la grande croix brodée de lambeaux d'or terni dissimulait son ventre et ses côtes. Elle était souillée de taches brunes et terreuses, ses pans traînaient au sol, rongés par mille rats, mais deux poings pareils à des serres osseuses la tenaient agrippée sur la poitrine avec une sorte de rage pétrifiée, comme s'ils s'acharnaient à disputer ce vêtement de pauvre gloire à l'emprise obstinée d'une griffe invisible enfouie dans l'humus noir. D'Alfaro se pencha sur celui qui priait au chevet de ce mort, et posant une main caressante sur sa nuque :

– Mon bon seigneur, dit-il, laissez là notre père. Vous l'avez assez aimé pour aujourd'hui. Je vous attends dehors. J'ai de bonnes nouvelles.

L'homme leva vers lui la tête. La lueur du feu éclaira ses yeux sombres, sa figure chétive et son front où luisait une sueur fiévreuse. Il murmura des mots imperceptibles, eut une grimace agacée, chassa l'intrus d'un revers de main las. D'Alfaro le quitta, rendit la torche prise et rejoignit son compagnon.

Ils remontèrent à la tiédeur du jour, s'en furent un moment en promenade lente et silencieuse le long de la bâtisse, puis :

– Est-ce bien monseigneur le comte de Toulouse que nous avons vu là ? demanda Jourdain, la voix altérée.

L'autre laissa aller un petit rire grinçant, et le prenant au bras :

– En effet, lui dit-il. Et sans doute avez-vous aussi reconnu le corps fort décati de ce vieux mâle qui nous a tous deux engendrés. Mon bien-aimé demi-frère, comme vous l'avez vu, lui voue une affection douloureuse à l'extrême.

– Vient-il le voir souvent ?

– Depuis quatorze années, une fois la semaine.

– Seigneur Dieu, dit Jourdain.

– Allons, mon bon ami, personne dans Toulouse n'ignore ces visites, répondit d'Alfaro.

Et ricanant tout doux :

– Ne bavarde-t-on point par chez vous, dites-moi ?

Jourdain songeur remua la tête et ne dit mot. Certes, il avait parfois entendu des allusions moqueuses à ces fréquentations macabres du comte Raymond le septième, mais il les avait toujours estimées indignes de son attention, considérant qu'un noble de si haut rang ne pouvait être d'âme assez humide et frêle pour avoir, fût-ce un jour, condescendu à d'aussi sinistres pratiques. Il était vrai cependant qu'aucun prince de ce monde n'avait été plus abominablement traité, à l'heure de sa mort, que Raymond le sixième, son père. Assurément, pensa Jourdain, plus rogneux et chagrin que miséricordieux, le pâle rejeton qui lui avait succédé en était resté frappé de stupeur irrémédiable.

Il était encore presque enfant quand le vieux comte, homme de cœur puissant malgré les doutes incessants et les désirs contradictoires qui avaient encombré sa vie, était allé à Dieu d'un coup de sang soudain. C'était un de ces jours d'été où rien ne bouge, ni feuille, ni brin d'herbe, ni fleur droite au soleil. Il venait de manger une assiettée de figues dans le jardin d'un vieil ami consul. A peine le dernier fruit gobé, il s'était mis à tant suffoquer, bleuir des lèvres et grelotter des dents qu'il avait bientôt vu venir le trépas sous les heureux ombrages où on l'avait couché. Il avait alors demandé à ses compagnons autour de lui pressés qu'ils le mènent au couvent des frères hospitaliers dont il avait porté la croix, autrefois, en Terre sainte. Derrière l'attelage qui l'emportait, des messagers avaient en grande hâte couru à l'évêché de la ville, et d'autres au logis de l'Inquisition. Ils avaient aussitôt prévenu les plus hauts ecclésiastiques du comté que monseigneur Raymond était près de quitter la vie. Les clercs inquisiteurs avec leur train de moines, l'évêque avec sa crosse et sa mitre et sa mule avaient alors sur l'heure rejoint le moribond à l'hospice Saint-Jean, point pour le confesser ni pour lui accorder l'onction des saintes huiles, mais au contraire pour veiller à ce que nul ne le console.

Les gens d'Église en vérité le haïssaient beaucoup. Acharnées, quoique toujours sournoises, avaient été leurs fâcheries et leurs batailles. Au cours des années passées,

Raymond n'avait cessé de rogner leurs domaines. Les prélats du pays s'en étaient plaints auprès du pape comme des chiens teigneux dépouillés de leur proie. Ils l'avaient accusé d'hérésie persistante. Ils n'avaient qu'à demi menti. Le comte fréquentait des parfaits (deux d'entre eux étaient chez lui nourris et logés à demeure, chacun à Toulouse savait cela), mais il était fidèle aux messes quotidiennes et jurait ses grands dieux, à tout bout de dispute, qu'il ne voulait rien plus qu'arracher du pays la mauvaise croyance. Cependant il n'en avait jamais rien fait. L'évêque s'en était peu à peu tant enragé qu'il avait fulminé contre lui l'excommunication majeure pour crime d'indulgence envers les hérétiques. Raymond le sixième ne s'en était guère soucié, jusqu'à ce dernier jour et à cette dernière heure où ces dignitaires inévitables et détestés, pareils à des juges infernaux, s'étaient réunis autour de sa couche.

Il leur avait tendu les mains et demandé pardon avec humilité. Ils étaient restés raides, bilieux, la bouche close. Il avait supplié qu'on veuille bien l'entendre en confession. Nul ne s'était penché sur lui. Il avait imploré secours, au nom du Christ. Les hautes figures l'avaient regardé, impassibles. Alors le prieur des hospitaliers s'était avancé du fond de la salle. Entre deux épaules presque jointes il avait jeté sur le corps mourant une robe de l'ordre. Deux moines de la suite des clercs inquisiteurs avaient aussitôt voulu la lui arracher, mais les yeux grands ouverts et les poings fermes le comte avait tenu sur sa poitrine ce vêtement d'ami de Dieu. Il était mort ainsi. On avait interdit qu'il fût porté en terre, et sans prière ni cérémonie on l'avait descendu dans cette crypte où il était encore.

Jourdain avait appris l'événement par l'effrayant récit nourri d'indignations tremblantes que maître Sicard Lalleman, dès le lendemain de ce jour, était venu faire dans la grande salle du Villar en présence de l'entière maisonnée. Après ce sombre soir, l'adolescent qu'il était en ce temps s'était trouvé durablement hanté par des faces de monstres. Sans doute parce qu'il ne les avait jamais fuis, quels que fussent ses effrois, ces démons l'avaient aidé à se défaire des mollesses et des incertitudes du jeune âge. Son père, lui, s'était enfermé dans sa chambre et de trois jours et nuits n'avait bu ni mangé. Puis il n'avait songé qu'à venger l'injure faite à ce seigneur qu'il avait servi et grandement aimé, mais nul dans le pays n'avait osé hausser la voix. Il n'avait pu que remâcher des rognes taciturnes que les années passant n'avaient jamais éteintes.

Comme il allait et venait, le pas accordé à celui de son compagnon dans l'ombre de la longue bâtisse, Jourdain s'échauffa au souvenir de ces combats secrets où s'était affermie son âme, et des peines honteuses qu'il avait éprouvées aux colères impuissantes de son père. Il pensa que décidément le temps était venu d'une insurrection définitive contre les pesanteurs dont il se sentait tout à coup plus que jamais accablé, tandis que l'assaillaient les peurs des jours anciens étrangement mêlées aux bouffées noires de la nuit d'Avignonet. Il dit à d'Alfaro qu'il comprenait les maux dont souffrait monseigneur Raymond et qu'il désirait, pour le servir, s'engager dans les milices toulousaines. L'autre lui répondit, les pommettes rougies, riant malaisément :

– Que voilà une demande surprenante, mon bon ami ! Savez-vous que vous m'effrayez ? Je crains fort que vous ne soyez trop pur pour les brigands subtils qui règnent sur nos têtes.

Il paraissait troublé. Jourdain s'en étonna. Il prit son souffle pour parler. Aucun mot ne lui vint. A l'angle ensoleillé de la façade d'Alfaro s'arrêta, se tourna vers lui et dit encore :

– Vous ne pouvez vous mélanger aux pauvres gens des milices. Vous êtes chevalier, que diable ! et point écervelé. Maître Sicard Lalleman ne vous a-t-il pas conseillé ? Ne froncez pas le nez, j'ai appris ces jours-ci que vous étiez parents. Montrez-vous donc aux messes, faites-vous avenant, frayez assidûment avec quelques chanoines, vous devez en connaître. Ainsi vous deviendrez un homme fréquentable, et le comte Raymond apprendra à vous estimer. Voulez-vous que je vous serve de guide dans nos cours et nos salons ? Je le ferai de bon cœur, mais il vous faut d'abord renoncer à l'hérésie. Croyez-moi, messire du Villar, c'est une cause perdue.

– Monseigneur, lui répondit Jourdain, seuls me soucient les gens que j'aime, et ceux que l'on persécute pour leur façon de croire en Dieu. Et s'il se trouve que j'ai de l'affection pour quelques parfaits parmi ceux qui vivent à Montségur, plus que leur doctrine m'importent leur bonté et les grains de vraie lumière qu'ils ont pu récolter en ce monde, à force de patience. Autant qu'eux m'a nourri autrefois, à Jérusalem, un mendiant aveugle dont j'ignore la religion. Et si me venait un jour un saint catholique, sans hésiter je le prierais de me donner aussi la becquée.

Il sourit, l'œil luisant, confus de s'être ainsi confié, se détourna du regard vif qui le scrutait et ajouta :

– Je suis, vous le voyez, un croyant solitaire.

– J'ai senti cela, dit d'Alfaro avec une sorte d'admiration inquiète.

Et revenant à son humeur mondaine :

– Peut-être le moment venu pourrons-nous sauver quelques-uns de vos amis. Par estime pour l'homme que vous êtes, je vous aiderai à ces bonnes œuvres. Mais vous devrez d'abord sortir de guerre en vie, messire du Villar, et pour cela il vous faut dès maintenant entendre certaines choses qu'il ne m'est point aisé de vous dire.

Il reprit Jourdain par le bras, l'entraîna le long de l'ombre que la brise parfumait, et quand fut passé l'arbre où bavardaient les moines et les sergents de garde :

– Notre bien-aimé comte de Toulouse a certes désiré cette révolte que nous avons allumée dans mon château d'Avignonet. Mais il en espère plus que la reconquête de ses terres, sachez-le, ami, sachez-le bien. L'unique souci de mon presque frère est d'obtenir de l'Église le pardon de notre père et son repos en sépulture chrétienne. Quel prix croyez-vous qu'il lui faudra payer pour cette grâce ? Dès qu'il se verra reconnu dans son nouveau règne, au pape il offrira, en charniers, en bûchers, en brassées d'ossements, le plus grand festin d'hérétiques qui se puisse imaginer.

Jourdain retint son pas et demeura planté, le regard égaré entre ciel et verdure. Un moment il se tint ainsi, puis il sourit au lointain et dit, tranquille et sûr :

– Cela ne peut pas être.

– Cela sera, mon bon, répondit d'Alfaro.

– Il a fait des promesses à ceux de Montségur.

– Il ne les tiendra pas.

– Il les tiendra. Il a besoin de nous pour chasser les Français.

– Il le sait. Il joue juste. Il vous pousse devant. Ne comprenez-vous point ? A peine la victoire acquise il se retournera contre vous, et ces superbes fous qui ont tué chez moi deux grands inquisiteurs et huit clercs de leur suite seront tous livrés aux nouveaux tribunaux. Selon le sentiment de monseigneur le comte, ils paieront la première goutte de cette eau bénite qu'il espère tant voir ruisseler un jour sur le cadavre de son père.

Jourdain resta muet, les tempes bourdonnantes. Longtemps, tandis qu'au bord du toit pépiaient des oiseaux, il écouta gronder dans son esprit d'irrépressibles débâcles. Il dit enfin, triste et glacé :

– N'avez-vous pas été notre guide à ces meurtres ?

D'Alfaro se hissa sur la pointe des pieds, chassa devant son visage une mouche invisible et répondit :

– Médisances.

Il rit, à petits coups nerveux. Du bruit se fit à l'entrée de la cave. Il saisit tout soudain Jourdain par les poignets.

– Je peux beaucoup pour vous, n'oubliez pas cela, murmura-t-il, déjà à demi détourné vers la porte basse que franchissaient les deux écuyers.

Le comte de Toulouse, tenant son long manteau serré contre ses bottes, sortit de l'ombre froide, et les yeux éblouis resta tout indécis à flairer le soleil.

– Venez là, mon frérot, lui lança d'Alfaro. Avez-vous bien prié ?

Il l'étreignit contre son épaule avec une affection un peu moqueuse, l'entraîna.

– Messire du Villar voudrait vous rendre hommage, dit-il. Savez-vous que ce bel homme arrive tout droit de Montségur ?

Jourdain ne pipa mot ni ne bougea d'un geste. Le comte de Toulouse s'arrêta devant lui, le toisa. Il n'était pas chétif mais de ferme maintien, pâle de teint mais point souffreteux, et son regard noir sous le front haut n'avait rien d'un fuyard. Il se tut lui aussi, examina son visiteur, puis le tenant froidement dans son œil :

– A-t-on nourri mes chiens ? dit-il.

D'Alfaro répondit, singeant l'humilité pateline des clercs :

– Ils le seront bientôt. Mais bénissez d'abord ce guerrier des montagnes, monseigneur. Il a péché pour vous sans rechigner en aucune manière. Quoi ? N'est-il pas à votre goût ?

Le comte brusquement poussa ce frère trop près de lui tenu et le poursuivit en le houspillant avec une rudesse tumultueuse. L'autre, titubant sous les poussées, se prit de gaieté si bruyante qu'il fit fuir alentour une nuée d'étourneaux. Ils s'en furent ainsi jusqu'aux sergents qui les voyant venir sortirent aussitôt de leurs conversations somnolentes et s'empressèrent autour de l'arbre où les chevaux broutaient, la bride sur le cou.

Jourdain s'en alla seul par le petit cimetière peuplé d'abeilles et le long de la Garonne au hasard des cohues erra jusqu'aux moulins du Bazacle. Là il s'assit sur les cailloux au bord de l'eau, dans la rumeur du barrage et le grincement des grandes roues ruisselantes. Après longtemps d'accablement, l'esprit hors du jour dont il ne voyait que brume de lumière, il s'aperçut qu'une femme était assise à son côté. Il ne l'avait pas entendue venir. Elle était jeune, maigrichonne. Elle déjeunait de fruits et de pain. Il la regarda, étonné de la voir si simplement proche. Elle lui sourit, lui offrit une pomme. Ils mangèrent ensemble, sans parler. Puis il lui prit la main, la baisa et s'en retourna vers le Pont-Neuf où était son logis.

Jeanne le rejoignit à l'heure du crépuscule. A peine la porte entrebâillée elle aperçut son grand corps debout contre l'angle de la lucarne, face au ciel traversé de feu pourpre. Il ne se retourna pas. Il n'avait pas allumé la chandelle sur la table. Elle hésita à le faire, s'approcha d'abord de lui dans la pénombre, l'enlaça, appuya contre son dos sa joue rosie par son impatience à courir à lui de la rue des Paradoux où elle travaillait. Il parut indifférent à sa présence. Alors elle le laissa et s'en fut aux boutiques du pont, d'où elle revint abondamment chargée de vin en cruche, de fromage et de viande salée. Elle le retrouva comme elle l'avait quitté. Elle s'inquiéta. « Peut-être, se dit-elle, ne veut-il plus de moi. » Elle en fut, tout à coup, lasse comme une vieille.

– Jeanne, dit-il soudain, sans se détourner de sa contemplation, aimes-tu bien les gens de Montségur ?

Ravivée, elle emplit un gobelet de bois, s'en alla le poser devant lui sur le rebord de la fenêtre.

– Certes, répondit-elle. Ils sont notre famille.

– Mersende et Béatrice, et Thomas l'Écuyer, Pierre de Mirepoix, Bernard Marti et tous ceux des cabanes, et Péreille, et ses filles, qu'espèrent-ils, dis-moi ?

– La paix, assurément, des fêtes, des retours aux villages.

Elle leva le front vers son visage, s'effraya, murmura :

– Jourdain, que t'a-t-on fait ?

Il la regarda, enfin. Ses yeux étaient d'une tristesse farouchement tenue en bride, mais elle le sentit prêt à gronder et à mordre, pour peu qu'on s'aventure à flairer de trop près la blessure dont il souffrait. Elle se tint sur ses gardes. Il était de ces loups qui lèchent seuls leurs plaies et quittent seuls le monde, ou seuls revivent, loin des regards et des pitiés. Elle savait cela.

– Jeanne, ils vont tous mourir, dit-il d'un souffle sec.

9

Elle alluma le feu, la bougie sur la table, trancha viande et fromage, partagea le pain et disposa deux écuelles face à face, sans questionner ni dire mot. Quand ce fut fait elle vint à Jourdain, le saisit par la manche, le mena jusqu'au banc. Ils mangèrent en silence. Puis elle enveloppa les reliefs du dîner dans une serviette blanche qu'elle noua aux quatre coins, prit le bougeoir, et comme une ânière tirant sa bête rétive elle entraîna son compagnon à l'étage où était leur grand lit de paille. Au chevet elle posa la chandelle, s'agenouilla sur la couche. Il s'assit devant elle, resta tête basse à ruminer encore. Elle lui prit la main et la baisa. Son regard s'illumina timidement. L'observant, l'œil pointu, il se prit à penser avec une tendresse mêlée d'agacement que seules les femmes savaient ainsi amadouer le malheur et le vider patiemment de son venin à force de gestes quotidiens, de doux entrain, de simplicité d'être. Elle, gênée qu'il la regarde avec cette insistance, se mit à prier sans paroles pour la sauvegarde de ceux d'en haut : Mersende, Béatrice et le jeune Thomas. Mais elle se trouva peu à peu harcelée par l'inquiétude de son propre avenir, de celui de son homme, de celui de l'enfant. A son ventre où était cet être mystérieux et déjà tant aimé elle se prit bientôt à répéter en litanie obstinée, comme penchée sur un berceau, qu'il n'avait rien à craindre car son père était fort et le monde accueillant malgré le mauvais sang dont il était souvent souillé. Elle se tint ainsi à parler dans son cœur jusqu'à ce que Jourdain soupire enfin et grogne :

– Tu as sacrément bien fait de quitter la montagne.

Elle lui répondit :

– S'ils doivent tous mourir, c'est toi qui m'as sauvée.

« Elle ne se soucie pas de ces bonnes gens que nous aimons, pensa-t-il, étonné. Savoir par quel chemin ils vont à la débâcle ne lui importe pas. » Son œil se fit mauvais. Elle eut un élan bref. Elle lui dit en grande hâte :

– Je pleurerai sur eux, Jourdain, mais fasse le ciel, s'il veut m'entendre, que je n'aie pas à pleurer sur nous.

– Jeanne, j'ai des devoirs. Il faut que je les aide.

Elle ravala un sanglot, répondit :

– Mon homme, j'ai peur que tu ne veuilles te perdre avec eux.

– J'ai des frères là-haut.

– Ici est une femme, elle porte un enfant, dit-elle, batailleuse.

Il la regarda. Il pensa : « Ainsi sont-elles toutes quand elles couvent. Assises sur les genoux de Dieu, indifférentes aux écroulements du monde pourvu que leur nid demeure préservé, et le cœur si ramassé sur ce qui pousse en elles que rien ne saurait les émouvoir. » Il en fut contrarié, mais ému plus encore. Il remua la tête. Il dit :

– Tu n'auras pas à souffrir.

– Souffrir ne m'effraie pas, dit-elle.

Elle ajouta d'un trait :

– Je ne crains rien de plus que d'être comme toi.

Il fronça les sourcils.

– Et comment suis-je donc ?

– Pauvre homme, dit-elle, le regard autant sombre que moqueur, on te donnerait le ciel, plutôt que d'en jouir tu le prendrais sur ton dos, comme une charge de plus.

Elle eut peur aussitôt de l'avoir offensé. Elle rougit, resta circonspecte, vit qu'un grand rire silencieux illuminait la face de son compagnon et secouait sa poitrine. Il lui ouvrit les bras. Alors riant aussi elle se laissa aller contre lui, et tandis qu'il l'étreignait elle lui dit encore à voix d'oiseau parmi les éclats étouffés :

– La vie t'aime tant, Jourdain, elle t'aime tant ! Aime-la donc un peu !

Ce soir-là, après qu'ils se furent rassasiés l'un de l'autre avec un emportement étrangement débridé, Jourdain tenant sur son épaule la tête échevelée de sa Jeanne endormie se reprit à penser à cette journée qu'il venait de vivre en compagnie de Jacques d'Alfaro. Il ne lui fallut que réfléchir à peine pour décider d'envoyer sans attendre un messager à Montségur, et aussitôt fouinant dans ses recoins d'esprit en quête d'un coureur de routes Peignon lui vint, à l'évidence. En vérité, sauf ce serviteur de son prudent cousin il ne connaissait personne à Toulouse à qui confier sans trop de risques la mission de prévenir Pierre de Mirepoix de ce qui se tramait contre lui et les siens. Encore devrait-il convaincre maître Sicard Lalleman de ne point interdire à son homme de tous les ménages ce compromettant voyage en terre hérétique. Tandis que Jeanne dans son sommeil s'acagnardait contre son flanc en geignant doucement, il chercha un moyen de forcer le vieux consul à cette bonne action. Il n'en trouva aucun. Il se vit alors infiniment démuni et se dit que décidément, s'il voulait sauver ceux qui pouvaient l'être parmi ses frères montagnards, il lui faudrait ces jours prochains suivre le conseil que lui avait donné son beau diable de guide aux pourpoints mirobolants : s'armer de ruse, s'introduire dans les cénacles où se nouaient ces alliances politiques dont il avait si grand besoin et intriguer aussi subtilement que possible. Cependant, comme il échafaudait des projets incertains dans l'obscurité de la chambre, il ne tarda guère à s'estimer de franchise trop rustique pour avoir quelque chance de se concilier l'un ou l'autre de ces personnages qui décidaient du temps sur la tête du peuple. Il n'avait ni l'aisance des cyniques savants ni l'insouciance de scrupules des stratèges. Son cœur ne savait pas faire semblant de battre. Il se dit cela, et lui revint tel regard de Jacques d'Alfaro où il avait vu luire une lueur d'amitié inattendue. Il ne détestait pas cet homme, bien qu'il lui parût en tout point détestable. De fait, il percevait en lui des failles et des nostalgies émouvantes et le plaignait un peu malgré ses arrogances. « Il n'est pas assez froid pour être un vrai démon, se dit-il, et certes il m'aidera plus ouvertement à secourir ceux de Montségur que Sicard n'osera jamais le faire, pour peu que j'encourage un bon feu réchauffant au milieu des buissons qui lui encombrent l'âme. » Un sourire narquois vint à ses yeux ouverts. « Honte sur moi, pensa-t-il encore, me voilà tenté de jouer les séducteurs fourbes. » Jeanne à nouveau gémit et fit la chattemite. Tandis que le sommeil peu à peu l'engourdissait, seules lui demeurèrent présentes cette chaleur de femme et la pensée de son ventre précieux. L'assassinat des clercs, la guerre inutile, les labyrinthes de manigances où se plaisaient les maîtres du pays, le péril mortel enfin où se trouvaient les siens dans leur citadelle céleste, tout cela lui tomba comme un fardeau défait à côté de la tête. Seul lui resta son fils, au loin, qui l'attendait dans l'innocence simple où tout germe et tout meurt.

Le lendemain quand il s'éveilla il se trouva seul sur la grande paillasse. Le jour illuminait la trappe près du lit. Il descendit l'échelle. Un oiseau s'envola du bord de la lucarne. Sur la table était une cruche de lait coiffée d'une galette de froment. Des bûches brûlaient entre les pierres de l'âtre. Le plancher de la salle était propre, encore çà et là mouillé de grande eau ménagère. Partout dans l'air du logis Jeanne avant de partir à son travail avait inscrit son bonheur d'être sa compagne. Vint à l'esprit de Jourdain qu'aucune femme avant elle n'avait cherché à atteindre son cœur par d'aussi humbles chemins. Il en fut amusé, allègre, un peu perplexe.

Après qu'il eut déjeuné il s'en fut par la ville en quête d'un barbier. Parmi les boulangers, les maréchaux-ferrants, les marchands d'eau errants et les apothicaires aux échoppes renfoncées dans les façades de la rue des Sesquières, il en aperçut un sur le pas de sa porte qui tenait haut le nez d'un fantassin noiraud et lui raclait la face à grands envols de lame. A leurs pieds dans le soleil poussiéreux s'ébattait une nuée de poules qu'effrayaient sans cesse les chariots et les cavaliers, et qui s'envolaient en caquetant jusque sur les genoux du soudard. L'étrilleur, sans souci de l'inconfort de son homme, conversait d'abondance avec ses voisins boutiquiers. Jourdain, s'approchant d'eux, entendit qu'ils parlaient de la guerre et des châteaux français repris en Lauragais. Il s'assit dans l'ombre du seuil, près du fourneau de terre où chauffait un chaudron. Les uns autour de lui doutaient du sort des batailles en cours. Ils grimaçaient, prétendaient que le comte de Toulouse tardait par trop à engager ses troupes. Les autres s'exaltaient des victoires acquises, partaient d'un pas et revenaient, appelaient Foix et ses loups d'Ariège à la rescousse de leurs violents espoirs.

– L'Église est avec nous, dit le barbier. Notre comte Raymond est prudent. Il n'aurait pas entrepris de chasser les gens du roi de France s'il n'avait pas dans sa besace le pain bénit qu'il faut.

Comme un étendard au vent il déploya une serviette chaude sur la figure du soldat, tandis que tous ensemble jugeaient son opinion saugrenue et le moquaient en riant. L'autre, opposant noblement sa bedaine à ce déferlement de railleries, attendit qu'elles s'éteignent puis, le ton docte et la voix sonore, il prétendit que son épouse était lingère au palais de l'évêque et qu'elle avait surpris ces jours derniers des conversations de hauts personnages dont il ne pouvait dire mot, sous peine d'encourir d'extrêmes représailles. Au soudard enfin délivré on demanda pourquoi il n'était pas encore en campagne. L'ébarbé lissa ses cheveux sombres d'un crachat dans ses mains et répondit, faraud :

– La milice pour l'heure est tenue en réserve. Seuls combattent les seigneurs d'Agenais, de Comminges et de

Foix, outre les gens des villages et des bandes de routiers. Dieu veuille, mille diables, qu'ils nous laissent quelques bonnes pièces de ce gibier français qu'ils ont entrepris d'étripailler, car nous avons grand-faim, nous aussi, sachez-le.

Il lança d'un revers de pouce un sou neuf au barbier, haussa son ceinturon sur son ventre concave, et la botte traînarde il s'éloigna dans la cohue de la ruelle.

Jourdain prit place sur le tabouret bas. Tandis qu'il s'offrait aux linges humides prestement envolés en savantes virevoltes autour de son visage, « le comte de Toulouse aiguillonne son peuple, excite ses vassaux, allume çà et là quelques flambées de guerre et fait mine de contempler innocemment le ciel, pensa-t-il. Il cherche à jeter bas les barons de l'Église sans troubler Rome en rien, sans réveiller le pape. Il veut en quelque sorte reconquérir ses terres presque contre son gré, par hasard bienvenu, inadvertance pure ou décision de Dieu. En vérité, il fait au bord de ces batailles qui s'engagent comme son d'Alfaro sur le seuil de la chambre où pour notre malheur nous avons massacré. Il désigne les proies aux chiens, veille à ce que l'on tue et que l'on meure bien, mais craint comme la lèpre de souiller son pourpoint du moindre grain de sang. A tout le monde il ment. Et la piétaille va, elle sert de bon cœur, elle rêve, elle espère. Elle est sûre d'aller aux plus beaux jours du monde. Étrange certitude que rien n'a jamais fondé et qui pourtant renaît sans cesse. Pauvres êtres, qui nous conduit sur ces mauvais chemins, aveugles que nous sommes ? La fourberie des princes et le mépris qu'ils ont de nos désirs et de nos vies ? Seigneur, qui les conduit eux-mêmes, et vont-ils où ils veulent ? Eux aussi dans le noir poursuivent des chimères, des gloires de fumée, des avenirs fantômes. A quoi bon les haïr, ils sont pareils à nous. Sans doute n'est-il point de révolte bienvenue, sauf contre l'ignorance qui nous fait l'âme errante. Apprendre sans repos à voir clair dans le jeu de ceux qui veulent nous tenir en bride afin d'en être libres, dans le jeu de Dieu afin qu'Il soit servi, et dans nos cœurs afin qu'ils soient en paix, voilà, assurément, le seul travail qui vaille ».

– Si vous désirez vous prélasser un peu dans un bain parfumé, messire, j'ai dans ma maison de quoi vous satisfaire, dit le barbier en aiguisant sa lame à petits coups de pierre. Il ne vous en coûtera que quatre sous toulousains.

– Volontiers, lui répondit Jourdain.

Et se prenant à sourire :

– Pour un denier de plus, m'offrirez-vous aussi quelques gâteaux arabes ?

L'autre cligna d'un œil et lui affirma en confidence qu'il avait un voisin maître dans l'art des fouaces et des pâtes d'amandes. Il appela cet homme, qui s'en vint aussitôt. Autour de ce compère et du rasoir agile tous cessèrent de se préoccuper de la guerre et se mirent à converser avec une égale passion de gourmandises rares. Quand Jourdain les quitta, son visage était neuf, son corps propre et son ventre content. La lumière du jour sur la ville s'était brusquement assombrie. Dans la rue presque désertée un vent chaud emportait des corbeilles et des coiffes de femmes. Le tonnerre grondait dans les nuages bas.

Çà et là n'étaient plus que des chiens fuyants, des enfants apeurés, des claquements de volets d'étalages hâtivement fermés et des matrones affairées à ramasser des linges étendus au rebord des fenêtres. Il s'en fut à grands pas jusqu'à l'atelier de tisserandes de la rue des Paradoux où Jeanne travaillait. A l'instant où il y parvenait, un éclair sinueux brisa par le travers un mont de nuées sombres sur un clocher d'église, un fracas d'effondrement fit se courber les rares êtres encore dispersés dans les ruelles et l'averse délivrée s'abattit sur la ville. Le temps d'une poussée d'épaule contre la porte retenue par une bosse du dallage, Jourdain se vit trempé par l'eau tombée du toit en mille ruisselets comme s'il eût franchi un rideau de cascade.

Dans la pénombre de la salle brûlaient des chandelles sur les métiers désertés. Toutes les ouvrières étaient aux lucarnes à tendre le bec au-dehors. Les unes désignaient en gémissant les longs frissons de feu qui traversaient le ciel derrière la croix du carrefour proche, d'autres renfonçaient le visage entre les seins de leur voisine au moindre craquement dans les hauteurs brumeuses, d'autres enfin respiraient avec délices les senteurs âcres et les bouffées de bruine qui leur venaient du déluge. Parmi elles était Jeanne. Elle accourut à son homme qui s'ébrouait sur le seuil, partit d'un petit rire et le railla sans bruit de le voir ainsi mouillé, puis tandis que les filles délaissaient l'orage pour se pousser du coude et lorgner effrontément ce familier de leur compagne elle l'entraîna vers le fond de l'atelier. A l'abri d'un amas de sacs et de couvertures au parfum neuf Jourdain lui demanda d'aller dès son travail fini à la maison de Sicard Lalleman et de prévenir son cousin qu'il désirait lui parler aussitôt que possible. Elle voulut savoir ce qu'il avait à dire au vieux consul mais n'osa questionner, sauf des yeux. Il resta un moment à contempler son visage. A ce regard qui s'obstinait au fond du sien il répondit enfin :

– Je veux lui demander de me prêter Peignon, le temps d'un court voyage.

– L'accompagneras-tu ?

– J'ai à faire à Toulouse.

Il lui sourit à peine. Elle en fut rassurée, et aussitôt palpant ses vêtements alourdis d'eau elle exigea qu'à l'instant il en change. Elle lui dit :

– Nous vendons des surcots, des chausses, des tuniques. Veux-tu en choisir une ?

Il tenta de la retenir. Elle lui échappa, s'en fut vers un recoin obscur. Il la suivit, trébuchant aux ballots épars, pestant et s'indignant qu'elle veuille sans vergogne le montrer torse nu aux gens qui peuplaient l'atelier. Tandis qu'elle fouillait une étagère presque ruinée où étaient entassées des piles de hardes il la mit en garde avec solennité, quoique à voix retenue. Pour rien au monde il n'ôterait sa chemise de beau drap bien assoupli, même hors du regard des filles, pour s'endimancher comme un rustre à la ville. Il s'entendit moqué à petits gloussements. Alors il tourna les talons et s'éloigna d'elle, la laissant là pantoise avec un habit bleu dans ses deux mains tendues. Les métiers à nouveau cliquetaient parmi la salle. Sur le pas de la porte il flaira l'air fraîchi. La pluie avait cessé. Les nuages fuyaient, réduits en charpie grise. Le soleil délivré éblouissait les toits, de grands pans de façades, des bassines de grès devant des portes closes, et l'on se désignait des arcs-en-ciel aux lucarnes rouvertes. Dans la rue dévalait une eau bourbeuse où déjà pataugeaient des enfants triomphants. Il s'en alla, longeant les murs, la tête dans les épaules.

Comme il cheminait parmi les ruissellements et les mares éphémères, il se sentit peu à peu envahi par un de ces songes violents qui avaient parfois occupé les solitudes de son jeune âge. Il lui était arrivé en ces temps trop paisibles de rêver en secret d'exaltantes apocalypses, d'anges de feu, de ciel béant. Il avait connu d'inavouables bonheurs à frotter son esprit à ces terribles merveilles, et de grandes mélancolies à les reconnaître imaginaires. Son envie de démesure à nouveau l'agaçant, le regret lui vint parmi la foule à nouveau drue dans les ruelles que l'orage n'ait pas été digne d'inonder la mémoire du siècle. Il l'eût voulu semblable au déluge qu'avait connu Noé le patriarche. « Ainsi, face à l'assaut du ciel, nous aurions eu enfin à combattre dans une guerre constamment magnifique, sans tricheries ni ruses, toutes forces offertes, tout cœur donné sans retenue, se dit-il. Ainsi, contre ce défi prodigieux, nous aurions tous été poussés à la fraternité, nobles et pauvres, savants et fous, hérétiques errants et clercs inquisiteurs jetés en mêmes barques. Et nous aurions vaincu. Et peut-être que Dieu se serait révélé à la fin du combat, fier de notre valeur, bras ouverts sur la terre entière, appelant en riant Ses enfants retrouvés. » Il se prit à sourire de ce tumulte ingénu qui lui remuait l'âme. « Seigneur, pensa-t-il, se moquant de lui-même, je suis ainsi, rêvant d'aventures extrêmes par trop d'amour enfoui qui ne sait comment venir au monde. » Un marmot poursuivi par un chien furibond vint se cogner à lui. Il le retint contre son ventre, le temps que l'animal s'en prenne à quelques porcs, puis le rendit à la rue et s'avisa soudain que ses pas hasardeux l'avaient conduit tout droit devant l'hôtel de Jacques d'Alfaro.

Il hésita à s'aventurer sous l'arche du portail, et plus encore à passer outre. Tandis que dans son crâne s'entrebattaient la crainte de paraître importun et le désir tout à coup vivace de glaner quelque savoir nouveau avant que Peignon ne parte pour Montségur, un moinillon au fond de la cour silencieuse sortit du logis noble, courut à la fontaine, et courbé sous le jet s'abreuva longuement. Jourdain, fort circonspect, franchit la haute entrée ornée de vigne vierge en demandant de loin si le maître des lieux était dans sa maison. L'autre soupira bruyamment, lui répondit que oui mais que monseigneur Jacques était d'humeur extrêmement chagrine, et s'aspergea derechef la figure comme pour se laver d'un épuisant souci. Au seuil de la demeure apparut l'écuyer à la mine arrogante entr'aperçu la veille sur ce même perron en compagnie de son maître. L'éphèbe se planta dans ses bottes écartées, croisa ses bras sur sa chemise écarlate et cria, à demi tourné vers le dedans :

– C'est votre Du Villar.

Il s'en revint vers l'ombre de la salle, laissant la porte ouverte.

– Monseigneur d'Alfaro est un homme sensible, dit le moine. Les éclairs tout à l'heure et le bruit du tonnerre l'ont beaucoup affecté, et maintenant il a ses peurs d'enfer.

Il haussa les épaules. Jourdain se détourna de lui et s'avança vers la pénombre de l'auvent. L'autre s'en alla trottant comme un âne à deux pattes qui ne saurait marcher au pas ordinaire du monde.

Un grand feu crépitait dans la chambre au plafond bleu partout orné, jusqu'aux arceaux des fenêtres, d'oiseaux peints en vols immobiles. Devant la cheminée était un fauteuil au dossier haut où Jourdain s'approchant ne vit d'abord qu'un gant mollement agité à l'écart de l'accoudoir.

– Venez donc, mon ami, dit Jacques d'Alfaro, la voix presque mourante.

Il était affalé comme un enfant repu dans ce siège trop grand pour sa carrure étroite. Il désigna un banc au bord des flammes. Son visiteur s'excusa de la liberté qu'il avait prise d'être venu le voir sans en être prié, s'assit et aussitôt recula autant qu'il put hors des crépitements. Il faisait là plus chaud qu'à la gueule d'un four. D'Alfaro fit mine de n'avoir rien entendu de son chapelet de politesses. Après qu'il eut longtemps rêvé dans la lumière du brasier, il dit à voix lasse et nasillarde :

– Comment donc faites-vous pour paraître si fort, si sûr et si secret ? Vous semblez tout savoir et vous ne dites rien.

Jourdain lui répondit :

– Vous me voyez ainsi. Moi, je me sens obscur.

– Obscur, mais point aveugle, ricana l'autre avec une étrange amertume. Vous avez certes vu que je vous aimais bien.

Et pointant droit l'index sur le front de son hôte où luisait la flambée :

– Selon ce que je sais, vous ne vous êtes pas encore soucié de faire prévenir ces fous de Montségur des maux qui les attendent, s'ils n'abandonnent pas leur vieux nid de caillasse. Vous tardez trop, messire du Villar. Je crains que l'évêque n'ait eu vent de votre présence à Toulouse, et si tel est le cas il vous fera tuer avant qu'il soit longtemps.

Ils restèrent un moment sans rien dire, l'un renfrogné dans les fumées où s'agitaient ses diables et l'autre sur ses gardes, hérissé de questions. Puis Jourdain demanda :

– Pourquoi prenez-vous soin de la vie de mes frères et pourquoi, monseigneur, vous préoccupez-vous de moi, qui ne suis rien ?

– Par vice, mon ami, répondit d'Alfaro.

Il haussa un sourcil, un sourire dans l'œil.

– J'échafaude. J'ordonne, dit-il encore, et ses longues mains pâles se mirent à voleter mollement autour de son visage. Je tire là un fil, là je plante une écharde. J'observe. Je fais semblant d'aimer les gens que je méprise. Je m'amuse. J'écoute. Les basses confidences me sont comme des gourmandises. Et par plaisir secret de remuer les êtres et d'agacer les ombres, je parle.

Il se tut, parut suivre un moment des pensées trop agiles, et soudain s'échauffant :

– Je suis curieux, comprenez-vous ? Voir et savoir sont à mon goût des jouissances délicieuses entre toutes. Messire Jourdain du Villar, armé de vérité, peut-il troubler un peu les tout-puissants renards qui gouvernent nos vies ? J'en doute. Je suppute. J'espère follement de lui quelque miracle. Je m'amuse, vous dis-je.

Un rire triste secoua sa poitrine. Il fit un geste inconsistant, laissa tomber ses bras, se tint la tête basse à contempler le feu, puis :

– Bah ! peut-être êtes-vous ma chance de salut, dit-il. Servir par simple estime un homme qui m'émeut, et par cet entrebâillement du cœur échapper s'il se peut à l'enfer où je suis. Voyez, je me livre à vous plus que nu.

Il sourit encore pour lui seul, dressa la main.

– Mais peut-être, mon bon, est-ce encore une ruse, dit-il, l'œil rallumé.

Jourdain sourit aussi. Il pensa, étonné : « Je n'aurais jamais cru le diable aussi touchant. » Il remua la tête, répondit doucement :

– Vous auriez fait un bon prélat.

– Non, j'ai trop peur de Dieu, dit Jacques d'Alfaro, jouant l'effarouché. Vous n'imaginez pas de quelles fourberies sont capables les gens d'Église. Savez-vous bien, mon cher, qui nous avons servi en étripant ces clercs en chemise de nuit ? Monseigneur du Falgar, évêque de Toulouse. Lui d'abord. Lui surtout.

– Vraiment ? gronda Jourdain.

L'autre eut un coup de front dans l'air et dit encore :

– A l'heure où vous quittiez votre repaire de montagne avec votre bande d'escogriffes, vous, Jourdain du Villar, saviez-vous où vous portait votre cheval ? Je suis bien sûr que non. Mais lui, ce même jour, tandis qu'il recevait quelques barons français, déjeunait d'un poisson et somnolait en priant Notre-Dame, lui savait.

Il laissa aller un rire silencieux et pourtant si débordant que des larmes lui vinrent.

– Seigneur Dieu, dit Jourdain, qui l'avait informé ?

– Hé ! qui d'autre que moi ? s'insurgea d'Alfaro, la mine tout à coup méchamment orgueilleuse. Me prenez-vous pour un évaporé, messire du Villar ? J'avais à me garder de ses foudres possibles. Quand il fut décidé d'encourager ces meurtres, comme doit faire un fils tourmenté par le doute je suis allé le voir avec ce beau secret que venait de nous pondre notre comte Raymond. Certes, je pressentais qu'il n'interdirait rien.

Il regarda son hôte, se tut un instant, et se prenant soudain de sollicitude grondeuse :

– Ne faites pas la moue, mon cher, vous me fâchez. Je vous dis ce qui fut. Craignez-vous de l'entendre ?

Jourdain resta muet à contempler les dalles entre le feu ronflant qui lui brûlait l'épaule et l'effrayant babil de cet homme qui peut-être dévidait par méchante malice son écheveau de vérités sans âme, ou peut-être se livrait éperdument, par fatigue de feindre, comme on se donne au jugement de Dieu. Il apprit de lui que Jean du Falgar, évêque de Toulouse, avait ces temps derniers reçu trois fois monseigneur Jacques dans son oratoire privé, hors de toute présence, sauf celle d'un chaton en boule ronronnante contre son ventre rond. Au premier rendez-vous le prélat l'avait écouté avec une attention apparemment sereine, puis, son triple menton répandu sur son col, le regard fixe, il s'était absenté du monde. Il avait enfin murmuré les noms de ces clercs menacés d'attentat : Saint-Thibéry, Arnaud. D'un souffle exténué il avait dit : « Que Dieu leur vienne en aide. » Après quoi il avait quitté son fauteuil, et tenant sa bête menue agrippée à sa poitrine il s'en était allé ouvrir la porte de la pièce en souhaitant le bonsoir à son visiteur. La veille de la tuerie, après qu'il eut à nouveau reçu son élégant espion, il avait envoyé un moine de sa suite à l'hôtel du sénéchal du roi de France, point pour lui demander d'aller avec sa troupe au-devant de ces gens descendus des montagnes avec leur crime en tête, mais pour le prévenir, sans rien lui dire d'autre, d'avoir à renforcer incessamment les fiefs tenus par les croisés. Le lendemain des meurtres, à peine d'Alfaro revenu du massacre, monseigneur du Falgar, l'œil brillant, les joues roses, lui avait demandé de quelle humeur, ces jours, était le comte de Toulouse. L'autre ne lui avait pas dissimulé que son demi-frère s'était secrètement empressé d'alerter ses vassaux. L'évêque avait souri, l'avait béni d'une main négligente et congédié du même geste.

– Comme un palefrenier, messire du Villar, comme un valet crotté, ainsi m'a-t-il chassé, dit Jacques d'Alfaro.

Il eut un bref sanglot et demeura prostré à se brûler les yeux aux bûches rougeoyantes.

– Pourquoi a-t-il permis qu'on tue des gens d'Église, lui demanda Jourdain, pourquoi, Seigneur, pourquoi ?

D'Alfaro répondit, empêtré dans sa peine :

– Jourdain, j'aimerais tant être aussi bon que vous.

Il erra un moment dans ses rêveries sombres puis, tout à coup hargneux :

– Ah, diable ! allez-vous-en ! Vous ne voyez donc pas que vous m'exaspérez ?

Jourdain s'en fut comme il était venu, le pas discret sur les tapis moelleux, sans rencontrer personne, ni dans la demeure ni dans la cour.

A la tombée du jour, Peignon vint au logis du Pont-Neuf où il finissait de dîner de pain et de fromage en compagnie de Jeanne. Dès le pas de la porte, qu'il n'osa franchir, il prévint Jourdain que son maître était à l'église de la Dalbade où comme tous les soirs avant de se coucher il s'en était allé converser avec son saint patron. Ils s'y rendirent ensemble. Ils trouvèrent Sicard Lalleman agenouillé devant une niche où était une statue du Bienheureux Martin le Charitable illuminée par trois flammes de cierges. Ils prirent place à ses côtés sur le dallage et se plongèrent en fausse prière. Jourdain attendit que le vieux consul ait relevé le front, et tandis que sa figure épaisse aux grands yeux ronds se perdait dans la contemplation de la face du saint à voix basse il lui demanda la permission de faire porter un message à Montségur par son serviteur. L'autre se signa, redressa péniblement son corps, prononça un nom fort confus et s'en alla vers la lumière lunaire du portail.

Peignon dit alors à Jourdain, tandis qu'ils revenaient à la nuit claire, que ce Bernard Sougraigne rappelé tout à propos à sa mémoire par son maître était de ses amis et qu'il ferait sans faute tout ce qu'on lui demanderait. Dès le lendemain vers l'heure de midi cet homme s'en fut dans les encombrements du Pont-Neuf, après qu'il eut patiemment appris et répété le message que Jourdain lui avait confié. C'était un truand d'âge mûr, rayonnant de force et de malice. Il ne s'éloigna guère de Toulouse. Le soir même de ses adieux rieurs et fanfarons à Jeanne, qui s'était enhardie à lui baiser la joue pour lui porter chance, on le retrouva mort au bord de la Garonne, près de la cabane d'un passeur, le crâne fracassé par un gros galet rond.

10

Sicard Lalleman se trouva fort contrarié, quoique peu surpris, par la nouvelle de cette mort subite. En vérité, il l'avait pressentie dès l'instant où Peignon, appelé à la porte de l'hôtel consulaire par un béquillard de sa connaissance, s'était mis à gémir et à s'exclamer tandis que ce compère de bas-fonds, courbé comme s'il portait la lune sur son dos, lui parlait à l'oreille. Après qu'il eut appris les circonstances du meurtre le consul se signa d'un geste à peine esquissé. Il ne manifesta pas autrement son souci. Mais à sa manière de rester songeur au milieu de la salle, ses deux mains potelées croisées sur le ventre, le menton sur la poitrine et le regard perdu dans le reflet des lampes sur le dallage rouge, son serviteur comprit que l'instant était grave et qu'il devait filer aussi doux que possible sous peine d'attirer sur sa piètre personne les tumultes considérables qu'il sentait bouillonner derrière le front de son maître. Il le contourna donc d'aussi loin qu'il le put, leva les plats et les reliefs du repas du soir en bafouillant un *Pater noster* éperdu au moindre entrechoc de vaisselle, puis s'en fut au soin du feu. Les joues gonflées de vent il se mit à souffler sur les braises du foyer avec une discrétion si maladroite que

Sicard, exaspéré, se tourna vers lui et le prévint rudement que, s'il demeurait un instant de plus accroupi là comme une grenouille à disperser les cendres hors de la cheminée, il le vendrait demain au plus fieffé sodomite de Toulouse, qu'il se retint à peine de nommer. L'autre, les yeux mouillés et la voix lamentable, lui répondit qu'il s'échinait ainsi pour faire le temps doux dans la maison, point pour son propre bien-être, Dieu garde ! mais pour celui d'un tyran qui ne méritait pas son constant dévouement. Sicard cogna le sol du talon, brandit le poing, gronda :

– Va chercher messire Jourdain, malandrin !

Et comme l'autre trottait déjà au travers de la salle en appelant sur lui la miséricorde du ciel :

– Prends une arme, tudieu ! N'avons-nous pas assez d'un cadavre aujourd'hui ?

La porte claqua sec. Le feu jaillit soudain des bûches, en flambée vive.

Quand Peignon s'en revint avec « messire cousin » il se tint un moment pantois devant les flammes hautes puis, les bras ballants, leva vers Sicard sa figure tout entière empreinte d'époustouflement. Le vieil homme cligna d'un œil, l'écarta de son chemin avec une douceur négligente, prit aux épaules son jeune parent, le fit asseoir sur un petit banc où étaient quelques livres, prit place à son écritoire et dit, joignant les mains :

– Te voilà prisonnier, mon fils. Que Dieu t'assiste.

– Prisonnier ? Je ne le fus jamais, lui répondit Jourdain, puissamment ramassé. Dites-moi qui me tient.

– La ville, dit Sicard, ouvrant les bras à l'évidence. On ne touchera pas un cheveu de ta tête tant que tu resteras sagement dans nos murs. L'évêque du Falgar et le comte Raymond se disputent ces jours l'alliance des consuls. Donc ils ne feront rien qui puisse me déplaire. Mais la mort de Sougraigne est pour qui sait entendre un message limpide. Ce que tu as appris ne doit pas sortir de Toulouse.

Il se tourna vers Peignon qui lui agaçait les oreilles à aiguiser sa dague sur la pierre de l'âtre, fit la moue, revint à son cousin, et soudain délié comme s'il pesait des péchés accessoires :

– Le meurtre de ton homme n'est guère dans les manières de notre pasteur. Il préfère, s'il peut, acheter les silences. Le comte est plus brutal. L'impatience et la peur l'aiguillonnent sans cesse. Nul doute qu'il t'ait fait surveiller, depuis que te voilà l'ami de sa famille. Il aime fort son Jacques, je crois, mais d'affection hargneuse et jalouse à l'excès. A ce que l'on m'a dit, monseigneur d'Alfaro t'a reçu ces jours-ci et t'a parlé longtemps.

Il se tut, examina son hôte, vit son front tourmenté, son regard noir, rogneux. Il ajouta, ronronnant presque :

– Que t'a-t-il donc conté ?

Jourdain, rétif, remua sur son siège.

– Il m'a dit, mon cousin, marmonna-t-il enfin, que votre saint évêque n'avait point empêché le massacre d'Étienne de Saint-Thibéry et de Guillaume Arnaud, bien qu'il eût pu le faire.

Il redressa la tête, ricana sombrement :

– Qu'en pensez-vous ? De tous les stratèges et jongleurs de vies qui peuplent les palais de cette ville, ce vieux fauve mitré n'est-il pas le plus énormément ignoble ?

– Il savait donc ? lui répondit Sicard avec empressement, la mine émoustillée, l'œil tout à coup gourmand. Qui l'avait informé ? D'Alfaro, à coup sûr. Oh ! la grande nouvelle ! L'évêque a donc voulu la guerre, lui aussi. Diable d'homme !

Il se prit doucement à rire, l'air méditatif, goûtant comme du miel des pensées vagabondes. Jourdain le regarda, sentit monter en lui une étrange tristesse.

– Pourquoi ? dit-il d'un souffle à peine perceptible.

C'était une question venue du temps d'enfance où il jouait, fiérot, au jardin du Villar avec ce parent de son père considéré par tous comme le plus savant et le plus généreux parmi les gens de robe de la grande ville. Il avait voué une admiration infinie à cet homme qui souillait là ses souvenirs à se vautrer sans pudeur, devant lui, dans le bonheur le plus cynique du monde, tandis que son Peignon, courbé sur son couteau, nasillait près du feu une chanson geignarde.

– Pourquoi n'a-t-il rien fait pour sauver ses compères ? répondit Sicard, s'éveillant en sursaut de sa rêverie. Pour quelques raisons froides et simples comme l'eau.

A nouveau il croisa les doigts sur l'écritoire, et comme l'on s'engage en conférence docte autant que passionnée :

– Qui sont donc aujourd'hui, dit-il, les maîtres des paroisses, les gouverneurs de Dieu, les indiscutables gardiens de la croyance juste ? Les clercs inquisiteurs, mon fils, personne d'autre. Le pouvoir, de nos jours, dans la ville et l'Église, est tout entre leurs mains. Les évêques ? Ils n'ont rien. Les ors, les processions, le train des grandes pompes. Fausse gloire. Broutilles. Notre Jean du Falgar n'était certes pas homme à se contenter de hochets, d'autant que même lui risquait à tout instant, s'il ne suivait pas droit la route, de voir Guillaume Arnaud, qu'il haïssait pis que le diable, lui mordre les mollets. Il a longtemps lutté, souvent écrit au pape pour que soit allégé le poids exorbitant de ces dominicains pointilleux et féroces partout assis sur ses domaines. Il n'est pas parvenu à se défaire d'eux. Et voilà qu'on les tue dans un village impie, une nuit, loin de lui, sans qu'il y puisse rien. C'est un bien grand malheur, mais quoi, le ciel décide. Leur charge, leurs pouvoirs ? Qu'on ne s'en soucie point, il les prendra sur lui. Leur siège aux tribunaux ? Il l'occupera seul, avec l'humilité qui sied aux bons apôtres. Sache bien ceci, mon cousin : ce que son art, sa ruse et son obstination n'ont pu lui obtenir en dix ans de disputes, quelques chiens égarés par des espoirs absurdes en un seul soir béni l'ont porté à ses pieds. Le voilà désormais sans partage le maître de l'Église en pays toulousain. En outre lui est fait un cadeau mirifique : deux martyrs de la foi catholique, deux clercs assassinés au service de Dieu, deux saints tout neufs ! Quel marchepied, Seigneur, pour se hisser sur les hauteurs de la gloire ! Je gage que bientôt les Français en troupe épaisse marcheront sous sa houlette sus à Montségur, point pour que notre évêque y remercie tes frères d'armes qui l'ont si puissamment aidé, mais pour qu'un grand brasier sur la belle montagne illumine sa face et le désigne à tous comme le conquérant du dernier réduit hérétique. Que pourra dire ou faire le comte de Toulouse contre cette croisade probablement décisive ? Rien. Il la suivra peut-être. Ou peut-être restera-t-il dans son palais à maltraiter ses serviteurs, comme font les mauvais vaincus. Il a joué faux, mon cousin, il a joué faux. Et moi, parbleu ! je sais enfin de quel côté pencher.

– Vous voilà donc content, dit Jourdain à voix lasse.

– Certes, répondit l'autre. J'hésitais à choisir entre Rome et Toulouse. Je craignais de mal faire.

– Sicard, vous m'effrayez.

– Pourquoi donc, mon cousin ?

– Je ne sais, dit Jourdain. J'ai comme un mal sournois au creux de la poitrine, un dégoût qui m'étouffe. Je vous croyais sensible à la justice, au bien, à ces simples vertus qu'on sert sans les nommer, parce qu'elles sont intimes.

La face de Sicard lourdement enfoncée dans sa large carrure sourit, apitoyée, un peu narquoise aussi. Jourdain lui dit encore, tout enroué de rage retenue :

– Moquez-vous, mille diables, moquez-vous donc ! Cet évêque vous plaît ? Moi, je le trouve odieux. Il ment. A son habit il ment, il ment à l'air qu'il respire, il ment à la vie même qui lui a été donnée. Que voulez-vous, je suis un homme sans détours. J'ai dans le cœur quelqu'un qui veille et me tient droit. Je ne sais si c'est Dieu, il ne me parle pas. Si je trébuche, il m'aide. Si je me plains du monde, il s'embrume, il s'en va, et si je triche il me tourmente. J'aspire à le servir pour être aimé de lui. Je croyais que tout être, au fond, même le plus obscur, même le plus stupide, vivait ainsi, avec ce point de jour dans la tête ou le cœur. Suis-je assez ridicule ?

– Non, Jourdain, non, mon fils.

– Je vous dis des choses bien secrètes et qui ne devraient pas me sortir de la bouche, la lumière du dehors les rend malingres, dérisoires. C'est sur elles pourtant que ma vie s'est fondée.

– La mienne aussi, Jourdain, répondit doucement le vieil homme.

– Comment pouvez-vous donc jouir de ces mensonges où nous pataugeons tous ?

– J'agis comme je dois. Que puis-je faire d'autre ?

– Hé ! vous vous délectez du combat de ces fous qui se disputent le pays comme des chiens errants le cadavre d'un lièvre.

– Comprends, mon fils, lui répondit Sicard. Je ne peux arrêter les armées en campagne. Il me faut donc peser du côté du plus fort, afin que la guerre soit aussi courte que possible. C'est là mon seul souci : éviter fût-ce un jour de malheur sur nos terres. Qu'importe le vainqueur, ils sont tous deux pareillement aveugles. Ils se croient grands joueurs. Au-dessus de leur tête eux-mêmes sont joués par le pape de Rome et par le roi de France. Ceux-là règnent. Et encore ! Ils font ce que permet la cuillère de Dieu qui de là-haut remue la pauvre soupe humaine.

Jourdain resta muet, la mine rechignée. Sicard l'examina, partit d'un beau rire tranquille, dit enfin :

– Tu te crois vertueux, tu n'es qu'un peu rêveur. Et ton indignation n'est utile à personne. Donc elle n'aide pas Dieu. Peignon, sers-nous à boire.

Le bonhomme autour d'eux aussitôt s'empressa. Ils burent en silence, se servirent encore à la cruche de grès, puis maître Lalleman, contemplant son vin frais dans la lumière dorée de la lampe, se prit à parler seul. Il dit, l'air tout pensif :

– Je n'ai pas d'apprenti, j'aurais aimé t'instruire. Je t'aimais fort, cousin, quand tu étais petit. En vérité, c'était toi qui m'attirais au Villar. As-tu jamais su cela ?

Tu n'as guère grandi, le même feu te brûle, mais il ne t'éclaire plus aussi librement qu'autrefois. Pourquoi ? Tu devrais être, à ton âge, comme le soleil à midi. Si tu l'avais voulu, je t'aurais appris l'art des guerriers d'esprit, la ruse, le mensonge, l'intrigue. Ne fais pas la grimace, mon fils, ce ne sont pas des vices mais des armes, de simples armes. Seul compte l'usage qu'on en fait. Nous pouvons marcher droits, courbés ou de guingois, qu'importe, si nous prenons garde de ne jamais oublier la lumière qui brille au loin, toujours plus loin de nous. J'aurais aimé t'apprendre cela, et aussi à jouir sans vains renâclements des belles fourberies autant que des victoires sur les mauvais joueurs. Mais tu vas t'en aller, n'est-ce pas ?

– Oui, sans doute.

– On t'en empêchera et je ne pourrai rien.

– Je n'ai pas d'autre choix.

– Montségur est perdu, Jourdain, reste à Toulouse.

– Sicard, m'aimeriez-vous si je vous écoutais ?

Maître Lalleman hocha la tête, repoussa son gobelet à demi plein, soupira :

– Je prierai saint Martin de veiller sur toi et de m'épargner un malheur.

Puis il quitta son siège, ouvrit grand les bras. Tandis qu'ils s'étreignaient, Jourdain souffla contre sa joue :

– J'aurai bientôt un fils, mon cousin, si Dieu veut.

– De ta Jeanne, brigand ? demanda le vieil homme en même confidence.

– Oui.

– Je te les garderai. Va, sacredieu, avant que je me fâche.

Mais il retint son jeune parent et l'étreignit encore. Il ne s'en détourna que pour brandir le poing au train de Peignon qui rôdait autour d'eux sous prétexte de ménage, le pas vague, l'œil vif et son long cou tendu à leur conciliabule.

Au logis du Pont-Neuf où il revint sans hâte Jourdain trouva Jeanne assise dans la lueur de la chandelle avec sur ses genoux une chemise neuve qu'elle s'appliquait à coudre à longues tirées de fil. Elle lui fit un sourire furtif. A son air de fraîcheur, à l'éclat de son œil, au faux empressement qu'elle mettait à son ouvrage il sut qu'elle venait à l'instant de rentrer du devant de la porte où elle avait guetté son retour jusqu'à voir son ombre paraître sous la lune immobile entre les maisons hautes. Il lui dit d'un ton revêche qu'il était fatigué, que Sougraigne était mort, et grimpa sans autre mot à leur chambre perchée sous la pente du toit. Il craignait en vérité qu'elle ne le harcèle de ces questions pesantes dont il la sentait occupée. Elle ne tarda guère à le rejoindre. De la litière large où il était couché, entre ses paupières à demi closes il la regarda se dévêtir dans la pénombre jusqu'à la voir nue enjamber ses jupons affaissés sur le plancher, puis il la sentit se glisser sous la couverture et se blottir frileusement contre son dos. Elle resta ainsi un moment à chercher mille manières de s'accoler plus étroitement à lui, puis elle haussa son visage jusqu'à son oreille et murmura :

– Jourdain ?

Il lui répondit d'un grognement ensommeillé. Alors elle lui dit à voix basse :

– Un sergent est venu tout à l'heure. Il m'a dit qu'une messe solennelle serait célébrée ce prochain dimanche au château d'Avignonet pour le repos de ces inquisiteurs qui s'y sont fait tuer. Il m'a dit qu'il y aurait monseigneur l'évêque et le comte de Toulouse. Il m'a dit que monseigneur d'Alfaro désirait t'y amener avec lui.

Elle se tut, hésita, puis :

– Il m'a dit aussi que je serais la bienvenue si je voulais y venir.

Elle eut un petit rire, appuya la joue entre ses épaules, attendit qu'il se tourne vers elle. Elle se prit à gémir, tant elle avait envie de s'enfouir dans la sûre chaleur de son embrassement, mais il resta inerte et silencieux comme une bête morte. Il ne s'endormit ni ne pensa, sauf pour buter sans cesse dans son éberlument contre la parfaite folie de ce monde où des assassins ennemis pouvaient benoîtement s'entrebaiser les mains et s'assembler devant la sainte table pour chanter la grandeur de leurs détestables victimes. Il perçut bientôt contre son dos le souffle régulier de sa compagne abandonnée au sommeil. Il se sentit délaissé d'elle, sans un instant songer qu'il n'avait pas voulu l'accueillir dans cet entremêlement de membres où ils aimaient goûter ensemble l'obscure volupté de la montée d'amour. Il demanda brusquement à voix haute si ce sergent était depuis longtemps venu. Il n'eut point de réponse. Alors il se dressa, s'habilla et descendit l'échelle. A l'instant où il sortait il entendit à l'étage Jeanne accourir à pas précipités. Il tira derrière lui la porte et s'en alla sur le pont désert.

Le long de la Garonne il s'en fut vers les moulins du Bazacle. Là étaient l'abreuvoir et l'auvent d'écurie où

Peignon tous les soirs nourrissait son cheval. Fuir Toulouse avant l'aube, tel était le désir qui l'emportait à longues enjambées sonnantes sur la rive pavée. Tandis qu'il allait ainsi rageusement, il s'exalta à s'imaginer chevauchant par les friches mouillées, libre enfin dans le vent neuf du matin, loin de ces puanteurs d'eau souillée et des menaces de l'ombre entre les façades des entrepôts bateliers où se tenaient sans doute les rabatteurs de ces damnés en beaux habits qui voulaient le garder à portée de leurs griffes. Jeanne lui vint à l'esprit parmi ces remuements, avec l'enfant qu'elle portait. Il les chassa. Mais la pensée de sa compagne lui fut en tête comme l'algue dans le courant du fleuve. Il eut beau l'écarter, elle revint sans cesse. « Ils la tourmenteront, se dit-il. Sicard n'y pourra rien. » Il en eut la poitrine rudement poignée, se démena contre cet agrippement, insulta dans son cœur ciel et diable, et le monde, et lui-même, enfin céda, gronda presque à voix haute dans l'air frais de la nuit : « A la grâce de Dieu, je l'emmène avec moi. » Il entendit soudain, derrière lui, une course de bottes lourdes.

D'un bond il s'enfonça dans l'obscurité d'une muraille et se glissa contre la pierre rugueuse jusqu'à se rencoigner dans un renfoncement de porte au battant pourrissant. Des feulements sinistres jaillirent aussitôt du noir, entre ses jambes. Il lança le pied. Deux gros chats hérissés roulèrent au milieu du chemin devant un sergent essoufflé, tout à coup indécis, cherchant de droite et de gauche celui qu'il poursuivait et qu'il ne voyait plus. L'homme fit mine de s'en aller, s'en revint, tendit le cou à l'ombre, appela faiblement :

– Messire du Villar ?

Jourdain sortit au bord des ténèbres opaques.

– Oh ! dit l'autre, j'ai craint de vous avoir perdu !

Il était jeune, maigre, il avait l'air timide. Il portait tout trop grand : son casque retenu par ses oreilles larges, son ceinturon pendant alourdi par l'épée, ses bottes affalées sur ses mollets chétifs. Il dit encore, à coups de petits rires :

– J'ai porté tout à l'heure un message chez vous. Quand monseigneur d'Alfaro a su que vous n'étiez pas au logis et que j'avais confié son invitation à votre compagne, misère de Dieu ! il m'a renvoyé à votre rencontre en me traitant de chien bâtard. Il se défie des femmes, c'est sa nature. Il m'a dit : « Marsile (c'est mon nom), trouve-le et fais-lui bien entendre qu'il n'a pas le loisir de me désobéir. » Les nobles sont ainsi, messire, sévères et précis. Il veut que vous alliez avec lui à la messe qui se tiendra dimanche dans son château d'Avignonet.

Son rire de pauvre homme grelotta et se fit tout malingre, tandis qu'il regardait avec une attention fort soucieuse, quoique béate, la figure impénétrable qui lui faisait face et ne semblait pas le voir.

– Je peux si vous voulez vous amener à lui, proposa-t-il, estimant Jourdain peu empressé à satisfaire le désir de son maître. Il n'est pas loin d'ici. Il vous dira lui-même ce qu'il attend de vous, et moi je n'aurai plus à craindre sa colère. Car si vous refusez de faire ce qu'il veut, sur qui retomberont ses gifles ? Sur le pauvre Marsile.

Deux ivrognes éreintés, l'un à l'autre tenus, les pieds nus, les chausses débraillées, s'en vinrent pataugeant dans l'eau basse du bord du fleuve, leur passèrent devant, butèrent contre une corde tendue entre une barque noire et un anneau de borne, tombèrent à genoux dans des flaques obscures. Un seul se releva, prit son compère au bras, à grand-peine tira sur sa manche bourbeuse.

– Oh ! c'est lourd ! gémit-il.

Jourdain les regarda, tout à coup captivé, comme si ces perdus englués sous la lune entre deux pans de nuit étaient venus mimer un message de l'ombre à lui seul destiné, mais qu'il ne savait déchiffrer. Il retint son souffle, se prit à faire effort avec eux dans son cœur.

– Venez donc, lui dit le sergent. Votre cheval dort à cette heure. Venez, vous m'épargnerez du tracas.

Il lui prit la main, l'entraîna vers les moulins sur l'eau avec une autorité enfantine et bravache, le tint ferme jusqu'à ce que fussent dépassés les puissants relents de l'écurie au portail ouvert sur l'abreuvoir où gisaient de vieux harnais. Au-delà de ce lieu il sortit de l'inquiétude où il était de se voir laissé seul sur la rive déserte. Son pas se ralentit, il ôta son casque, essuya son front et l'air content désigna sur l'autre rive une longue bâtisse à demi dissimulée par de grands arbres noirs.

– Monseigneur d'Alfaro est dans cette maison, dit-il. Nous y serons bientôt. Je vous attendrai devant la porte.

Il décrocha de sa ceinture une gourde rebondie, but longuement, s'engagea sur le pont du Bazacle, et cognant du talon le pavement de bois :

– L'autre jour, mille dieux ! nous avons bien failli trouer ces pauvres planches. Le chariot était lourd.

Il rit, traversa d'un pas gaillard les bouillonnements grinçants d'une roue de moulin, attendit Jourdain qui le suivait, le dos voûté sous les bruines soulevées, aveuglantes et froides.

– J'étais de ceux qui ont ramené les morts d'Avignonet, ajouta-t-il, fier comme un coq. Saviez-vous qu'Étienne de Saint-Thibéry, Guillaume Arnaud et leur cortège de moines étaient de retour à Toulouse ? Je suis certain que non. Ils sont venus, messire, en secret bien gardé, dans de grandes barriques arrimées ensemble sur un tombereau de marchand de vin. Hé ! comme nous l'a dit notre capitaine, nous n'aurions même pas pu quitter le village si nous les avions couchés dans des cercueils visibles ! Les gens détestaient tant ces hommes-là qu'ils nous auraient couru au train, misère ! ils auraient brisé les caisses et réduit les cadavres en petits pains de viande. Ce n'aurait pas été convenable. Nous n'avons pas eu la moindre alerte, sauf à l'instant de franchir le portail du couvent des dominicains, où nous devions livrer nos saintes marchandises. Une corde a rompu, deux tonneaux sont tombés et se sont fracassés sur le pavé du seuil. Les autres ont roulé çà et là dans la cour. Ce fut un charivari bien macabre, mais grâce à Dieu nous étions à bon port.

Ils prirent pied sur l'autre rive où le vent de la nuit courbait les herbes hautes. Là n'étaient plus que des jardins, un chemin muletier parmi de rares arbres et cette maison longue où la porte brillait entre deux torches échevelées plantées obliquement dans des jarres vernies. Au-dessus du linteau sur la façade était une grande croix peinte. Marsile s'arrêta sous un peuplier bruissant, poussa son compagnon, lui fit signe d'aller, sans oser dire un mot. L'autre hésita, surpris par le soudain mutisme du bonhomme. Il flaira l'air alentour. La nuit était paisible, humide, franche, simple. Il demanda qui vivait là. Le jeunot lui répondit craintivement :

– C'est l'hôpital Saint-Jacques.

D'un geste de la main il l'invita encore à s'aventurer sans lui. Jourdain se détourna brusquement, s'avança vers la bâtisse et du poing cogna le battant, qui s'ouvrit seul.

L'assaillit d'abord une étouffante odeur d'onguent fade mêlée de remugles d'entrailles. Une lampe brûlait au bout d'un long bâton suspendu aux ténèbres du plafond. Dans sa lueur luisait une lourde tenture pourpre couturée de pièces de sacs. Elle était tirée d'un mur à l'autre, à quelques pas du seuil. Seules la traversaient des rumeurs indistinctes. Il ne vit rien d'autre dans cette entrée sévère qu'une cruche verte sur le sol de terre battue et des hardes fantomatiques accrochées aux parois.

Il franchit le cercle de lumière, écarta le rideau à hauteur de sa tête. La puante chaleur soudain s'exacerba. Dans la brume crépusculaire d'une vaste salle aux tréfonds indiscernables cheminaient çà et là des flammes de bougies. Une table étroite occupait tout du long cet antre silencieux. Elle était encombrée de bassines, de linges entassés qui pendaient sur des bancs, de parchemins aussi, de livres, de boîtes renversées. Autour d'elle étaient couchées de misérables formes humaines sur des brassées de paille. Parmi ces corps gisants s'affairaient lentement des spectres sans paroles. Ils étaient tous capuchonnés de noir et semblaient éreintés, comme perclus de maux plus vieux que leur vie même. Ils ne quittaient guère la pénombre entre les litières, là posaient un genou, là levaient la chandelle en se courbant à peine. D'autres, une béquille enfoncée sous l'aisselle, dans un angle où brûlait un feu clair s'occupaient à d'obscures cuisines.

Jourdain chercha d'Alfaro parmi ces êtres, ne le vit pas. Il franchit la tenture entrebâillée, s'avança dans la salle.

Alors le long du mur il vit venir à lui une vieille créature à la tête coiffée jusqu'aux orbites d'un grand torchon mouillé. L'homme était tant exténué qu'il lui fallait aider son pas à brusques poussées d'épaule contre le crépi terreux. Quand il fut assez approché il appuya son dos sous un haut volet de lucarne, essuya sa figure d'une manche sans main, contempla d'un œil cet apparent voyageur qui grimaçait du nez, tout roidi à distance, lui fit un sourire édenté, et la voix grinçant comme une méchante porte il lui demanda s'il était perdu.

– Peut-être, dit Jourdain, respirant à grand-peine.

L'autre lui répondit :

– Si vous ne l'êtes pas, allez-vous-en d'ici. Si vous l'êtes, vous voilà désormais au bout de votre route. Soyez le bienvenu chez vos frères lépreux.

Il lui tendit le bras.

– Je me suis égaré, dit Jourdain, reculant. Pardonnez-moi, vieil homme.

Comme il se détournait, une ombre au loin bougea. Une lueur passante illumina un pan de manteau rouge semblable à une plaie mouvante dans la brume du fond. Un soudain trait de glace lui traversa le cœur. Il s'avança lentement jusqu'au bord de la table, vit Jacques d'Alfaro s'agenouiller au bord d'un gisant presque nu, ramener tendrement la paille sur son corps et caresser son front, et lui parler tout doux.

– Notre saint bienfaiteur est-il de vos amis ? demanda dans son dos le bancal.

Jourdain, pétrifié, murmura pour lui seul :

– Seigneur, comment savoir ?

D'Alfaro se dressa parmi des formes vagues, s'en vint au bout du banc, lava ses mains dans un creux de bassine. Tandis qu'il s'essuyait, un homme en robe noire inclina près de lui son large capuchon, parla à voix basse contre sa joue. Monseigneur Jacques ouvrit prestement son manteau, lui remit une bourse et l'étreignit longtemps.

Après quoi il se tourna vers d'autres gens qui s'étaient approchés d'eux avec leurs chandelles. Il les embrassa pareillement. Quand ce fut fait il revint aux paillasses pour dire encore quelques mots aux corps immobiles, comme si là étaient de vieux parents inquiets de voir partir leur fils en long voyage.

A l'instant où il quittait le dernier moribond il aperçut Jourdain qui, le pas indécis, venait à sa rencontre. Il lui fit un signe d'amitié, prit sa main au passage et sans autre manière il l'entraîna dehors. Dès la porte franchie, dans le vent délicieux parfumé d'herbe humide :

– Marsile vous a donc trouvé, dit-il. Vous m'en voyez content. Dès demain vers midi nous partirons ensemble. Vous quitterez Toulouse avec moi, en plein jour. Ainsi, mon bon ami, nul n'osera nous suivre. Êtes-vous satisfait ?

Jourdain l'examina dans la lueur des torches. Il voulut lui parler. A peine il murmura :

– Jacques, que Dieu vous garde !

D'Alfaro lui sourit, répondit :

– Il me garde.

Son regard était simple comme la brise de la nuit. Marsile, à côté d'eux, riait béatement.

11

Le lendemain matin, comme Jeanne se levait sans bruit dans la pénombre de la chambre, Jourdain, ensommeillé, étira ses membres sous la couverture et lui dit qu'elle n'avait pas à se hâter d'aller à son travail, sauf si elle désirait faire ses adieux à ses compagnes tisserandes de la rue des Paradoux, car elle aurait quitté avant midi Toulouse. Elle lui demanda, la voix un peu tremblante, s'ils partiraient ensemble. Il se plut un instant à ne point lui répondre, par envie d'attiser l'espoir qu'il lui sentait, puis il haussa son dos contre le mur revêche et grogna :

– Mon cheval est assez reposé pour te porter aussi.

Elle poussa un gémissement d'oiseau, se fit soudain fébrile, empressée sans savoir que faire, allègre et pourtant retenue. Elle s'en fut à ses habits mais ne se vêtit point, s'en revint à la couche, s'assit sur ses talons, ouvrit la bouche à peine. Elle voulut parler, ne fit que haleter à petits coups. Ses yeux s'illuminèrent, dirent, en mille éclats printaniers, ce qu'elle ne savait autrement exprimer, la peur qu'elle avait eue d'être laissée seule, la fierté qu'elle éprouverait à cheminer encore auprès de son Jourdain, son indifférence joyeuse aux périls des chemins, son émerveillement de se sentir assez aimée pour qu'il la veuille sans cesse à son côté. Elle voulut qu'il sache tout de ces bonheurs désordonnés qui l'assaillaient, chercha les mots pour vraiment dire, ne sut que murmurer :

– Cette nuit j'ai senti remuer notre enfant.

Il répondit :

– Sottises, il est bien trop menu.

Il avait tout perçu des sentiments de Jeanne mais il n'en montra rien et resta faussement renfrogné, satisfait en secret de paraître plus aveugle et plus rude qu'il n'était. Elle ne s'insurgea point de le voir ainsi. Elle pensa : « Cet homme est comme une forêt, il se croit tout obscur, il est partout troué de rayons de soleil », et cela la fit rire. Il eut l'air étonné de la voir moqueuse. Elle baisa sa joue, d'un bond se releva.

– Je vais chercher de l'eau, dit-elle en s'habillant, et du pain pour la route.

En hâte elle descendit. Il entendit en bas le claquement du volet de la lucarne rabattu contre le mur avec une vigueur inaccoutumée, les trottements de sa compagne au travers de la pièce, le soubresaut familier de la porte sur le sol bossu, les salutations joyeuses du voisinage. A peine le battant fermé sur le jour neuf le silence revint, tiède et paisible. Alors apparut derrière son front l'ombre rouge de Jacques d'Alfaro parmi les errances fantomatiques de la léproserie. Il se sentit infiniment déconcerté, pensant aux fêlures de cet être par où semblaient s'être engouffrés Dieu et diable mêlés en même vent. A peine vêtu il sortit sur le pont. Il vit Jeanne courir à lui dans la cohue des gens, des ânes, des chariots. Il lui dit qu'il allait à l'écurie du Bazacle et s'éloigna, l'esprit mal accordé aux rumeurs de la vie.

Vers l'heure de midi, tandis que Jourdain, déjà monté en selle, l'attendait dehors, Jeanne à l'abri de tout regard s'attarda dans le logis à dire adieu aux meubles familiers déjà rendormis dans la pénombre, à la fenêtre close, à la cheminée froide, à l'échelle penchée contre la trappe de leur chambre. Ce lieu qu'elle quittait était presque sacré à son cœur d'amoureuse. Elle avait connu là cette vie d'épouse qu'elle avait tant désirée au temps d'adolescence où les filles rêveuses s'enivrent d'avenir. Elle aurait aimé que son compagnon fût auprès d'elle pour qu'ils respirent ensemble une dernière fois les parfums simples de leur première maison commune, pour qu'il éprouve avec elle le déchirement doux de la séparation, pour que le souvenir de cet instant s'inscrive en eux exactement semblable. Elle n'avait pas osé le retenir. « Pardonnez-le, dit-elle aux murs, à l'air ombreux. Les hommes se défont sans peine des foyers, ce sont gens de grandes routes. Mais sachez que Jourdain avec moi vous rend grâces. » Elle entendit qu'il l'appelait impatiemment. Elle se détourna, tira la porte, courut à sa main tendue. Il la hissa derrière lui en croupe. Tandis qu'ils s'éloignaient, des cloches se mirent à sonner parmi les mille bruits des métiers et des êtres.

Devant l'hôtel de Jacques d'Alfaro ils trouvèrent Marsile assis par terre au bord du porche ensoleillé. La figure penchée, le casque au ras des yeux il jouait seul aux dés avec une étrange passion, défiant son poing droit fermé sur un denier et se signant du gauche avant de le lancer, sans souci des piétinements des chevaux dans la lumière de la cour ni des énervements de son maître qui allait et venait parmi sa troupe d'obscurs coupe-jarrets mêlée de jeunes nobles en bottes immaculées et pourpoints de hautes teintes. Comme Jourdain mettait pied à terre, le pendard aux larges oreilles déploya tranquillement sa carcasse, le salua d'un rire de sotte connivence et lui dit qu'il l'attendait. Après quoi il lui prit la main et les entraîna tous deux parmi les sergents et les bêtes jusqu'au perron de la demeure où son monseigneur s'acharnait à torcher les cuirs luisants de sa monture, le gant enveloppé d'un devant de chemise qu'il venait d'arracher au torse d'un valet.

– Vous voilà donc enfin, dit-il sans se distraire de son ouvrage.

Il eut un bref regard à Jeanne à demi dissimulée par la carrure de son homme, grimaça.

– Est-ce là votre écuyer ? dit-il.

– Nous voyageons ensemble, lui répondit Jourdain.

D'Alfaro se redressa, lança négligemment son chiffon au ciel bleu, et grimpant à cheval :

– Marsile, fais seller une mule et trouve un gros habit de moine franciscain pour la servante de messire du Villar. Il m'indisposerait qu'elle reste visible.

Hautain, mélancolique, il regarda Jourdain.

– Venez donc, lui dit-il. N'ayez crainte, ils suivront.

Et tout à coup tranchant au travers des bousculades ferraillantes qui encombraient la cour il poussa sa bête à l'encolure basse droit vers le grand soleil qui baignait le portail.

Au-delà des places et des ruelles effrayées par le déferlement de la troupe, des aboiements des chiens harcelant la cavalcade, des chariots renversés, des portefaix renfoncés sous les porches et des cordées de linge emportées en bannières, les hauts murs tout à coup au bout d'une rue vide s'ouvrirent sur la terre et le jour délivrés. Franchie la porte de la ville, les êtres, les maisons, les lentes charretées s'éparpillèrent parmi les verdures poussiéreuses jusqu'à la campagne franche où bientôt ne furent plus que quelques masures familières des buissons, de longs vols d'oiseaux noirs, l'air fringant et le ciel plus vaste que les champs. Monseigneur d'Alfaro se prit alors à gronder contre ses gens qu'il estimait par trop traînards, puis haussant la voix autant qu'il put dans le tumulte de la chevauchée :

– J'ai hâte de vous accueillir dans mon château d'Avignonet, messire du Villar. Ses vergers sont magnifiques en cette saison. On s'y croirait au paradis.

Jourdain lui répondit qu'il n'avait nulle envie de revoir ce lieu où étaient les plus haïssables souvenirs de sa vie. L'autre, la figure haute dans le vent vif, partit d'un rire sec.

– Vous y viendrez, dit-il.

« Le voilà à nouveau excité par ses diables », pensa Jourdain, fort méfiant. Il gronda, furibond :

– Que pourrais-je y faire, grand Dieu ! sauf prier et souffrir avec vous ?

– Seigneur, prier ensemble, dit Jacques d'Alfaro tout à coup exalté, souffrir jusqu'à revoir le jour par la fenêtre, oh ! le bel exorcisme pour ma maison salie ! Me tiendrez-vous la main ?

Il se reprit à rire, s'en alla seul devant à grands coups d'éperons et cris d'écervelé, s'amenuisa au loin, franchit l'horizon bas sous un arbre solitaire entre le bleu du ciel et les blés de la plaine, et disparut au fond du jour dans un creux de vallon.

Nul ne le revit plus jusqu'à l'entrée du village. Immobile sur son cheval luisant il paraissait attendre un cortège de songes entre les tours trapues où s'engouffrait l'allée qui menait aux maisons. Dès qu'il vit son compagnon sur le chemin pavé il vint à sa rencontre et lui dit, l'air amusé, qu'il était son prisonnier, mais que la femme pouvait s'en aller si elle voulait. Son œil narquois agaça fort Jourdain. D'insolentes protestations lui montèrent en bouche. Il les retint, occupé soudain par l'étrange pensée que l'invitation de cet homme à séjourner dans sa maudite demeure ne venait pas de lui en vérité, mais bien des spectres qui hantaient sa mémoire, insistants et muets au tréfonds de son regard. Il se retourna brusquement, chercha Jeanne parmi la troupe, aperçut son habit de moine près de Marsile. Il lui cria d'aller l'attendre au premier hameau qu'elle rencontrerait au bout d'un sentier qu'il lui désigna sur la friche qui cernait les jardins. Après quoi, sans autre mot il battit la croupe de sa bête et passa la porte du rempart.

Dans la galerie qui menait du dehors aux gens des rues et chants d'enclumes l'assaillit le souvenir précis, vivace et foisonnant des rencontres fugitives, des bruits et des odeurs, des lucarnes fermées et des torches brandies qui avaient peuplé la nuit autour de sa monture tandis que frère Arnaud, ses moines et ses diacres enfoncés sous leur couette vivaient leur dernière heure en pensant à leur labeur du lendemain. Sur la place déserte au débouché du passage lui apparurent le puits dans le soleil oblique, les écuries ruinées, les débris de charrettes. Un âne s'abreuvait à l'eau croupie d'une auge, un chien indifférent près de lui sommeillait. Le soir des meurtres, il lui avait semblé percevoir mille présences à l'affût dans les obscurités traversées d'or lunaire. Une étoile en ce lieu avait troué son front. Il s'en souvint comme d'une rêverie puérile. Il parcourut fermement l'espace et s'engagea entre les pigeonniers souillés d'épaisses fientes dans la ruelle droite qui montait au château. Il ne rencontra le long des façades qu'affairements tranquilles parmi les ombres et les lumières du printemps finissant, femmes lentes encombrées de linges et de seaux d'eau, hommes posément occupés aux travaux des jours devant les portes ouvertes. Il entendit derrière lui des voix contentes saluer des compagnons parmi la troupe. Monseigneur Jacques venait souvent au village. Tout dans ce jour paisible était habituel. Le massacre des clercs, les brasiers de registres et le flot de joie débridée qui avait emporté ces êtres dans cette même rue jusqu'à l'extase brute semblaient n'avoir laissé ni trace ni souvenir. Jourdain en fut si stupéfait qu'il sentit peu à peu enfler dans sa poitrine un grand rire incrédule. « Quels fous nous avons été, pensa-t-il. Nous avons voulu délivrer ce peuple de ses effrois, le jeter sur des chemins nouveaux. Nous avons cru possible de le rendre semblable au vent qui chasse les nuées. En vérité, il est comme l'herbe de la route. Nous n'avons fait que l'ébouriffer. La tempête passée, le voilà revenu à la tranquille fragilité de sa nature. »

A la croisée de la ruelle qui menait à l'église une chèvre broutait une brassée d'avoines et de coquelicots dans un panier posé sur le socle du Christ de vieille pierre à peine entrevu le soir du carnage. Au-delà de ce lieu le château apparut, imposant comme un mont. Il fut bientôt devant. Deux hommes arc-boutés ouvraient le grand portail. Il hésita à pousser son cheval entre les battants à demi béants, brusquement tourna bride et s'en fut le long de la muraille jusqu'à la poterne par où était entrée sa bande d'assassins. Là il mit pied à terre, abandonna sa bête et pénétra dans le verger ceint d'un chemin de ronde et de tourelles d'angles.

Il y neigeait des fleurs. L'air y était si bleu, si doux, si parfumé, le soleil si joueur dans les ombres mouvantes, les pétales tombés si tendrement mêlés aux herbes neuves qu'à peine avancé sous les arbres il fit halte, regarda les oiseaux voleter dans les branches.

– Voyez, mon bon ami, dit Jacques d'Alfaro approché dans son dos, c'est ici, point ailleurs, que la grâce de Dieu nous veut en paradis.

Jourdain se retourna. Ils étaient tous deux seuls. Aucun bruit ne venait d'au-delà des murailles, aucun souffle de brise. Ils se turent, contemplant alentour mille beautés paisibles, puis Jacques dit encore :

– Voyez ces étourneaux, comme ils se réjouissent. S'ils ont vu l'autre jour des cadavres jetés à l'ombre de ces arbres, ils ont sans doute fui en haut des murs jusqu'à ce que la paix les rassure à nouveau, puis ils sont revenus à leur festin de printemps, sans peur, sans souci, sans rancune. Nous, dans ce bonheur simple offert à toutes choses, nous pensons encore aux mauvaises gens que vos hommes ont si joliment massacrés. Prisonniers des absents, mon ami, ainsi sommes-nous. Le regret du passé, la peur de l'avenir nous égarent sans cesse. Nous cherchons obstinément des chemins dans ces inexistences. Et pendant ce temps-là la vie émerveille le monde et nous attend, infiniment patiente. Seigneur Dieu, c'est pourtant d'elle et d'elle seule que nous avons soif, n'est-ce pas ?

Il prit son compagnon par le bras, l'entraîna lentement vers le puits aux ferrures entrelacées de roses. Tandis qu'ils s'avançaient vers la porte du donjon, Jourdain sentit la main qui le tenait se crisper sur sa manche. Il pensa que cet homme aux paroles limpides était peut-être tenaillé par une épouvante inexprimable. Il le regarda à la dérobée. D'Alfaro souriait, les yeux perdus au loin, avec une fierté hautaine et sans espoir.

– Messire du Villar, dit-il, nous devons maintenant aller dans cette chambre que vous m'avez salie. Je crains que vous n'ayez pas eu le loisir, l'autre nuit, de goûter la beauté des peintures anciennes qui ornent ses murs.

Ils franchirent le seuil. Le long de l'escalier sur la muraille courbe des rayons de soleil entrés par les meurtrières éblouissaient les feux de quatre longues torches. Le maître du château avait, à l'évidence, ordonné qu'elles fussent allumées avant l'heure. Sur le palier, la porte de l'étage brisée par les soudards la nuit de la tuerie était de chêne neuf. D'Alfaro la poussa, entra du pas d'un homme sans souci, s'en fut négligemment au milieu de la salle, fit une virevolte, tendit ses mains gantées à son compagnon qui hésitait dans l'embrasure.

– Venez donc, mon ami, dit-il tout enjoué.

Sa voix résonna fort, comme en un lieu que rien depuis longtemps n'habite. Jourdain s'avança jusqu'à lui. Les fenêtres ornées de colonnades fines étaient grandes ouvertes sur le jardin. Le long des quatre murs de la chambre étaient peints des chevaliers en armes aux montures cabrées, des écuyers bouclés, des femmes en prières, des remparts et des tours, de vastes cieux peuplés de saints auréolés aux regards impassibles.

– Le père de mon père aimait ici entendre des prêches et des chants, dit Jacques d'Alfaro, agrippant à nouveau la manche de son hôte.

Jourdain l'entendit à peine, tant il était captivé par l'ordre simple et noble qui régnait sous les hautes poutres teintées d'or et de bleu tendre. Il regarda de droite et de gauche. Au bas des fresques était un vieux bahut à la patine sombre. Il se souvint de lui sous des flammes passantes, et des chenets noircis dans l'âtre balayé, mais point des lits de bois gonflés d'édredons rouges de part et d'autre de la cheminée, ni de l'écritoire cernée de bancs qui occupait le milieu du dallage.

– Ami, que cherchez-vous ? murmura d'Alfaro.

– Je ne sais pas, peut-être un signe, quelque chose dans l'air qui me maudisse ou me pardonne.

L'autre laissa errer son regard alentour, puis :

– Tout est indifférent, n'est-ce pas ?

– Non point indifférent, mais vide, dit Jourdain. Chacun s'en est allé d'ici sans rien laisser, les uns avec leur mort, les autres avec leur crime.

Ils restèrent longtemps à scruter l'air ombreux, les meubles, les figures peintes, puis d'Alfaro poussa un gémissement bref, s'en alla tout à coup vers la porte.

– Il faut du feu ici, il faut de la lumière, dit-il.

Il appela dans l'escalier. A des gens invisibles aussitôt

accourus il parla rudement et criailla encore tandis que leurs pas précipités redescendaient aux cuisines. Bientôt vint un sergent aux bras emplis de bûches avec un nain trottant qui portait une torche et serrait contre lui une brassée de cierges. Jourdain s'en fut à la fenêtre. Le soleil pâlissait sur les arbres en fleurs. Des chiens au loin hurlaient. Parmi les fantômes fracassés qui harcelaient sa mémoire lui vint le nom de Jeanne, son visage aux yeux noirs, et la pensée de son enfant. Il eut envie de fuir. Une sorte d'espoir le retint, vague et pourtant poignant comme une attente de réponse à une question informulable. Il revint à la salle. Dans l'âtre les sarments et l'herbe sèche crépitaient déjà haut sous le gros bois et dans les chandeliers disposés sur la cheminée brûlaient de beaux bouquets de flammes. Les serviteurs étaient partis. D'Alfaro, recroquevillé contre le montant du lit, paraissait égaré dans un songe ambigu, un œil regardant les pénombres lointaines et l'autre illuminé par la lueur du feu. Comme Jourdain venait à lui, il dit, rêvant encore :

– J'avais imaginé une belle prière, une cérémonie d'exorcisme émouvante. A quoi bon, n'est-ce pas ? C'était en vérité pour occuper le temps, pour jouer avec vous.

Il tendit la main. Son compagnon ne la prit pas, s'assit lourdement à son côté. Longtemps encore ils se turent, puis Jacques d'Alfaro dans le parfait silence à nouveau laissa aller sa voix monotone et précise.

– Je confesse avoir pris un secret plaisir de bas-ventre à voir tuer dans cette chambre dix moines en chemise, dit-il. Je suis ainsi, Seigneur, assoiffé d'art autant que de méchant vinaigre. Je ne sens rien en moi que des traversées de grand vent et des abattements si sombres que j'y souhaite la mort du monde. Mes bontés même sont fautives. Seigneur, si les lépreux savaient comme je jouis d'eux à leur donner de l'or, à leur toucher les croûtes, à leur fermer les yeux, ils n'auraient pas pour moi plus d'amitié que pour le rat qui fait son nid dans la chaleur de leurs haillons. Jourdain, c'est à vous que je parle. Pourquoi vous ai-je vu comme l'homme qu'il me fallait servir ? Vous êtes un rustre amplement détestable, un pataud qui ne sait pas goûter les belles choses. Mais rien dans votre cœur n'est retors ni sordide, et tout l'est dans le mien.

Le silence revint, point douloureux ni lourd mais semblable à celui des pensées que l'on suit devant soi en voyage immobile, puis la brise du soir fit grincer un volet. Ils relevèrent ensemble la tête et regardèrent autour d'eux comme s'ils sortaient du sommeil. L'ombre avait envahi les murs, et l'écritoire, et le long bahut noir.

– Comme il fait doux, dit Jacques.

– Dieu n'attend rien de nous, lui répondit Jourdain. Ni au ciel, ni ailleurs il n'est de tribunal. En nous seuls sont nos juges, et nos propres bourreaux, et nos mauvais larrons. Ils ne sont pas vivants, ce sont des corps de brume. Jacques, soufflez sur eux. Que craignez-vous ? De renaître tout nu ?

D'Alfaro soupira.

– J'ai faim, dit-il.

– Moi aussi, répondit Jourdain.

Il se dressa, étira ses membres, aida son compagnon à se lever aussi. Ils restèrent un instant face à face à se regarder comme deux frères de bamboche, partirent soudain du même rire et sortirent à grands pas.

Ils dînèrent d'un agnelet rôti, assis dans la cuisine sur la pierre du foyer. Aux valets ébahis de les voir là s'affaler et délacer leur tunique ils dirent avec une sévérité de pitres qu'ils n'étaient que deux pèlerins de passage en ce monde et ne voulaient point salir la table ni la vaisselle du maître de cette belle maison. Après quoi ils les chassèrent à grands moulinets de poêlons. Jusque passé minuit ils bâfrèrent et burent sans souci de souiller le menton ni l'habit. D'Alfaro, usant de ses gants blancs comme d'un torche-bouche, conta mille sornettes de taverne, aussi délié de gestes qu'un jongleur en place publique et volubile autant qu'un rossignol d'été. Jourdain d'abord s'émut de le voir si content, puis il s'extasia, et les cruches de vin poussant le pain avec la viande il ne cessa de rire à bruyantes cascades. L'un dormit près du feu et l'autre sur un banc, couché la bouche ouverte, bras et jambes pendants comme à l'étal d'un marchand d'ivrognes. Ils furent réveillés par les bavardages peureux et les bousculades des domestiques à la porte de ce lieu de désordre où ils n'osaient entrer.

Hirsutes, débraillés, revêches et rompus, Jourdain et d'Alfaro se dressèrent debout, écartèrent la valetaille qui se pressait sur le seuil, s'en allèrent au puits, et là se tinrent aux ferrures, tout hébétés, à regarder les hommes de peine qui partout s'affairaient dans la brume rosée de l'aube. Un groupe de ces ouvriers au fond du verger s'efforçait de dresser une croix haute comme un mât de cocagne parmi des vols d'oiseaux. Le long des murs et des tours d'angles une nuée d'apprentis menés par un drapier à la longue baguette déployait d'amples voiles noirs. Des garçons couraient sous les arbres, portant planches et poutres aux menuisiers armés de scies et de maillets qui chevauchaient une charpente d'estrade, tandis que l'on traînait près d'elle à grands efforts un bel autel de marbre encombré d'ornements en désordre.

Jourdain tournant partout la tête dit à son compagnon qu'il devait partir sans tarder. D'Alfaro se pencha à son oreille et lui répondit qu'il risquerait quelque accident s'il rencontrait en chemin la troupe du comte ou de l'évêque. Assurément mieux valait attendre leur arrivée et le début de la messe où les soldats seraient forcés d'assister. Ils plongèrent ensemble leurs mains dans le seau d'eau fraîche posé sur la margelle, burent, s'aspergèrent longuement. D'Alfaro, le visage ruisselant, la langue gourmande de gouttelettes, les yeux tout à coup baignés de lumières d'enfance regarda s'ébrouer son compagnon avec un émerveillement naïf de petit frère, puis il demanda :

– Reviendrez-vous me voir ?

– Peut-être, si je vis.

– Je vous aiderai encore, par pur plaisir. Saluez donc pour moi Pierre de Mirepoix, et dites-lui que je suis un homme digne de confiance, bien que je n'aie aucun souci de ces hérétiques qu'il veut sauver du feu.

– Qui donc trahirez-vous quand je serai parti ? dit plaisamment Jourdain.

D'Alfaro grimaça :

– Mes diables.

Et désignant la sainte table tirée à force de cordes sur des rondins pentus :

– Sans doute aussi leur dieu.

Ils rirent, s'étreignirent avec force, et Jacques d'Alfaro revint vers le donjon d'où son serviteur nain venait à sa rencontre en parlant d'habits neufs pour la messe funèbre, et de couleur de bottes, et de colliers précieux.

Jourdain s'en fut, tirant son cheval par la bride. Partout étaient tendues des bannières de deuil au travers des ruelles, mais les gens rencontrés étaient vêtus en fête et semblaient excités par les fastes promis. Il chemina jusqu'à l'abreuvoir de l'église parmi les sergents et les palefreniers qui menaient leurs chevaux boire, s'assit au bord de l'auge longue, vit bientôt apparaître sur le chemin du cimetière tout à coup gonflé de poussière l'attelage de l'évêque avec son escorte de moines à dos de mule et de cavaliers aux piques ornées de fanions. La troupe déferla en grand tumulte sur la place. A trois pas de Jourdain s'arrêta la voiture. La vieille figure lunaire de monseigneur du Falgar se pencha au-dehors, ses yeux clignèrent au soleil, sa bouche épaisse se tordit. Il sembla un moment craintif, presque perdu, tandis qu'il scrutait l'alentour, cherchant quelqu'un parmi les gens de sa suite qui allaient et venaient sur la place. Un moine presque enfant accourut en traînant un escabeau et s'offrit à son aide avec un enjouement excessif. L'autre risqua un pas au marchepied, pesta, le souffle court, contre l'incommodité du voyage, laissa aller son corps perclus sur l'épaule fluette qui le soutenait à grand-peine. Jourdain, secrètement allègre, les regarda ployer et grincer pesamment, les jugea en danger de s'effondrer ensemble, vint à eux, empoigna le bras du prélat. Le moinillon, riant à voix aiguë, lui fit mille saluts délivrés. Son maître enfin posé sur le sol ferme s'épongea front et nuque, marmonna des mercis, puis dit à l'homme grand qui l'avait secouru :

– Quel est ton nom, mon fils ?

– Qu'importe, monseigneur, je ne suis qu'un passant, lui répondit Jourdain.

Monseigneur du Falgar le toisa, sourit des lèvres, point des yeux qui se firent semblables à l'eau dormante, aussi paisibles qu'elle, aussi froids et luisants, aussi imperturbables. Un éclat d'ironie enfin les traversa. Il tapota la joue de cet inconnu sévère et mélancolique qui s'obstinait étrangement à soutenir son regard, revint à ses ronchonnements de faux exténué et s'éloigna vers l'église au bras du jeune moine.

Comme sonnait le glas de la messe des morts, Jourdain sortit d'Avignonet par une poterne de jardin où il ne rencontra qu'un couple d'adolescents prompt à dissimuler sa demi-nudité dans les hautes herbes qui bruissaient le long du rempart. Il chevaucha sans hâte par les sentiers pierreux, avide de goûter, seul enfin aussi loin que portait son regard, à l'enivrante liberté des chemins. Jeanne était au hameau où Pierre de Mirepoix avait tenu sa bande de routiers dans l'abri crépusculaire d'une vieille grange, avant d'aller tuer. Il aperçut bientôt au-dessus de sa tête ses toits bas presque enfouis à la lisière de la forêt qui ondulait en longue écharpe sur la crête de la colline. Il se souvint de la mère folle qui vivait dans ce lieu perdu. A peine ce soir-là l'avait-il entrevue, tandis que dans la nuit naissante il s'en allait avec ses hommes à son mauvais travail. Elle lui sembla comme un lambeau de vie oublié là par le grand vent du temps qui balayait le monde et lui vint à l'esprit qu'il serait peut-être un jour semblable à elle s'il s'obstinait à ressasser les ans passés et les vieux espoirs que chérissaient encore les gens de Montségur dans leur enclos de pierre où il serait bientôt avec eux enfermé. Il entendit son nom crié dans le ciel, aperçut Jeanne au bord de la cime, perchée sur un rocher. Elle agita comme une bannière son froc de moine au bout d'un bâton, puis bondit parmi les buissons, disparut dans des remuements de feuillages, déboucha au détour du sentier, courut à son homme. Il fit à peine halte. Il lui tendit la main. Elle la saisit éperdument, monta derrière lui en selle, l'étreignit, haletante, et se tint ainsi à reprendre haleine, accolée à son dos, jusqu'à ce qu'ils fussent parvenus à la place du hameau cernée de maisons envahies d'herbes et de ronces.

Comme ils s'engageaient, au fond de l'aire de terre battue, sur le sentier de la forêt, Jourdain vit à l'ombre d'un grand chêne une fosse fraîchement recouverte, ornée d'une croix de cailloux et de fleurs soigneusement alignés. Il arrêta devant elle son cheval, regarda les feuillages et les buissons alentour, aussi la grange aux battants grands ouverts. Sous ce même arbre il s'était rudement enragé contre Pierre, le soir où il avait appris pour quelle sorte d'œuvre ils avaient quitté leur montagne. A Jeanne il désigna la tombe. Elle répondit à sa question muette qu'au bord du chemin qui descendait à la plaine elle avait découvert à son arrivée le cadavre d'une vieille femme à demi dévorée par les rats et les fouines et qu'elle l'avait enterrée là.

– Elle était assise contre un rocher, dit-elle. Elle avait

ses deux poings enfouis dans son tablier, entre ses cuisses, et si durement fermés que je n'ai pu les ouvrir. J'ai vu des grains de blé entre ses ongles. Ils germeront peut-être au travers de sa peau.

Il resta longtemps sous les branches mouvantes à contempler dans son esprit cette nuit étoilée où il avait vu la pauvre folle courir à sa troupe qui s'ébranlait. Il revit sa face échevelée, ses yeux extasiés, sa bouche ouverte sur des cris enfantins, ses gestes saccadés de semeuse, tandis qu'elle lançait aux cavaliers passants ses grains de bonne chance. Il pensa qu'elle avait trépassé peu de temps après leur départ et qu'elle avait sans doute franchi le seuil de l'au-delà en compagnie des massacrés d'Avignonet.

– Allons-nous-en, dit Jeanne. Il n'y a plus rien ici.

Le cheval s'en fut seul, portant ses voyageurs, sans qu'ils aient fait le moindre geste pour le mettre en chemin.

Ils ne rencontrèrent personne dans l'heureuse sauvagerie de la forêt. Après deux jours de route silencieuse Montségur leur apparut sur la cime de la plus belle montagne d'Ariège. Alors leurs regards s'éveillèrent, ils parlèrent de ces êtres aimés qui ne les attendaient pas, Béatrice et Mersende et Thomas l'Écuyer, Pierre et Bernard Marti et tous ceux des cabanes, et dans la joie inquiète des retrouvailles ils gravirent le sentier de ce faubourg du ciel que menaçait le monde.

12

– Passez, passez, mauvaises gens, moi, misère ! j'ai tout mon temps, personne au monde ne m'attend, ni le mari ni les enfants, glapit Mersende en comptine criarde, un poing dans le fagot arrimé sur sa nuque et l'autre brandissant une canne noueuse au-dessus du chemin montant.

Elle s'enfonça entre deux buissons au bord du sentier, déposa d'un coup d'épaule son fardeau sur la crête d'un roc, se retourna vers le cheval qui battait du sabot derrière elle. Jeanne à trois pas mit pied à terre et lui ouvrit les bras en chantonnant son nom à petits cris joyeux. L'autre fronça le nez, une main en auvent sur son front, hésita, s'exclama, nasillarde :

– Voyez l'oiselle qui s'en revient au nid !

Et comme la jeune femme la prenait dans ses bras et dérangeait sa coiffe à baiser ses joues sèches :

– Là, là, ma folle, cesse de manger ma figure. Garde donc ton bec pour ton homme. Hé ! tes bons soins ne l'ont guère adouci, à ce qu'il semble ! Il ne sait toujours pas saluer le beau monde. Ou peut-être a-t-il perdu la voix, comme il arrive aux fous amoureux ?

– La paix sur toi, bonne mère ! cria Jourdain, s'éloignant seul sur la montée.

– Trotte, trotte, bonhomme, lui répondit Mersende. Les pendards qui s'en vont sont toujours les plus beaux. Vois, ma fille, comme ses épaules effacent les murailles !

Il sourit, tandis que sonnait dans l'air bleu le rire de Jeanne mêlé aux moqueries de l'aïeule, et son cœur s'emplit d'heureuse amitié pour le mont retrouvé. Il lui sembla qu'il n'avait guère quitté ces rochers familiers à l'ombre des grands arbres, ni ces murets pentus qui longeaient les champs maigres, ni ces hommes courbés sur les avoines grises qui se dressaient et s'accoudaient aux pioches et se disaient entre eux que c'était là Jourdain, et s'en venaient à lui, le soleil bas dans l'œil. Il vit Thomas l'Écuyer dévaler soudain en course tant effrénée qu'il faillit embrasser le mufle de sa bête. A quelques pas devant l'emporté battit l'air, empoigna une branche, s'y pendit d'une main et chercha Dieu de l'autre, tandis que ses talons creusaient terre et cailloux, puis se laissa tomber de cul dans la poussière, fut aussitôt debout, prit la sangle au museau du cheval et le tirant à toute force sur le sentier abrupt, haletant, trébuchant et se tournant sans cesse :

– Je vous ai vu venir de sur la tour de veille. Est-il vrai que l'on fait la guerre en Lauragais ? Je suis prêt à partir sur l'heure, mon maître, et beaucoup d'autres avec moi. Dites, avez-vous parlé au comte de Toulouse ? Que pense-t-il de nous ? N'est-ce pas qu'il nous aime ? Avez-vous quelquefois dîné dans son château ? Quelle honte si nous le laissions seul chasser les Français du pays ! Nous rejoindrons bientôt son armée, n'est-ce pas ?

Il tendit au ciel le poing et dit encore, extasié :

– Une heure avant la nuit sur le chemin de ronde tous

les soirs je vous ai attendu. Certes, j'avais confiance. Monseigneur Pierre aussi, mais il grondait souvent. Je crois qu'il s'est fait un sang d'encre.

Au-dessus d'un bref chaos de buissons, d'éboulis et de cabanes aux fumées errantes le rempart tout à coup sur le roc de la cime envahit le plein ciel. Ils franchirent la dernière courbe du chemin. Alors leur apparut au centre du long mur, sous l'arceau du portail que baignaient les lueurs dorées du crépuscule, Pierre de Mirepoix, les deux poings sur les hanches et les jambes ouvertes, immobile et massif comme un veilleur au seuil du pays des oiseaux. Thomas le désigna et lui fit un grand signe, mais il ne remua d'un geste ni d'un pas jusqu'à ce que le cavalier et son guide parviennent au bas de l'escalier de rondins qui grimpait à la porte. Quand ils y furent il descendit pesamment, attendit que Jourdain ait quitté sa monture, se planta devant lui, contempla sa face avec une affection si jubilante et carnassière que dans ses yeux brilla une flambée de larmes, puis soudain il empoigna sa tête et l'étreignit enfin en grognant comme un ours.

Ils gravirent les marches sans dire mot, se tenant l'un l'autre aux épaules. A peine dans la cour ils virent accourir des écuries, des granges et des ateliers d'armes, et du toit des auvents, et du chemin de ronde où séchaient des lessives, des hommes et des femmes avides de nouvelles. Jourdain ne répondit à leurs salutations et à leurs questions joyeuses que de bonnes paroles de voyageur. Thomas, monté d'un bond sur l'enclume de la forge, se mit à brailler avec une faconde de batteur d'estrade qu'il avait toutes les réponses désirables aux soucis qui occupaient le monde. Aux gens aussitôt venus à lui comme nuée de mouches au pot de miel il affirma hautement que le comte Raymond avait reçu son maître à sa table et lui avait confié, après bien boire et bien manger, que ceux de Montségur étaient ses fils aimés et qu'il les voulait à ses côtés pour chasser du pays les Français et les clercs qui déjà s'enfuyaient en bandes dépouillées sur les chemins du Nord.

Pierre l'écouta de loin jusqu'à ce que sa voix se trouve submergée de vivats et de rires, puis il courba sa haute taille sous la porte du donjon, rejoignit à la hâte son compagnon qui gravissait devant lui l'escalier, demanda si l'enfant disait vrai. Jourdain lui répondit que non et retint sa langue le temps de franchir l'étage où vivaient l'épouse et les filles du seigneur de Péreille avec leurs servantes. Il les entendit pépier à voix basse derrière la tenture qui fermait le palier. Toutes se tenaient là, furtivement visibles dans des lueurs de chandelles, l'œil aiguisé et l'oreille à l'affût du moindre mot perdu dont elles pourraient se saisir et se nourrir le soir durant en longue veille passionnée. Au-delà de leur chambre, dans la volée de marches où la brise du soir entrée par les meurtrières ébouriffait les torches, il prévint son compagnon que les nouvelles n'étaient pas bonnes. Pierre se prit à chantonner comme s'il ne l'avait pas entendu. A Marti qui les attendait à l'entrée de la salle haute il dit en riant doux, tandis que Jourdain embrassait le vieil homme et ployait devant lui le genou :

– Voilà notre fuyard, Bernard. C'est un beau jour.

Tous trois vinrent ensemble auprès du feu où se tenait le seigneur de Péreille. Son ample robe de laine sur ses épaules larges, son visage creusé par les vents de la vie, sa hauteur silencieuse et sa crinière blanche le faisaient ressembler à quelque roi rustique. Il ne put se lever pour accueillir Jourdain. Il avait mal aux jambes. Il le regarda avec une vivacité inquiète, la bouche close, sans cesser d'égrener son chapelet de pierres noires entre ses mains tachées de vieilles rousseurs. Marti prit place près de lui sur un banc court. En face d'eux s'assirent leurs jeunes compagnons. Entre eux au bord de l'âtre était une cruche de vin avec des gobelets. Pierre les emplit, leva le sien, se vit seul avec son air de fête, but d'un trait, se torcha puis, attentif soudain comme l'étaient Péreille et le parfait, il tendit son visage aux paroles prochaines. Alors Jourdain parla.

Il dit que Montségur était sans alliés, que d'en bas ne viendrait ni secours ni miracle, que le comte Raymond n'avait aucun souci des gens de ce château et qu'il les livrerait au pape sans vergogne, s'il gagnait cette guerre hésitante que menaient quelques-uns de ses proches vassaux. Il dit ce qu'il avait vu dans la cave du couvent des hospitaliers de Toulouse, le cadavre gisant de Raymond le sixième, son fils agenouillé sur la terre noire, sa prière fiévreuse. Avec un étrange emportement il affirma que cet homme était prêt à offrir son pays aux pires gens d'Église, si c'était là le prix à payer pour délivrer son père de l'excommunication majeure qui faisait de lui un errant au pays des morts. Il hésita à prononcer le nom de Jacques d'Alfaro, s'empêtra dans des bafouillements. Pierre se servit encore une rasade de vin mais resta sans la boire, la bouche ouverte, tandis que son compagnon révélait enfin sans autre confidence que l'évêque Jean du Falgar avait tout su du massacre des clercs inquisiteurs avant qu'il fût accompli et ne l'avait pas empêché.

– Nous avons servi la cause de nos pires ennemis, dit Jourdain après un moment de silence. Quelle que soit l'issue de cette pauvre guerre, le pape aura bientôt le pays dans son sac et nous resterons seuls sur notre montagne comme le dernier fruit au sommet de l'arbre. Alors monseigneur du Falgar ou le comte Raymond ou peut-être les deux ensemble rameuteront leur monde et nous viendront dessus. Ni par Dieu ni par diable nous n'en réchapperons.

Pierre lança, rieur :

– Qu'ils viennent. On les attend.

– Qu'espères-tu ? Ils seront des milliers autour du mont. Fuyons, dispersons-nous, il est encore temps. Sauvons au moins nos vies.

– Nous n'avons nulle part où aller, dit Marti.

Jourdain le regarda, effaré, et soudain s'emportant :

– Nous avons des amis partout dans les campagnes. Nous avons les chemins.

– Ici est ma maison, grogna le vieux Péreille. Je n'en partirai pas. Je ne peux plus marcher.

– Hé ! nous vous porterons, monseigneur ! dit Jourdain. Voulez-vous donc mourir ?

– Que crains-tu ? demanda Pierre, remuant sur son siège. Montségur est inaccessible. L'évêque le sait bien, le comte mieux encore. Ce sont des gens de plaine et de climat tranquille. Imagine-les donc, l'hiver, dans ces montagnes. Nous n'aurons même pas à les vaincre, ils gèleront sur pied.

– Naïf qui se croit fort, murmura Jourdain.

Et l'autre, l'œil joyeux, hochant sa large tête :

– Plus naïf encore qui se croit faible, mon tout beau.

– Enfants, leur dit Marti, que Dieu fasse de nous selon sa convenance.

Jourdain rit tristement et dit, tout ébahi :

– Monseigneur du Falgar s'en est remis pareillement au bon vouloir du ciel après qu'il eut appris ce qui se tramait contre ses frères inquisiteurs.

Il attendit une réponse, mais le parfait resta muet à le regarder avec son ordinaire affection de bon père. Alors sa voix à nouveau se mêla au bruit du feu ronflant, aux craquements des bûches.

– Vous appelez la mort, avouez-le crûment, dit-il. Et certes elle viendra comme une bonne chienne si vous ne fuyez pas, mais point par la volonté de Dieu. Par la vôtre, Bernard, la vôtre seule.

– Goûte ce vin, mon bon, dit Pierre en s'efforçant à la jovialité.

Il lui tendit à boire. Jourdain ne voulut point le voir. Son regard dévorant resta tout au vieillard.

– Vivez, Bernard, dit-il. Vous devez porter votre savoir aussi loin que possible parmi les hommes.

– Je l'ai fait, dit Marti.

– Vous le ferez encore.

L'autre sourit, placide, il haussa les épaules. Il répondit :

– Comment savoir ?

– Que désirez-vous donc ? La gloire des martyrs ? L'évêque se sert d'elle. Des clercs inquisiteurs que nous avons tués, de ces bourreaux, Bernard, savez-vous ce qu'il fait ? Des saints, des maîtres purs, des innocents meurtris. Autour d'eux il rassemble ces gens qui bientôt nous assiégeront. Dieu est-il dans cette œuvre, dites-moi ?

Un éclat neuf brilla dans l'œil du vieux parfait. Il se mit à chercher, au-delà de la lueur du feu et des chandelles, des mots pareils à des parfums fuyants. Péreille auprès de lui se fit aussi pensif. Un moment ils parurent tous deux, au regard de Jourdain, semblables à d'enfantins rêveurs de merveilles. Bernard dit enfin :

– Pense aux martyrisés, quels qu'ils soient, d'où qu'ils viennent, aux mendiants, aux nouveau-nés aussi. Comprends et souviens-toi. Même si de ta vie tu n'as vécu cela, tu sais que dans les démunis est un aimant puissant qui te force à ouvrir les bras, à te pencher sur eux, à te livrer à cette force mystérieuse qui les habite, sans qu'ils le sachent. Jourdain, je crois que les vrais outils de Dieu sont les plus faibles des êtres parce qu'eux seuls savent faire germer l'amour sans méfiance dans l'âme de ceux qui les contemplent. Je ne suis pas meilleur que l'évêque de Toulouse, sache-le. Si j'avais son pouvoir, je me rendrais sans doute aussi odieux qu'il l'est. Mais par grâce je suis pauvre et proscrit. Et si le Père Saint qui m'a donné la vie me veut enfin vaincu pour éveiller au cœur de quelques hommes cette lumière simple où Lui se tient sans cesse, je mourrai bien content.

Pierre, fort satisfait, cogna du poing sur son genou, et prenant son frère d'armes par l'épaule :

– As-tu jamais entendu un clerc catholique dire d'aussi belles paroles ? C'est une grande chance d'avoir Bernard auprès de nous. Ne crains pas, nous ne le laisserons pas brûler. Nous survivrons. Sais-tu pourquoi ? Parce que nous sommes de bonnes gens. Péreille, a-t-on mis à rôtir un bon repas de viandes ? J'ai une faim de loup. Cesse de grimacer comme un moine offusqué, Jourdain, mon beau ! Au diable les grands nobles avec leurs manigances ! Ont-ils jamais joui de la vie comme nous ?

– Nous avons fait grand mal, lui répondit Jourdain. Pierre, c'en est assez. Nous avons massacré deux clercs inquisiteurs et huit moines et diacres pour que le pays vive, pour qu'il respire enfin. Vit-il ? Respire-t-il ? Pas mieux qu'avant les meurtres. Nous avons espéré que Bernard et ses frères pourraient enfin parler tranquilles sur les places des villages. Et qu'en est-il ? Nous les avons amenés à leur perte. Ce que nos ennemis n'avaient pu faire, en vérité nous l'avons fait pour eux.

– Ne t'en inquiète pas, dit Marti. Ce que tu n'as pu faire, nos ennemis le feront. Ils nous donneront longue vie.

– Bernard, Bernard, qu'en savez-vous ?

– Jourdain, mon fils, je connais les ruses de Dieu.

– Péreille, il nous faudra renforcer les défenses, dit Pierre. Dès les moissons rentrées nous planterons des palissades neuves par le travers du mont, puis nous dégagerons des galeries de grottes et nous ferons tailler quelques charretées de boulets. Nous aurons grand besoin de machines de guerre. Je connais un architecte qui saura les construire. Pardonnez-moi, Bernard, je ne suis peut-être qu'un lourdaud mais je vous veux le bien le plus ordinaire qui soit. Vous voir bon pied bon œil jusqu'à cent ans sonnés suffira amplement à ma satisfaction. Je ne saurais donc vous offrir cette postérité de bienheureux martyr que vous semblez espérer de monseigneur l'évêque de Toulouse et de sa bande de Français. Résignez-vous. De force ou de bon gré je vous garderai dans ces murs comme un coq en pâte, en attendant des jours meilleurs. Allons, sacredieu ! mon ventre s'impatiente et les gibiers aussi.

Tous vidèrent leurs gobelets, même Bernard Marti, bien qu'il fût de toujours accoutumé à l'eau. Il en perdit le souffle et par trois fois toussa dans son poing, les yeux exorbités. Pierre voulut le prendre sur son dos pour descendre dans la salle basse. Il y mit tant d'ardeur et de malice que le bonhomme se laissa porter en gémissant et remuant la tête avec une indulgence autant confuse qu'émerveillée. Comme les deux compères traversaient ainsi l'un sur l'autre l'étage des femmes, des flammes de chandelles et des ombres mouvantes à nouveau apparurent dans l'entrebâillement de la tenture. Jourdain, qui les suivait, entendit dans ses plis une cascade de murmures et d'éclats offusqués. Pierre leur cria :

– Remuez vos croupes, bonnes femmes, que le diable en tombe ! Venez donc à la table du seigneur, c'est son âne qui vous en prie !

Une nuée de caquètements envahit aussitôt l'escalier, et toutes les suivirent en troupe frémissante, tenant leurs feux menus à l'abri de leurs mains.

Vers minuit, après que Bernard Marti eut rejoint sa cabane, Pierre et Jourdain, alourdis de mangeailles, montèrent sur la terrasse de la tour de veille et là se tinrent immobiles face à l'obscurité sans bornes où n'étaient que de lointaines et rares lumières de villages.

Longtemps, dans l'air noir aux senteurs humides, délivrés de la terre et de ses bruissements ils goûtèrent une émouvante liberté d'oiseaux inaccessibles puis peu à peu, sans qu'un mot ne fût dit, comme il arrive dans les ténèbres quand rien ne distrait plus les âmes éveillées, ils se retrouvèrent enfin dans leur sûre fraternité. Alors Jourdain sentit son compagnon, malgré son maintien brave et son front haut levé au bord du vide, durement éprouvé par les nouvelles qu'il lui avait apprises. Ils ne se regardèrent point. Ils ne firent rien d'autre que respirer côte à côte, comme s'ils étaient parvenus à hauteur d'aigles et n'avaient pas à s'efforcer plus loin. Pierre enfin murmura :

– Il n'est pas de meilleur endroit pour attendre la fin du monde. Dieu veuille qu'elle vienne par beau temps et qu'elle soit sans pitié, comme une fête d'ogres.

Jourdain ne lui répondit pas. Tous deux savaient désormais qu'ils ne devaient rien espérer. Ils s'en trouvèrent plus tranquilles qu'ils ne l'avaient jamais été.

Le lendemain vers l'heure de midi, à longs coups de corne sonnante sur le chemin de ronde le peuple fut appelé dans la cour du château. Tous aussitôt accoururent aux nouvelles comme des assoiffés au bruit de la fontaine. Tandis que s'emplissait l'espace ceint de murs partout encombré de tonneaux et de tas de paille, Bernard Marti monta sur un billot de bois au seuil d'une écurie et attira autour de lui ses frères parfaits venus des champs. Il les voulut pressés contre son corps dans l'abri de l'auvent, face aux hommes et femmes des cabanes mêlés de sergents d'armes assemblés au soleil jusqu'au rempart de l'ouest où étaient quelques écuyers à demi grimpés sur des échelles. Mersende, qui se tenait au premier rang avec Jeanne et Béatrice, se mit bientôt à grincer comme une corneille et à prévenir l'alentour qu'elle ne resterait point là plantée jusqu'à la fin du siècle car elle avait à faire à la cuisine où n'entraient jamais ces hauts personnages à la tête venteuse qui se permettaient de convoquer les gens à leurs palabres sans souci de la soupe à cuire. Bernard l'apaisa d'un sourire contraint, appela Dieu sur les visages et les regards inquiets qui attendaient son bon vouloir, puis il leur donna leur becquée de paroles.

Il dit que de la plaine s'en viendrait bientôt une armée à l'assaut de la montagne et qu'il ne faudrait attendre d'elle aucune miséricorde. Il dit aussi que s'il pouvait amener ces êtres simples qui l'écoutaient dans un refuge où les méchancetés du monde ne pourraient pas les atteindre, il le ferait à l'instant même, mais en vérité il ne connaissait aucun lieu terrestre plus près du ciel qu'ils n'étaient là. Il dit enfin que ceux qui voudraient défendre Montségur auraient sa constante bénédiction. Il se tut, laissa errer son regard sur les figures silencieuses, puis ajouta brièvement que lui-même et les parfaits qui l'entouraient ne combattraient point et se contenteraient de veiller jusqu'à ce qu'il plaise au Père saint de venir chercher leurs âmes dans ces eaux pesantes où elles avaient du mal à vivre.

Ayant ainsi parlé il descendit de son perchoir avec mille précautions et grimaces craintives. Comme les gens alentour se dispersaient dans la lumière de midi :

– Eh bien, malotru, te voilà satisfait ! lui dit Mersende, tandis qu'il époussetait son habit à pauvres gestes hasardeux, au bord de l'ombre de l'auvent.

Elle croisa les doigts sur sa poitrine plate, ricana, poussa Jeanne d'un coude, Béatrice de l'autre, et dit encore, l'œil luisant :

– Au temps de notre enfance où je mourais d'envie qu'il baise mes tétons, il parlait déjà trop. Oh ! il a oublié ! Pas moi, brigand, pas moi. A dix-sept ans il s'était mis en tête d'amener un cent d'hommes vivants jusqu'au paradis de Dieu dans des navires attelés à des nuées de moineaux. Ne riez pas, greluches, en un seul été il avait convaincu deux prêtres de villages et leur bande d'ouailles qu'il en était capable. Il était tant éloquent qu'il aurait fait lever les cailloux des chemins, s'ils avaient eu des pattes. Moi je le regardais, et je gobais les mouches. C'était dans une autre vie, avant qu'il entre dans sa religion de lettrés et de pègreleux. Tant de gens t'ont suivi, Bernard, et t'ont aimé ! Combien tes rêves en ont tué ? Misérable ! Tu m'avais dit qu'ici nous pourrions vivre en paix. Et maintenant, hop là, Seigneur, attrape-les !

– Mersende, dit Bernard, tais-toi donc, par pitié.

– Voyez comme il fait le miséreux, s'obstina la vieille femme, donnant encore de ses coups pointus dans les flancs de ses compagnes. Savez-vous qu'il n'a jamais voulu de nos quatre jambes nues sous sa couette ? Qu'en pensez-vous, les filles ? Fallait-il qu'il soit fou ! Hé ! j'ai quand même passé ma vie à trotter à son train, à lessiver ses hardes, à recoudre ses bottes, à veiller sur son feu ! Il avait les yeux si fiers, dans sa jeunesse ! Misère, les voilà bien fanés ! Mieux aurait valu que je me fasse putain ou petite sœur capucine, au moins je n'aurais pas perdu le meilleur de mes jours à attendre qu'il se lasse de mener le peuple aux catastrophes avec ses belles paroles et ses airs de bienheureux.

Elle se tut enfin. Il ne répondit pas, resta les bras ballants à regarder sa compagne de tant de jours avec une innocence tant éperdue que Jeanne eut à son aide un élan de prière.

– Seigneur Dieu, voyez-vous pas que vous lui faites de la peine ? dit Béatrice.

Elle se tourna vers Mersende. Elle la vit désarmée par la détresse du vieil homme, balbutiant encore à voix menue des lambeaux de paroles désormais inutiles. « Tu me connais, Bernard, semblaient dire ses yeux enfin abandonnés à d'impérissables tendresses. Je ne suis que braillarde, je grince, c'est ainsi, mais quoi, je suis Mersende. » Jeanne, d'un geste à peine perceptible, entraîna sa jeune compagne dans l'ombre d'un pilier, et là étroitement serrées elles s'émerveillèrent de ces deux vieillards qui maintenant se contemplaient à quelques pas d'elles, droits sur la paille répandue, l'un dans l'autre perdus, aveugles et sourds au monde. Ainsi se tinrent-ils un long moment dans la rumeur de la cour, puis Mersende leva lentement sa main rugueuse jusqu'à la joue du parfait, effleura du bout des doigts sa barbe rase.

– Puisqu'il n'y a plus rien à faire ici, dit-elle, veux-tu pas que nous allions vivre en forêt ?

Il fit « non » de la tête, sans la quitter des yeux, et lui sourit avec une résignation infiniment aimante. Elle lui sourit pareillement. Ils s'en allèrent ensemble épaule contre épaule, en se tenant la main au secret de l'habit.

Jourdain au soir de ce jour s'installa dans la maison de Jeanne. Comme le crépuscule embrumait le ciel, dans la lumière pourpre du soleil déjà tombé sous l'horizon il vint par le sentier, son vieux sac sur le dos, avec deux lièvres chassés dans les fourrés du mont. La jeune femme était occupée à éplucher des légumes devant sa porte. En vérité, elle l'attendait avec tant d'anxiété qu'à l'instant même où il surgissait au loin entre rocs et buissons elle leva la tête comme un animal tout à coup aux aguets. Elle suspendit les mains sur son ouvrage, fut aussitôt envahie par une bondissante prière de délivrance, se retint de courir à sa rencontre et se remit à sa tâche avec un entrain redoublé, soucieuse d'apparaître comme une compagne point excessive, sûre de la venue de son homme, telle sans doute qu'il désirait la voir. Tout au long de leur voyage de retour, tandis qu'ils chevauchaient en silence, elle avait eu grand-peur qu'il s'enferme à nouveau dans sa cabane accolée au donjon et ne veuille plus vivre avec elle comme il l'avait fait à Toulouse. Elle n'avait pas osé poser les questions qui l'occupaient, craignant qu'il ne la rabroue et ne disperse ses rêves. Elle avait vu ouvert son volet tout à l'heure. Elle s'en était tourmentée, puis le revoyant clos elle s'était interdit de se morfondre encore, sans pour autant cesser de débrider son sang au moindre bruit de pas. Il fit halte devant elle, la trouva radieuse et droite avec son tabouret renversé derrière elle, serrant dans son tablier ses pelures de raves. Il lui tendit son gibier. Elle dit :

– J'en ferai des pâtés. Il nous faut des réserves.

Il répondit :

– Nous avons tout le temps, l'été sera tranquille.

– Oui certes, il sera beau, dit-elle.

Il parlait de la guerre, elle de ses amours. Ils se regardèrent d'un air de défi tendre, puis il s'en fut déposer son bagage au bord de la litière et revint sur le seuil humer la brise douce où chantaient des grillons, tandis qu'elle s'affairait dedans à la marmite.

Dès les premiers jours de juillet Pierre de Mirepoix mit ses gens aux ouvrages de défense. Un mois durant, tous, hommes au torse nu, femmes aux manches troussées, s'échinèrent de l'aube au crépuscule aux remblais de pierrailles, au travail des madriers, au transport des cailloux sur des brancards de branches et des couffins de terre haut tenus sur les têtes. Ils chantèrent parfois de ces chants bruts qui délivrent les cœurs et affûtent les rages, mais plus souvent se turent, aveuglés de sueur sous leurs fardeaux. Ils dressèrent ainsi aux abords du château des murets troués de meurtrières et des palissades de rondins effilés à la hache. L'été, cette année-là, se fit sans eux, bourdonnant d'abeilles sur les ronciers feuillus, foisonnant de perdrix et de poules faisannes dans la forêt proche, riche de fruits dans les figuiers et les pêchers sauvages alentour des cabanes où nul n'entrait que pour dormir, courbatu, éraflé, la porte grande ouverte sur la fraîcheur du soir et l'insouciance des rossignols.

Le premier jour de pluie depuis le retour de Jeanne et de Jourdain fut la Sainte-Marie d'août. Dans le brouillard épais levé l'après-midi vint un cavalier ruisselant qui dès son entrée dans la cour affirma hargneusement à qui voulut l'entendre que de sa vie on ne le reprendrait à risquer sa carcasse dans un pays aussi sauvage. Après quoi il s'emporta contre les gens qui s'empressaient à son aide comme s'ils avaient eux-mêmes déchaîné l'averse sur son dos, raviné les sentiers et parsemé le mont de traîtrises indécelables, puis il s'ébroua sous l'auvent de la forge, reprit souffle et informa enfin les hommes accourus autour de lui qu'il arrivait de Toulouse avec des nouvelles dont il n'avait que faire, mais qu'il ne donnerait à personne avant qu'il ne soit sec et qu'il n'ait bu un bol de soupe. Jourdain le mena dans la salle basse. Là l'irascible soudard grognant encore d'inaudibles malédictions, les mains tendues au feu, se prit à considérer ceux qui l'entouraient d'un œil si noir et rancunier que Pierre, à bout de patience, l'empoigna au collet, le souleva à hauteur de son regard terrible et le menaça de l'asseoir sur les braises s'il ne se décidait pas à parler.

L'homme, la mine mal radoucie, dit alors qu'un sergent nommé Marsile l'avait payé une misère pour porter le salut de monseigneur d'Alfaro à Jourdain du Villar et le prévenir que ni le comte Raymond ni l'évêque n'étaient parvenus à leurs fins, car les Français occupaient à nouveau tous les châteaux du pays, à l'exception de celui-ci, où il ne désirait certes pas s'attarder, et que le pape avait par lettre expresse ordonné à monseigneur du Falgar de remettre aux dominicains de Toulouse les nouveaux registres inquisitoriaux dont il s'était indûment chargé. Il dit aussi que les habitants de Montségur devraient se disperser au plus vite s'ils voulaient échapper à l'armée du sénéchal de Carcassonne qui viendrait bientôt assaillir ce repaire où vivaient, à ce qu'on lui avait affirmé (mais il ne s'en souciait guère), les plus effrayants hérétiques du monde. Ce conseil méchamment donné fit tant enrager Pierre qu'il empoigna derechef le bonhomme, leva sur sa tête son poing armé d'une cuisse de poularde, hésita à l'abattre, enfonça l'os à demi rongé dans la bouche haletante et s'en fut ruminer sa colère dehors. Le messager partit dès l'aube du lendemain, sous un ciel incertain.

Des nuages semblables embrumaient les remparts le jour d'octobre où apparurent sur le chemin de la vallée tant de chariots, d'étendards, de cavaliers et de fantassins que l'on put croire venue une pleine ville de gens dans ces lieux où n'avaient jamais régné que de furtives bêtes de montagne. Tous dans le château fermé restèrent une pleine matinée sur le chemin de ronde à contempler ce déploiement. Thomas l'Écuyer ne quitta pas Jourdain. Il demeura immobile près de lui dans le vent froid, tenant sa main et murmurant sans cesse :

– Seigneur Dieu, regardez, mon maître, regardez !

Quand enfin ils se décidèrent à redescendre dans la cour, Jourdain pensa qu'il aurait peut-être grand mal à convaincre ce jeune écervelé d'amener Jeanne au loin, une prochaine nuit, avec l'enfant qui renflait maintenant son ventre et semblait déjà poser sur le monde, par les yeux de sa mère, un regard étrangement indifférent aux remuements des armes et aux effrois des gens.

13

Quatre journées durant au fond de la vallée furent dressés d'innombrables hameaux de toile aux toits pointus hérissés de bannières. Autour des feux tant éparpillés que des plus éloignés on ne voyait que des fumées à peine distinctes des brumes, les campements envahirent bientôt les rebonds des prés au bord du sentier qui montait aux murailles, les bosquets au feuillage éclairci et la pente de l'autre versant peuplée de bergeries éparses, jusqu'à la courbe lointaine où se joignaient les montagnes dans les rousseurs et les grisailles indécises de l'automne. Le cinquième jour, les landes du flanc de l'ouest furent défrichées par un fourmillement d'hommes infatigables parmi des chariots plats attelés à des bœufs, tandis que de nouvelles troupes affluaient encore de l'horizon étroit en files argentées qu'éblouissaient fugacement des bouffées de soleil aussitôt emportées par l'ombre des nuages. Vers le soir apparurent des écuries de branches et de bâches au bord du torrent dépouillé de ses fourrés comme une bête de son pelage. Le sixième jour une ligne de pieux se mit en chemin lent au travers de la pente, conduite pas à pas par des foules de gens armés de longues cordes et mêlés de chevaux qui traînaient des troncs d'arbres. Une averse subite à l'heure de midi les fit fuir en désordre vers des tentes sommaires. La pluie persista jusqu'à la nuit, et le chantier demeura désert. Au matin du septième jour dans le beau temps revenu on vit du haut du mont quelques groupes de soldats se risquer sur le chemin du château. Ils furent dispersés par une cascade de quartiers de rocs qui s'en vint à grand bruit rebondir contre la palissade inachevée.

Alors Pierre et Jourdain, qui depuis l'arrivée des premiers contingents n'avaient pas quitté le haut des tours, décidèrent en quelques mots tranquilles qu'il était temps d'aller épier de plus près cette multitude déployée en longue écharpe sinueuse. En vérité, à contempler les agitations foisonnantes et minuscules de ces gens au pied du mont, jamais la cime venteuse où ils se tenaient ne leur était apparue aussi sûre. Aucune machine de guerre ne pouvait d'aussi loin menacer leurs remparts. Et vouloir les atteindre à la force du mollet par ces pentes abruptes et ces falaises raides paraissait à l'évidence aussi déraisonnable qu'espérer saisir un oiseau en plein ciel. Décidément, cette longue armée n'avait plus, maintenant qu'elle était à portée de regard, l'invincible puissance des ruées d'ombres qui avaient peuplé les esprits avant qu'elle n'arrive. Pierre estima, l'œil jovial, qu'à la première neige ceux qui la gouvernaient lèveraient le camp et s'en retourneraient en grande hâte au chaud de leurs châteaux des plaines. Jourdain ordonna à Thomas l'Écuyer de désigner trois hommes et dit qu'il avait grande envie d'aller avec eux à la chasse aux nouvelles par les buissons du bas. Pierre l'approuva d'un hochement de tête insouciant. Comme son compagnon s'éloignait, il lui lança, sans se détourner de sa veille :

– Nous avons des amis parmi ces malandrins.

Jourdain n'entendit pas, le vent soufflait trop fort.

A grand-peine il se fraya un passage dans la bousculade de la cour où partout, adossés aux tonneaux, aux piliers des auvents, parmi les tas de paille au seuil des écuries, dans l'odeur de fer chaud alentour de la forge, jusque sur le perron du donjon et les escaliers du chemin de ronde, les hommes s'affairaient à tailler des boulets, affûter des épées, manier des épieux et assouplir des arcs. Près de la poterne du nord il retrouva Thomas et les trois sergents d'armes environnés de leurs compagnes qui les époussetaient comme des mères inquiètes et leur ordonnaient à voix criarde de laisser messire du Villar s'aventurer seul, s'il voulait les entraîner hors des derniers murets de défense. Ils sortirent en raillant ces peurs de bonnes femmes, longèrent les cabanes désertes et s'enfoncèrent en silence tout à coup circonspect sous les arbres dorés du bois. Ils n'y rencontrèrent qu'un corbeau qui s'envolant à leur approche à travers branches croassa aigrement et fit pleuvoir devant eux quelques brins de feuillage dans un rayon de soleil. Le versant se fit bientôt si périlleux qu'il leur fallut cheminer accroupis par des failles de rochers emplies de feuilles mortes. Ils parvinrent bientôt aux garrigues de buis et de broussailles basses qui descendaient en pente adoucie sous le ciel découvert vers l'à-pic le plus profond du mont. Ils suivirent son bord jusqu'au sentier taillé en échelle terreuse, dévalèrent prudemment, et tout à coup alertés se jetèrent sous le couvert des buissons. Des voix venaient par la montée.

Deux hommes essoufflés et suants à quelques pas d'eux émergèrent des rochers. Ils ne portaient point d'armes, sauf un bâton ramassé en chemin et un couteau de berger à la ceinture de leurs chausses paysannes. L'un, désignant au loin le rempart rectiligne et les tours élancées hors des rugosités chaotiques de la cime, estima qu'il n'avait jamais vu un château si proche du ciel et ajouta qu'assurément de ces sommets on pouvait voir tous les chemins du monde. L'autre fit halte, examina l'alentour avec une grande méfiance, dit à voix hésitante qu'il n'était guère prudent de se hasarder si près des rondins de défense, rappela son compère qui poursuivait sans lui son escalade lente. Jourdain, les trois sergents et Thomas l'Écuyer se dressèrent soudain ensemble dans son dos. Il se retourna si précipitamment qu'il en tomba à la renverse et là, couché la bouche ouverte, talonnant les cailloux sans trouver prise, il regarda ces gens qui lui faisaient de l'ombre avec un tel effroi qu'il pissa dans ses braies. Son compagnon s'enfuit au travers de la lande. Thomas le poursuivit, agile et bondissant par-dessus les halliers, lui sauta sur le dos du haut d'un tas de pierres et, enserrant sa gorge au creux du coude, se laissa emporter en course titubante jusqu'à ce que le pendard trahi par ses genoux s'étale de son long dans un roncier grinçant.

A grandes bourrades et coups de pied, sans souci des bruyantes avalanches que leurs trébuchements faisaient cascader dans l'étroit raidillon, ces hommes furent bousculés jusqu'au premier muret. Tous, le souffle rauque, se laissèrent choir pêle-mêle sur la terre battue de l'abri. Les veilleurs accoururent des meurtrières et voulurent empoigner les prisonniers pour les mener sans autrement tarder à monseigneur de Mirepoix. Jourdain leur ordonna de retourner à leurs postes. Ils s'éloignèrent à contrecœur, restèrent à brève distance puis revinrent en cercle autour des affalés pour écouter les réponses que les deux soudards faisaient avec un bon vouloir extrême aux questions pressantes qui leur étaient posées. Chacun apprit ainsi que ces égarés étaient habitants de Béziers, que beaucoup de leur ville étaient au campement et qu'ils avaient été menés à cette croisade par des moines et des prêtres venus à eux sur les places publiques avec tant de promesses de paradis, de menaces d'enfer et de sergents armés qu'ils s'étaient laissé pousser aux chariots sans oser renâcler.

Comme les bougres se plaignaient piteusement de ne savoir combien de temps cette guerre montagnarde les tiendrait éloignés de leurs familles, Jourdain leur demanda si les gens du pays étaient en grand nombre parmi les assaillants du château. Les autres lui dirent que les clercs et les barons du Nord avaient partout recruté des milices dans les villes fidèles au comte de Toulouse, que l'évêque Durand de Beaucaire était venu d'Albi avec quatre centaines de volontaires et que sur les terres mêmes de Mirepoix d'anciens sergents de monseigneur Pierre avaient été enrôlés de force, selon ce qu'ils avaient prétendu. Un silence tant rogneux accueillit ces paroles que les deux captifs, la bouche tremblante, hésitèrent à poursuivre. Le cercle des veilleurs autour d'eux se rétrécit. Sur les dos arrondis leur ombre se fit lourde.

– Les gens d'Église et les croisés français sont nos seuls ennemis, dit Jourdain. Ils sont aussi les vôtres. Comprenez-vous cela ?

Les pendards l'approuvèrent en chœur balbutiant. Jourdain les vit tant avides de lui plaire qu'il les prit en pitié et se sentit tomber en impuissance amère. En vérité, ces hommes n'avaient d'autre souci que d'éviter la mort qu'ils guettaient au-dessus d'eux par coups d'œil apeurés. Il soupira, voulut savoir qui commandait l'armée.

– Monseigneur Pierre Amiel, l'évêque de Narbonne, dit l'un. Le conseil des barons se tient devant sa tente.

Et l'autre, en même temps :

– Monseigneur Hugues des Arcis. Il est le sénéchal, je crois, de Carcassonne. Peut-être le connaissez-vous. Sa face est balafrée de l'oreille à la lèvre.

Le premier ajouta, tout à coup empressé :

– Mais nous n'obéissons qu'aux seigneurs de chez nous.

Sans qu'ils fussent demandés les noms de ces nobles du Lauragais et des Corbières ralliés à l'armée furent dits avec une fierté timide, en chapelet rebondissant. Parmi eux étaient Arnaud d'Olonzac et Raymond d'Alban, que Jourdain avait connus en Terre sainte. Il se souvint qu'au temps de Raymond le sixième ces bons compagnons avaient plusieurs fois accueilli Bernard Marti et d'autres parfaits à leur table. « Seigneur Dieu, se dit-il, dans quels égarements faut-il qu'ils soient tombés pour s'armer comme ils font contre leurs propres pères ? » Il fit un geste vague et dit :

– Allez-vous-en.

Les deux hommes éberlués se dressèrent en désordre et se tinrent craintivement accolés, tandis que les veilleurs autour d'eux se pressaient et brandissaient les poings et grondaient qu'il fallait les tuer. Jourdain, les repoussant de droite et de gauche, ouvrit une brèche dans leur houle malveillante par où les captifs se risquèrent, les coudes levés sur leur tête basse. A peine l'espace ouvert devant eux ils s'en allèrent en course dératée le long du muret, cherchant par où sortir. Ils se perdirent parmi les fourrés et les pierrailles, montèrent, faute de pouvoir descendre, vers des escarpements infranchissables, puis ils reparurent sur le sentier, dévalèrent enfin sur le dos et le flanc autant que sur leurs pieds et disparurent bientôt derrière les rochers en battant l'air des bras comme des pitres funambules.

Le soir venu, sur le chemin de ronde battu par un vent noir qui claquait aux oreilles et emportait les capes Jourdain fit à Bernard Marti et Pierre de Mirepoix le récit de ce que lui avaient appris ses prisonniers éphémères. Après qu'il eut parlé Pierre s'accouda au mur bas entre deux créneaux et se mit à marmonner pour lui seul d'inaudibles malédictions, tandis que Bernard, les yeux à demi clos et les mains croisées dans son dos, semblait humer le ciel sans apparent souci. Ainsi restèrent-ils un moment, puis Jourdain dit encore, contemplant la vallée obscure :

– Voyez ces milliers d'hommes autour des feux, en bas. Ils sont tranquilles, ils bougent, ils boivent, ils vont dormir. Le lendemain du meurtre des clercs inquisiteurs ces mêmes gens carillonnaient et brandissaient des piques en chantant des alléluias sur les places des villages. A la fin du printemps ils allumaient partout des émeutes et chassaient les moines hors de leurs abbayes comme des lièvres des terriers. Aujourd'hui les voilà serviteurs de ceux qu'ils haïssaient. Pourquoi, grand Dieu, pourquoi?

– Si j'avais pu les rassembler autour de moi et leur désigner le bon chemin, ils auraient marché selon notre désir, dit Bernard. D'autres leur ont parlé plus fort que je ne le pouvais, les voilà contre nous. Ces gens croient aujourd'hui être nos ennemis, hier ils croyaient autant être nos alliés. Tu le sais bien, Jourdain, un rien suffit parfois à changer un cœur d'homme. Toi-même et Pierre auriez pu vous trouver sur l'autre bord, si vous y avait poussés un vent assez puissant. Ce qu'on pense, ce qu'on veut, ne veut pas, ce qu'on craint, qu'on espère, tout cela va et vient, ce n'est pas la vraie vie, c'est la couleur du temps.

Pierre remua lourdement, désigna le parfait d'un coup de pouce par-dessus son épaule, grogna:

– Il fait le pur esprit, il gobe les étoiles, il ne veut pas combattre, mais il condescendrait à nous voir morts pour lui, bien que nous ne soyons que des passants stupides. Qu'est-ce qui est donc important, Bernard, à votre idée?

– Ce n'est pas que le blé penche vers l'est ou l'ouest, mon fils. C'est qu'il germe à son heure, et pousse, et fructifie. Le pain de vérité est encore rare, mais un jour, si Dieu veut, il nourrira ce peuple. J'ai semé quelques grains. D'autres avant moi l'ont fait, et le feront après. A ce qu'il me paraît, mon ouvrage est fini. Et maintenant, enfants, il est temps que je rentre. Je crains que le froid ne m'enrhume. La paix sur vous.

– La paix sur vous, vieillard, dit Pierre, ricanant.

Bernard resserra son manteau sur sa poitrine et s'éloigna, frôlant de l'épaule le mur. En trois pas silencieux il entra dans la nuit.

– J'aurais aimé au moins que des gens nous estiment, dit Jourdain, au moins pouvoir penser, avant de trépasser, à des amis inconnus, à des feux allumés pour notre salut. Pierre, je t'avais dit que ces assassinats ne changeraient pas la vie du pays, mais j'espérais quand même.

– Bah ! lui répondit l'autre, je t'avais dit qu'ils ranimeraient le monde, mais je n'y croyais pas.

– Pierre, nous nous sommes trompés en tout, et nous allons combattre pour rien. Bernard ne veut pas vivre.

Pierre se redressa, déploya sa poitrine.

– Nous sommes fous, dit-il d'un coup de tête sec, comme on laisse choir une rude évidence.

Il ouvrit les bras au vent, écarquilla les yeux, chercha devant lui dans l'espace obscur quelque mot prodigieux. Il rugit enfin :

– C'est magnifique.

Et le regard tout à coup baigné de larmes il partit d'un rire immense qui fit taire les chouettes et réveilla au loin des hurlements de chiens.

La veille de la Toussaint sous une pluie battante quatre sentinelles venues des lisières du bois amenèrent fièrement sous les remparts un voyageur aussi crotté qu'un laboureur de fin d'automne. A leurs appels et cognements bravaches le portail s'ouvrit et demeura béant parmi les feuillages où bruissait l'averse, sans autres gardes que quelques femmes étroitement assemblées sous l'abri d'une couverture et fort inquiètes de voir revenir leurs hommes partis épier les campements ennemis. Depuis le déploiement de cette multitude en armes au pied du mont, seuls quelques groupes désordonnés avaient par brefs accès de fièvre harcelé les palissades de défense à longs jets hasardeux de cailloux et de flèches. Aucune de ces bandes, que nul ne semblait commander, n'avait tenté de grimper le long des friches jusqu'aux fourrés à portée des murailles. Les gens de Montségur, après quelques journées sur les tours, étaient donc peu à peu revenus à la chasse aux lapins et aux poules faisannes dans ces garrigues proches des veilleurs aux créneaux, et aussi sûres qu'au temps paisible d'avant le siège. En vérité, parmi la foule remuante qui cernait la montagne personne ne semblait impatient d'aventurer sa carcasse à l'assaut de la citadelle. Et l'on paraissait même si peu préoccupé d'en empêcher l'accès que des paysans de Montferrier avaient pu quatre jours durant au crépuscule monter jusqu'au château par le versant de la forêt sans qu'ils aient eu à craindre un instant pour leur vie. A peine avaient-ils aperçu par deux fois des patrouilles armées de lanternes parmi les arbres. Elles s'étaient montrées si bruyantes et distraites qu'il avait suffi à ces portefaix charitables de s'enfoncer à peine dans des entrées de grottes et d'attendre là que les piétinements et les éclats de voix se fussent éloignés.

Ainsi l'arrivée en plein jour du ruisselant bonhomme ne surprit qu'à demi les sergents et les femmes. On lui offrit du vin dès le seuil de la cour. On le poussa à l'abri des auvents où Mersende lui vint essuyer la figure, un torchon propre au poing, en le traitant d'écervelé.

– Voyez dans quel état s'est mis ce misérable, gronda-t-elle en frottant ses joues et sa tignasse. Dis, tourment de ta mère, ne pouvais-tu attendre tranquillement que nous revenions au pays ?

Et d'un coup de menton le désignant à Pierre accouru parmi ses gens :

– C'est Escot de Belcaire, un ami de Bernard. Il a l'air d'un chétif, à le voir tout mouillé. Ne vous y fiez pas, les hommes. Il est aussi cabochard qu'un sanglier.

Escot s'en venait de Toulouse avec un message d'un parfait de grand âge nommé Pons de Niort, dont seuls Pierre et Bernard savaient qu'il vivait dans l'intimité secrète du comte Raymond, après qu'il eut longtemps conseillé son défunt père. Pons, qui volontiers passait pour un vieux serviteur des cuisines comtales, désirait faire savoir à ceux de Montségur qu'il ne désespérait pas de leur salut. Monseigneur Raymond se trouvait en effet dans une intéressante perplexité. Assurément son désir d'entrer en grâce auprès du pape était toujours aussi douloureux et vivace, mais il était désormais aiguillonné par une rage nouvelle. Selon Pons de Niort, cet emportement auquel il résistait encore pourrait avant Noël, si Dieu prêtait main forte, redonner vie aux apparents vaincus.

De fait, le comte avait sous-estimé les conséquences de la piteuse débâcle qu'avaient subie ses vassaux. Au lendemain de ce malheur somme toute acceptable, les nobles du pays avaient à peu près tous déserté sa tutelle. Les consuls, après qu'ils l'eurent benoîtement accueilli dans leur Capitole, avaient partout laissé entendre qu'ils le tenaient désormais pour quantité négligeable. Quant aux clercs et aux croisés, ils ne s'étaient même plus préoccupés de dissimuler leur mépris de cet homme irrésolu et fort amoindri par les batailles perdues. Ces humiliations l'avaient d'abord laissé plus pantois et défait qu'un innocent damné. Puis, la morgue des vainqueurs se faisant excessive, il avait peu à peu redressé son échine. Il s'était raffermi. Il s'était insurgé. Il avait pris en haine sa propre faiblesse autant que ces gens qui osaient l'estimer moins qu'une pomme pourrie, et rassemblant enfin ses forces ranimées par la fureur il avait décidé de reconquérir sans plus tarder la considération de ses pairs. Si bien que maintenant, en ces temps de Toussaint, il n'avait d'ambition plus pressante que de prendre résolument la tête des milices toulousaines et de marcher à l'assaut des châteaux français dans la plaine où n'étaient plus que des garnisons réduites. Ainsi, pensait-il, serait-on bien forcé de le regarder d'un autre œil. Les comtés de Foix et de Comminges reviendraient en hâte dans son ombre, les consuls cesseraient de courtiser les clercs et le sénéchal des Arcis serait contraint d'abandonner le siège de Montségur pour négocier avec lui seul le sort de ce pays ramené à sa botte. Certes, ces projets n'étaient pas encore mûrs, mais Pons, comme il pouvait, les encourageait. C'était là, rien de plus, ce qu'il désirait apprendre à Bernard Marti, son frère vénéré qu'il gardait dans son cœur comme la fleur des hommes.

Ces nouvelles furent dites avec une fougue à grand-peine tenue en bride par Escot de Belcaire sous la voûte de la salle basse, tandis que sur le feu rissolaient des volailles. Bernard, à les entendre, se tint fort attentif, mais après que le voyageur eut parlé, aux questions attendries qui lui vinrent en bouche sur la santé de Pons, la fraîcheur de sa mine et ses vieilles douleurs de dos, chacun vit que seul avait occupé son esprit le souvenir de ce compagnon bien-aimé qu'il n'avait pas revu depuis le fond des temps. Sur les hypothétiques préparatifs de bataille en Toulousain le vieux parfait ne fit aucun commentaire, sauf d'un geste de main et d'un pâle sourire qui remettaient l'affaire à la grâce de Dieu. Jourdain estima qu'il ne fallait pas s'abandonner à l'agaçante espérance que le comte faisait renaître parmi eux, car cet homme lui paraissait aussi peu ferme qu'une poignée d'eau. L'œil tout à coup brillant, l'air faussement revêche, il demanda au messager s'il avait pris l'avis de Jacques d'Alfaro. Escot lui répondit qu'il n'avait pas eu l'occasion de le rencontrer, puis précisa prudemment que cette noble personne ne fréquentait plus guère le comte de Toulouse, bien qu'il fût son demi-frère. A ce qu'on lui avait confié, monseigneur Jacques s'était pris récemment d'amitié exclusive pour maître Sicard Lalleman, qu'il voyait tous les jours, à midi et le soir. Jourdain sourit et resta tout songeur, tandis que Pierre affirmait avec force que ce blanc-bec de Raymond, pour peu qu'il se laissât aller à sa colère noire, pouvait encore faire grand bien au pays. Escot l'approuva. Il proposa, si les événements prenaient bonne tournure, d'allumer un grand feu ces prochaines semaines sur le pic de Bidorte qu'on voyait clairement de sur la tour de guet. Pierre estima que l'idée était bonne et s'en fut au foyer dépecer les volailles. Bernard se leva, embrassa Escot et le pria de faire de sa part mille amitiés à son vieux frère Pons. Après quoi il s'en alla. Jourdain l'accompagna. Au seuil de la cour déserte ils se regardèrent furtivement, comme pris au même instant du désir de parler, mais ils se turent et s'en furent à pas lents, s'accordant ensemble à retenir le temps, espérant peut-être que quelques mots enfin déborderaient avant qu'ils aient à se séparer, et délivreraient des sentiments inexprimables. Au pied de l'escalier qui menait au chemin de ronde Bernard s'arrêta, hésita, puis :

– J'aurai bientôt d'importants secrets à te confier, mon fils. Tu viendras chez moi, avec Jeanne, quand il te plaira.

Il soupira, et levant le nez vers les étoiles :

– Le ciel est beau, n'est-ce pas ?

Il examina son compagnon avec une joyeuse malice et s'enfonça dans l'obscurité de la poterne basse. Jourdain monta seul sur les hauteurs venteuses du château, où n'étaient que quatre veilleurs. Ils se tenaient serrés les uns contre les autres à battre la semelle autour d'un maigre feu. Ils cessèrent de parler quand ils le virent paraître. Le long des créneaux il s'en fut à l'écart de ces hommes jusqu'à l'extrême pointe du rempart enfoncée comme une étrave dans la vaste nuit et là contempla le lointain, longtemps, droit au sud où était le pic de Bidorte.

Dans les jours qui suivirent, les escarmouches sur la pente du mont se firent plus fréquentes et meurtrières. Le dimanche de la Sainte-Aude de novembre, comme de longs brouillards erraient dans la vallée, un sergent de Puivert nommé Sicard Lesbat voyant venir au loin parmi les buissons gris des gens fantomatiques s'en voulut aller seul, par bravade, contre eux. Il n'eut guère le temps que de se dresser droit sur le mur de défense. A peine offert ainsi il déploya ses bras, les agita dans l'air mouillé, poussa un grognement et s'abattit à la renverse sur la terre battue, une flèche fichée au travers de son cou. Aussitôt s'engagea une brève bataille dans la brume si dense que l'on gaspilla force épieux et boulets à n'écharper que des fourrés. Un assaillant parut mourir d'un de ces coups aveugles, mais on ne vit passer vaguement que son corps traîné dans la grisaille par deux hommes courbés.

Le jeudi de Saint-Jacques, une patrouille de soldats croisés surprit un groupe de chasseurs à la sortie du bois. Deux d'entre eux, à force de feintes, parvinrent à s'enfuir. Trois autres, Alzieu de Massabrac, Vitalis de Gironde et Raymond de Claret, furent jetés à terre parmi les feuilles mortes et rudement roués. Comme ils s'acharnaient désespérément à rouler hors de portée des pieux qui cherchaient leur poitrine, un dévalement soudain de compagnons sous le couvert des arbres les sauva d'un massacre inévitable. Les assaillants abandonnèrent leurs proies dans l'humus remué et bondissants comme des cerfs disparurent bientôt parmi les buissons de la lande. Les trois infortunés tout meurtris et sanglants furent ramenés sur des brancards de branches jusqu'à la cour du château où Pierre vint à eux avec un empressement si furieux qu'il renversa deux hommes occupés à fourbir des couteaux au travers de son passage. Le plus jeune de ces blessés était Alzieu, son écuyer. Il arracha à son lit de feuillage ce garçon qu'il aimait comme un frère cadet, quoique son affection fût parfois fort rugueuse, et le porta couché sur ses bras à la salle basse où vinrent bientôt des parfaits et des femmes avec des pansements et des bassines d'eau chaude. Tandis qu'une servante agenouillée devant le feu s'appliquait à laver son épaule déchirée jusqu'à l'os, il se mit à brailler et à insulter le sort avec une verdeur assez vigoureuse pour que chacun fût rassuré. Son trépas, à l'évidence, n'était point imminent. Pierre voulut pourtant que lui fût administrée la consolation des mourants. Il fit appeler Bernard Marti, qui vint avec Jeanne et Jourdain. Le vieil homme écarta de la couche les gens autour d'elle pressés, se pencha sur Alzieu, posa le livre saint sur sa tête, le bénit, puis il baisa deux fois sa bouche et lui ordonna de réciter le *Pater.* Pierre attendit impatiemment que ce fût fait, après quoi il entraîna Jourdain dehors.

Ils allèrent ensemble visiter les autres blessés. Vitalis de Gironde était chez lui. Comme ils entrebâillaient sa porte, ils l'entendirent demander un bol de soupe et houspiller sa compagne qui s'affairait à son chaudron. Ils ne s'attardèrent guère à le réconforter. Raymond de Claret, le plus meurtri de ces infortunés, avait été mené à la cabane de son frère Guillaume. A peine entré dans l'ombre de cette misérable demeure Jourdain flaira la présence de la mort. Des gens silencieux étaient agenouillés autour de la litière. Des femmes reniflaient, un pan de leur tablier en boule sous le nez. La figure de Raymond était livide, ses yeux étaient clos et il respirait à grand-peine. Son frère vint à Pierre et lui dit à voix basse, hargneuse et sanglotante que tous mourraient bientôt sur cette maudite montagne et que rien ne pourrait les sauver, ni le dieu des parfaits ni leurs pauvres défenses. De sombres grognements alentour l'approuvèrent. Pierre s'en fut soulever le manteau de vieille laine qui couvrait le corps du gisant. Une bouillie de sang débordait de ses doigts agrippés à son ventre. Il caressa furtivement le front de ce pauvre homme qui l'avait toujours servi depuis le temps où il régnait à Mirepoix et sortit, l'air hagard.

Sur le sentier qui les ramenait au château il demanda à Jourdain s'il savait combien de morts ses gens avaient faits dans l'armée du sénéchal des Arcis depuis le début du siège. Son compagnon haussa les épaules et ne répondit pas. Leur nombre était infime, et celui des vivants, quand ils furent montés sur la tour du donjon, leur parut infini.

Au soir de la Saint-Ambroise de décembre, après une journée d'escarmouches incessantes aux palissades les sentinelles aperçurent une vive lueur sur le pic de Bidorte. Bernard Marti en fut le premier informé. Au sergent venu crier à sa porte que le comte de Toulouse avait repris le combat, il répondit craintivement, le nez dans l'entrebâillement :

– C'est bien, garçon, c'est bien.

Il voulut aussitôt se renfermer, mais l'autre lui prit la main et l'entraîna avec une impatience si vive que le vieil homme en perdit son manteau dans le vent du sentier. Pierre et Jourdain le rejoignirent sur l'escalier du chemin de ronde qu'il gravissait lentement, accroché à son guide, en riant d'aise autant qu'il rechignait. Tous trois le long des créneaux trottèrent jusqu'à la pointe du rempart et là contemplèrent longtemps la lumière lointaine, émerveillés comme les Rois mages assurément le furent par l'Étoile au fond de la nuit. Derrière eux, Alzieu de Massabrac, le bras gauche en écharpe, et Thomas l'Écuyer accourus avec d'autres se mirent à parader bruyamment, à s'exalter, à lancer à voix sonore de prodigieux défis au pied obscur du mont. Pierre dit, désignant la vallée :

– Ils vont lever le camp. Dès qu'ils seront partis nous

leur courrons au train et les harcèlerons. Dieu garde, nous les mènerons fourbus devant Raymond.

Bernard hocha la tête comme pour l'approuver et murmura, les yeux perdus dans les ténèbres où flambait ce feu semblable à un grain d'or :

– C'est un bien beau bûcher.

Jourdain se tut, bouleversé par cet espoir de délivrance qui brillait devant lui. Comme il restait ainsi, la face offerte à la brise fringante, l'envahit tout à coup la pensée de l'enfant maintenant remuant dans le ventre de Jeanne. Il voulut parler à cet être dont il ne savait imaginer le visage, lui dire que peut-être, s'ils pouvaient librement quitter cette montagne, ils pourraient se connaître, jouer dans des jardins et s'apprendre l'un l'autre les beautés de la vie. Lui vinrent des élans d'amour si longtemps ravalés qu'il en suffoqua presque malgré le froid du large. Son bonheur silencieux dura trois journées pleines, ensoleillées et calmes, jusqu'au matin de la deuxième semaine de décembre, où des nuées de flèches traversèrent soudain le ciel de la cour et tombèrent fichées sur les toits des auvents.

14

Au cours de la nuit, une troupe de mercenaires basques avait escaladé la falaise de l'est. Des parois qui plongeaient du mont dans la vallée, c'était la plus profonde et la plus effrayante. Nul vivant, sauf ailé, ne paraissait capable d'une ascension si haute. Ces hommes intrépides s'étaient pourtant hissés, de failles incertaines en saillies avidement palpées au-dessus de leur tête, le front contre le roc, sans jamais regarder plus haut que leurs doigts gourds ni plus bas que leurs pieds où de loin en loin cascadaient des cailloux dont les dévalements se perdaient dans des fonds infinis. Une heure avant le jour ils étaient parvenus à l'extrême pointe de la cime. Là, plantée face à l'abîme, était une tour séparée du château par une friche où serpentait un sentier parmi les buissons et les fondrières. Un garçon du château battait la semelle à sa porte, fier de l'épée qui pendait à son flanc pour sa première nuit de garde sur la montagne. Il n'avait eu que le temps d'ouvrir grand les yeux entre son casque bas et sa bouche tout à coup bâillonnée par une poigne ombreuse. Un bref éclat de fer avait troué son cœur. Les routiers un à un s'étaient glissés dans la bâtisse. Ils ne s'étaient pas attardés aux pieux et aux guenilles qui gisaient dans des lueurs de lune tombées d'une trappe haute. Par un escalier de longues pierres à peine dégrossies fichées dans la muraille ronde ils étaient montés sans bruit sur la terrasse. Tapis au bord de l'air nocturne ils avaient vu assis autour d'un maigre feu dix sergents somnolents aux corps enveloppés de couvertures sombres. Certains dodelinaient et ronflaient par à-coups, d'autres buvaient aux gourdes. A peine avaient-ils sursauté quand ces êtres silencieux, nerveux comme des fauves, armés de dagues vives, avaient bondi sur eux. Avant que les veilleurs n'aient saisi leurs ferrailles éparses tous étaient en désordre affalés dans la mort et vomissaient leur sang en ruisseaux bouillonnants. Les assaillants les avaient fait basculer dans le gouffre d'où seuls leur étaient parvenus quelques bruits d'éboulis lointains et dérisoires. Puis en mangeant leur pain et leur fromage ils avaient pillé les sacs de cuir laissés là par les massacrés.

Comme l'aube venait ils s'étaient accroupis à l'abri des créneaux pour épier d'un œil le château qui peu à peu émergeait de la nuit au bout du chemin de crête. Ils avaient vu les sentinelles insouciantes aller et venir en haut des murailles, des gens frileux sortir par la poterne et souhaiter le bonjour à d'autres au seuil des cabanes, Bernard Marti sur le pas de sa porte et Mersende trottant le long du rempart, dans la brume du petit matin, avec un pot de lait de sa chèvre. Ils étaient restés un long moment assemblés sans rien dire au sommet de cette tour conquise, émerveillés comme des voleurs célestes enfin parvenus à portée de ce lieu tant convoité que tous croyaient inaccessible. Puis comme pour saluer le jour l'un d'entre eux s'était dressé, il avait décoché une flèche vers cette cour lointaine derrière le haut mur, et tous ensemble après lui avaient tiré leurs traits dans le ciel rougeoyant et pâle.

Au même instant dans la vallée le sénéchal des Arcis, venu par les rocailles au pied de la falaise avec des moines et des chevaliers de sa suite, remuait du bout de l'épée dégainée le plus bas des cadavres dégringolés du haut du mont. Ses gens lui désignèrent au-dessus d'eux d'autres corps en lambeaux suspendus à des pointes de rocs, mais son regard effleura à peine ces morts. Il examina longuement l'à-pic et dit à ses gardes qu'il fallait maintenant aménager une voie praticable par des crevasses et des coulées herbues que son arme tendue suivit dans le matin bleuté. Après quoi sans autre mot il rebroussa chemin au travers de la piétaille accourue de partout et aussitôt repoussée au large, à grands piaillements et envols de manches, par les moines qui lui faisaient escorte. Pierre, du haut du donjon, vit son long manteau rouge environné de peuple franchir le gué du torrent, puis regardant en bas dans la cour du château il aperçut Jourdain immobile au milieu des hommes et des femmes qui couraient en tous sens en criant au malheur. Il hurla son nom dans ce vacarme, tout à coup pris de fureur autant que d'épouvante, tandis qu'une nouvelle nuée de flèches traversait le ciel clair. Aucune ne tomba parmi les affolés. Jourdain leva le front, fit un signe à son frère d'armes, s'en alla, bousculant les gens sur son passage, et disparut sous l'arc de la poterne.

Il courut à la maison où Jeanne était à son ménage. Il la trouva devant la pierre de l'âtre occupée à disposer des brindilles sur les braises cendreuses de la nuit. Quand il ouvrit la porte elle se redressa, placide et lente, une main sur son ventre rond et l'autre renfonçant des boucles sous sa coiffe. Elle ne savait rien de ce péril mortel qui désormais menaçait l'air qu'ils respiraient. Elle avait cette mystérieuse sérénité des femmes qui portent la vie comme un monde, sans souci des passagères agitations des jours. Elle demanda nonchalamment s'il faisait beau dehors. Jourdain lui répondit que les gens du sénéchal des Arcis avaient pris pied sur le sommet de la montagne et occupaient la tour de l'est. Elle ne bougea plus, resta longtemps pensive. Comme le feu nouveau crépitait contre le mur, elle prit la main de son homme et se tint tête basse tandis qu'il caressait sa joue du bout des doigts. Elle s'en fut enfin au seuil de la demeure.

– Si tu voulais, dit-elle avec une sorte de lassitude rêveuse, nous pourrions par le bois descendre au roc Saint-Jean, là attendre la nuit et prendre le chemin de Villeneuve d'Olmes. Il n'est pas surveillé. Les gens de Montferrier qui sont venus chez nous l'ont suivi l'autre jour sans rencontrer personne. Mais tu ne fuiras pas.

Elle laissa aller son bras qui désignait des sentes indécises puis leva vers lui ses yeux noirs. Il la vit si implorante qu'il se détourna d'elle. Il dit, tout renfrogné :

– Tu partiras avec Béatrice et Thomas. Vous irez à Toulouse, chez Sicard Lalleman. Il prendra soin de vous.

Elle remua la tête de droite et de gauche, mais il ne la vit pas refuser de l'entendre, il regardait au loin, où était la tour prise. Il dit encore :

– Pour l'instant, ne sors pas.

Il la prit par l'épaule, et soudain l'étreignant à toute force :

– Gardez-vous tous les deux. Il faut que l'enfant vive.

Aussi furieusement qu'il l'avait embrassée il se défit d'elle et s'en alla.

Elle revint s'asseoir auprès du feu. Dans le brouillard mouvant qui troublait son regard, à gestes mesurés elle se remit aux travaux simples et nécessaires, posa deux bûches sur les rougeoiements du petit bois, emplit son chaudron d'eau, essuya ses mains à son tablier puis, contemplant les flammes, elle se prit à parler en silence à cet être qui n'était pas du monde et qui pourtant vivait, et qui n'était pas elle et qu'elle palpait là, pourtant, dans la nuit de sa peau. « Mon fils, mon fils, dit-elle, partirons-nous sans lui ? Tu veux vivre, je sais, quels que soient tes douleurs à venir, tes chagrins, tes errances, tu n'as désir et faim et soif que de vie seule. Oh ! je sens bien ta belle rage ! Tu veux sortir de ce giron où je te tiens, brigand, et respirer notre air, et mordre à mon téton, et te soûler de lait, et grogner, et grandir, et dévorer ta part de temps sur notre terre. Certes, je te connais. Que t'importe ton père ! S'il vit tu t'assiéras, fiérot, dans ses deux mains ouvertes, s'il meurt tu marcheras tout seul hors des routes tracées, furieux et ravageur sans trop savoir pourquoi. Oui, ainsi tu feras, s'il meurt. Tu vivras, c'est promis, quoi qu'il puisse arriver. Dieu t'a donné des yeux, moi, je te donnerai la lumière du jour. Mais, s'il te plaît, toi qui te tiens encore dans ce pays sans fond où demeure le Créateur de toutes choses, demande-Lui de t'aider à sauver celui qui t'a poussé dans mon ventre. Jourdain est son nom. Il te porte dans son corps autant que je te porte, mais il ne le sait pas. Il croit qu'il t'imagine, ou qu'il rêve de toi. Bouge en lui, mon fils, cogne des pieds, des poings, hurle, réveille-le. Mille fois il te préfère à ses compagnons, à ses pères, à ses maîtres. Détourne-le de la guerre, moi seule je ne peux pas. Fais qu'il se tourne vers nous, qu'il nous voie, nous entende, par pitié fais cela, toi qui déjà me donnes tant, toi par qui me vient tout, la force, la fatigue, l'espoir et le souci et la consolation. »

Une bouffée de jour envahit tout à coup la pénombre où elle sanglotait. Béatrice apparut sur le pas de la porte, en criaillant que les hommes et les enfants du château étaient tous à l'assaut de la tour et qu'il y avait des morts.

Le soir venu, Jourdain et Thomas l'Écuyer s'en revinrent fourbus à la maison où les deux femmes avaient passé la journée à les attendre. Du coin de l'âtre où elles étaient elles entendirent le bruit de leurs bottes sur le sentier, dressèrent la tête, les regardèrent passer devant la lucarne ouverte. De les voir sains et saufs elles tremblèrent et gémirent. A leur mine revêche et leur enjambée lourde, avant même qu'ils aient franchi le seuil de la demeure elles surent qu'ils n'avaient pas chassé les mercenaires basques de leur repaire et que ceux des leurs qui avaient perdu la vie dans les rocailles leur pesaient infiniment. Ils s'en furent s'asseoir auprès du feu que Béatrice, gonflant ses joues de vent, s'empressa de raviver. Jeanne leur servit un bol de soupe puis toutes deux se tinrent immobiles derrière eux tandis qu'ils risquaient prudemment leur bouche au bord du breuvage fumant. Ils ne leur parlèrent pas. Jourdain dit au jeune homme que du pan de rocher où ils s'étaient abrités pendant que Pierre braillait à la retraite dans le soleil couchant il avait aperçu des ennemis jeter de la terrasse de longues cordes au fond de l'abîme. Ils restèrent muets à les imaginer amenant à eux de nouveaux hommes d'armes, et des fagots de flèches, et des paniers de vivres, et des outres de vin. « Ils sont là pour toujours », pensa soudain Thomas. Il regarda son maître, prit son souffle pour parler, se tut, tout apeuré. Jourdain, rassemblant dans l'âtre des braises débordantes, à voix lasse lui dit :

– Tu sauveras les femmes.

Jeanne et Béatrice brusquement remuèrent. Avant même qu'elles aient pu dire les paroles véhémentes qui leur montaient en bouche il se dressa et ordonna que l'on rassemble des hardes pour la nuit. Il sortit sans attendre que ce fût fait. Les autres se bousculèrent à sa suite, et peinant à marcher à son pas s'en furent jusqu'à la poterne où un coup de vent ténébreux les poussa dans la cour du château. Tout y était en paix sereine et résignée. A peine entendait-on la voix frêle d'un vieillard monter vers le ciel noir. Il lisait en un livre, près d'une lampe posée sur un tonneau, au milieu des parfaits des cabanes assemblés en rond autour de lui. Dans l'abri des auvents parmi la paille des gens se tenaient blottis sous des monceaux de guenilles. Ils avaient eux aussi déserté leur maison. Certains ronflaient dans ces chaleurs crasseuses, d'autres pleuraient doucement. Béatrice et Thomas se frayèrent entre eux un passage indécis jusqu'à l'ombre de l'écurie. Jourdain conduisit Jeanne à l'étage du donjon, la confia aux servantes puis s'en revint dans la salle basse où Pierre l'attendait avec Bernard Marti.

Ils parlèrent un peu des misères du jour, calmes, sombres, peu francs, n'osant se regarder qu'à la dérobée, puis Pierre s'accroupit devant la cheminée, se brûla les doigts à la broche où rôtissait une volaille maigre, maudit d'un coup tous les saints de la terre, botta furieusement les bûches d'où jaillirent des volées d'étincelles et s'en fut sans manger dans un recoin obscur. Bernard, du banc étroit où il était assis, le suivit d'un œil, l'air amusé, puis parut s'endormir. Jourdain s'allongea près de lui, et chacun s'en alla sur ses chemins intimes affronter le même souci du lendemain. En vérité, tous trois savaient qu'ils ne tiendraient guère au-delà de l'hiver.

La veille de Noël, un bref regain d'espoir pourtant les ranima. Une lueur brilla sur le pic de Bidorte où Escot de Belcaire avait à nouveau allumé un bel incendie. Le comte de Toulouse apparemment bougeait, selon ce que disait la lumière mouvante. Mais le premier brasier s'était éteint sans qu'aucun bien n'advienne, et la joie des perdus, dans leur château où les brumes du ciel effaçaient toute terre, se dispersa bientôt avec les cendres de ce deuxième feu. Jour après jour, nombre d'assaillants avaient pris pied sur la crête du mont où ils avaient hissé des pieux de palissades et un pierrier semblable à un arc de colosse d'où jaillissaient des tirs incessants de boulets et de quartiers de rocs. La muraille battue peu à peu se creusait et s'infectait comme une mauvaise plaie, sans que personne y puisse rien. Depuis la visite d'Escot, aucun voyageur ne s'était risqué sur la montagne. Quand vint le nouvel an, les gens de Montségur n'espéraient plus de signes que du vol hasardeux des oiseaux dans le ciel, tandis que les coups sourds, sans hâte ni repos, ébranlaient le rempart, pareils à la cognée d'un monstre indiscernable acharné à leur poursuite depuis le fond des temps et que désormais, sur cette cime du monde où ils étaient parvenus, ils ne pouvaient plus fuir.

Après que se fut envolée cette deuxième flambée sur le pic maintenant coiffé de neige seul Pierre s'obstina, sans rien dire à personne, à croire encore à quelque miracle. Il ne fut pas de jour qu'il ne passât debout sur le chemin de ronde dans les rages du vent, les pluies, les soleils froids, à flairer les lointains que l'hiver désolait, à chercher farouchement le moindre commencement de retraite parmi les tentes rondes et les fumées au fond de la vallée, veillant comme l'on prie, espérant un secours, tête et cœur acharnés contre toute raison. Jusqu'à la Saint-Alexis de février il resta dans cette attente extrême, puis soudain, ce jour-là, son âme lâcha prise. Comme il découvrait les vastes dehors imperturbablement indifférents à ses supplications silencieuses, il se détourna, s'enveloppa dans sa pelisse de loup, laissa aller son échine contre le créneau, s'assit tout pauvrement sur la pierre mouillée et regarda, en bas, la cour de son château.

Les gens entassés là erraient, maigres et mornes, sans plus guère savoir que faire. Ils semblaient en prison entre les hauts murs gris. Aucun ne levait plus le front vers les nuées. Aucun ne travaillait. Tous tenaient les mains enfouies dans les plis des manteaux ou fermées sur les poitrines, comme s'ils serraient là un animal secret. Seule Jeanne s'occupait à étendre du linge à l'entrée de la forge où gisaient des outils abandonnés. Jourdain et Bernard conversaient sur le perron du donjon, guère distraits par les pépiements aigus de Mersende et de Béatrice qui houspillaient, à quelques pas d'eux, un chien égaré entre leurs sandales terreuses. Personne ne semblait plus se soucier du bruit sourd des boulets contre le mur de l'est ni des gravats qui maintenant pleuvaient à chaque coup frappé sur le toit de rondins qui couvrait l'écurie. Pierre appela Jourdain d'un cri de cœur muet. L'autre resta la tête basse. Bernard auprès de lui allait son chemin de mots, et il l'écoutait, les yeux fixes, avec cette passion taciturne qu'il mettait toujours à contempler les gens qui lui parlaient. Il ne se décida à hausser les sourcils qu'à l'instant où son frère d'armes, descendu dans la cour en hâte furibonde, lui fit enfin de l'ombre.

– Va seller ton cheval, dit Pierre. Nous allons visiter monseigneur des Arcis.

Vers l'heure de midi ils s'en furent tous deux sur la pente pierreuse. Au-delà des dernières palissades, comme les fumées et les relents du campement envahissaient le vent qui battait leur visage, des soldats apparurent au-dessus des buissons, s'étonnèrent à distance prudente, puis, voyant ces cavaliers que personne n'accompagnait poursuivre leur chemin sans se soucier d'eux, ils s'aventurèrent à leurs côtés et leur firent escorte, marchant fièrement auprès de leurs chevaux comme s'ils avaient fait une capture insigne, tandis que d'autres allaient porter partout la nouvelle que Pierre de Mirepoix et Jourdain du Villar s'en venaient sans armes sur le sentier. Ils furent bientôt environnés de bousculades, de courses désordonnées et de lances brandies parmi les croix que portaient les moines. Dans ce pressant vacarme ils traversèrent le torrent dénudé, prirent pied sur la rive hérissée de moignons d'arbres. Alors leur apparut, courant à leur rencontre, un bonnet de mouton enfoncé jusqu'aux yeux, le seigneur d'Olonzac, dit Arnaud Courtes-Pattes, qui avait autrefois combattu en leur compagnie aux remparts de Jérusalem. Le bonhomme leur ouvrit les bras, aussi réjoui de les voir que s'ils revenaient de patrouille périlleuse.

– Seigneur Dieu, leur dit-il, la mine émerveillée, enfin vous voilà sages ! J'avais souci de vous.

Il dégaina son épée et piquant de droite et de gauche il fit place devant eux en criant à la houle populeuse que ces hommes étaient ses amis et qu'il fendrait en deux quiconque toucherait un cheveu de leur tête. Ils allèrent ainsi jusqu'au camp du sénéchal des Arcis que l'on avait prévenu de cette visite depuis longtemps espérée et qui les attendait avec l'évêque de Narbonne accouru près de lui en si grande hâte qu'il en avait oublié sa crosse et s'impatientait de ne pas voir revenir le moinillon parti la chercher dans sa chapelle de toile.

Des Arcis fit effort pour paraître courtois. Il eut grand mal. D'âme autant que de corps c'était un homme raide, et la balafre bleue qui traversait sa joue de la tempe à la lèvre le disgraciait si méchamment qu'il ne pouvait parler que d'un côté de bouche et sourire d'un œil. Monseigneur Pierre Amiel, sa crosse enfin saisie d'un brusque coup de patte, fronça le front devant Jourdain, et se voulant planté en noblesse sévère fit une moue de vigneron dubitatif. Il parut un instant chercher un mot piquant à lui dire, mais il renonça et rejoignit le sénéchal qui ouvrait à ses visiteurs le rideau de sa tente. Tous quatre s'assirent sur des tabourets bas. Pierre resta muet, bouillant dans ses dedans, la face haute et rouge, la pelisse empoignée sur ses cuisses puissantes.

On leur servit à boire dans des bols argentés.

– Il faudra nous livrer vos prêcheurs d'hérésie et leur lot de fidèles, dit l'évêque.

Pierre l'examina, les yeux à demi clos, sourit férocement, et tenant mal sa haine en bride :

– S'il en est qui renient ?

– Ils auront la vie sauve, répondit Des Arcis, un bord de face aimable et l'autre grimaçant. Vous-même et vos sergents pourrez quitter librement le château.

Il resta un moment à l'affût des visages puis, s'efforçant encore à la douceur benoîte :

– Je suis un homme de parole, monseigneur. Et que diable ! autant le dire, je ne déteste pas les loups de votre sorte.

Pierre laissa aller un long ricanement dans le silence froid qui vint après ces mots. Jourdain, le voyant au bord de l'esclandre, demanda au sénéchal si cet arrangement était de son seul fait. L'évêque le premier s'empressa de lui répondre aigrement qu'il devrait sa vie et celle de ses compagnons, s'ils n'étaient pas assez sots pour la risquer encore, à maître Sicard Lalleman son cousin et à ce sodomite de Jacques d'Alfaro qui avaient ensemble poussé le comte de Toulouse à intervenir en leur faveur auprès de monseigneur des Arcis. Il ajouta en serrant les poings sur sa crosse à s'en blanchir les jointures que lui-même n'aurait pas eu pareille indulgence s'il avait disposé d'une once de pouvoir. Le sénéchal l'apaisa d'un geste et tout à coup s'enquit, faussement innocent, des vivres qui restaient dans les réserves du château. Pierre le regarda de son haut, puis, la mine moqueuse :

– Êtes-vous si pressé de retourner chez vous ?

– Votre pays est rude et ce travail pesant, dit Hugues des Arcis, mais je le conduirai proprement à son terme. Je souhaite peu de morts entre nous, monseigneur.

– Vous en ferez beaucoup.

– Je parle de nos gens, point de vos hérétiques, dont je ne suis pas maître, et vous non plus. Nous qui ne sommes pas du ciel ni de l'enfer, pensons tout humblement que nous aurons un jour à vivre en bons voisins.

– Si Dieu veut, grogna Pierre.

Il se leva, sortit. Les autres le suivirent. Arnaud d'Olonzac qui les attendait devant la tente vint aussitôt lui demander s'il était content de l'entrevue. Il se vit brutalement repoussé. Il n'en fut point fâché, au contraire. Il partit d'un rire éclatant, prit l'alentour à témoin de la vigueur de ces poings qui l'avaient jeté hors du chemin et salua à grands cris ses deux compagnons de Terre sainte qui déjà s'éloignaient dans la foule fendue par leur chevauchée vive.

Le soir venu dans la salle basse du donjon devant Bernard Marti et deux autres parfaits attentifs et jeunots comme des écuyers, Pierre et Jourdain rendirent compte de leur visite au camp des croisés. Quand ils eurent parlé, ils se tinrent silencieux à examiner craintivement leurs compagnons, espérant d'eux peut-être des questions passionnées, des peurs manifestées, un désir avoué, fût-ce du bout des lèvres, d'éviter le bûcher. Mais Bernard ne parut point se soucier de leur attente. Il demeura songeur, le regard envolé dans l'ombre du plafond, tandis que les garçons contemplaient devant eux éperdument la mort en triturant leurs mains entre leurs jambes jointes. Alors Jourdain leur dit :

– Avez-vous entendu ? Vous périrez brûlés si vous ne fuyez pas.

Bernard prit ses jeunes disciples aux épaules et murmura au loin :

– Enfants, il faudra vous tenir bien droits, sans rien dans votre esprit qu'une lueur d'étoile. Vous devrez ne voir qu'elle et ne penser qu'à elle, jusqu'à la dernière douleur. Nous parlerons demain de cette lumière. Vous devrez ces jours prochains la faire éclore dans vos âmes. Croyez-m'en, il n'en est pas de plus désirable.

– Cessez vos simagrées, gronda Pierre, et ne me gâchez pas le plaisir de berner ce mondain balafré qui nous veut à genoux. Partez cette nuit même. Jourdain vous conduira où vous voudrez aller. Nous avons des amis partout dans ce pays. Je suis sûr qu'à cette heure ils vous croient sur la route et préparent vos chambres.

Il n'eut pas de réponse, ni de Jourdain, ni de Bernard, ni de ses deux parfaits maintenant enfoncés dans un incessant chapelet de patenôtres. Il se dressa, fit une moue rogneuse, chercha encore à dire, s'en fut et s'en revint, rugit, exaspéré :

– Pourquoi non, sacredieu ?

Les autres n'eurent à sa figure que des regards agacés et se remirent à leurs prières obstinément dévidées. Alors il ouvrit grand les bras comme pour les étreindre ou les broyer ensemble et d'un coup s'en alla, bottant les tabourets qui encombraient ses pas.

Jourdain sortit bientôt sur le pas de la porte. Il bruinait et ventait. Bernard l'y rejoignit, et lui prenant la main il lui demanda de l'accompagner jusqu'au grenier de l'écurie où il s'était aménagé une chambre sommaire. Tandis qu'ils cheminaient au milieu de la cour, derrière eux dans les hauteurs noires retentit tout à coup une telle bordée d'insultes et de blasphèmes qu'ils courbèrent le dos comme sous une foudre. Ils se retournèrent, le front levé, la bouche ouverte à l'air mouillé, cherchant à distinguer ce diable qui criait. Ils ne purent, il était trop loin dans l'obscurité du ciel, mais ils reconnurent sa voix tonnante que le vent sans cesse éloignait et ramenait à eux. Pierre, sur la terrasse de la tour de veille, hurlait à Dieu sa peine, s'enrageait à L'appeler sur lui, s'égosillait à demander pourquoi Il ne répondait pas, et Le défiait, obscène et brave, et menaçait de L'étripailler comme un diacre vulgaire s'Il ne rabaissait pas l'orgueil extravagant de ces fous qui voulaient mourir pour Sa gloire.

– Quel beau vivant, murmura Bernard, Seigneur, quel beau vivant ! C'est le meilleur de nous.

Il rit, émerveillé, renifla la pluie fine et reprit son chemin parmi les gens sortis de l'abri des auvents, qui se frottaient les yeux et se désignaient l'invisible, la main errante dans la nuit.

Jusqu'à son grenier Jourdain le suivit. Une lampe brûlait, humble, presque secrète, au milieu du plancher proprement balayé. Quatre gros cailloux étaient étroitement disposés autour de sa flamme. Près d'elle, sur une couverture, des pans de hardes débordaient d'un vieux sac de cuir. Jusqu'aux ombres des recoins rien d'autre n'était visible : ni foin, ni paille, ni reliefs. Bernard invita son hôte à prendre place devant ce brin de feu qui semblait s'élever d'une gangue fendue. Il s'assit face à lui. Dans la paix odorante où ne parvenait aucun des bruits du monde, sauf les coups sourds des chevaux, en bas, parmi les herbes de l'écurie, ils goûtèrent un moment sans paroles cette affection inexprimable et complice qu'ils avaient toujours ressenti l'un pour l'autre, puis Jourdain baissa les yeux, hésita, dit enfin :

– Bernard, je veux comprendre.

– Je sais, mon fils, je sais.

A nouveau ils se turent. Bernard enfin soupira, et ses mains s'animant, indécises et lentes, il dit encore :

– Tout au long de ma vie j'ai cherché, j'ai cherché.

Et il s'en retourna en rêverie muette.

– Quoi donc, Bernard ? lui demanda Jourdain, à voix basse et pressante.

– La vérité, mon fils, la réponse du ciel aux questions de la terre, murmura le parfait. Je l'ai cherchée d'abord, au temps de ma jeunesse, en aveugle orgueilleux, jubilant et naïf. Une sorte de hargne magnifique me poussait. Je disais à mes proches : « Taisez-vous donc, je sais. » Et je parlais. J'étais d'une éloquence claire, péremptoire. Moi-même, à m'écouter, je m'éblouissais. Et m'enivrant ainsi de mes propres paroles je me croyais porté par l'amitié de Dieu. Je ne me gonflais pas de vanité vulgaire, certes non, j'étais simplement exalté. Plus que tout je voulais apprendre ce que les autres ignoraient, et je lisais des livres en latin, en arabe, en grec de l'ancien temps, je me dictais des lois, je m'affinais sans cesse, je creusais sous les mots, espérant des trésors. J'en ai trouvé. J'ai voulu les offrir au monde, convaincu qu'ils étaient une nourriture inestimable et nécessaire. Entre la vérité et les hommes, au-dessous d'elle, au-dessus d'eux, je m'imaginais être un porteur de nouvelles. Quel pauvre enfant j'étais ! Servir ! Je désirais cela, mais que l'on m'aime aussi pour ce que je disais, par pitié, que l'on m'aime !

Il rit, innocemment. Des larmes lumineuses emplirent ses yeux pâles, puis remuant le front :

– Je n'avais pas d'ambition basse. Je ne demandais rien que cette jouissance de tout donner, de découvrir encore. Dis, combien mes paroles ont-elles fait de morts ? Le sais-tu, toi, mon fils ? Moi, je ne le sais pas.

– Bernard, Bernard, le malheur n'est pas venu de vous, mais des fous qui n'ont pas voulu vous entendre.

– Qui sait ? dit le vieil homme. Quand l'armée des croisés nous est venue de France, oh ! j'étais jeune encore ! ce fut comme si je me réveillais d'un long sommeil. J'ai pensé : « Que nous veulent-ils donc ? » Et puis : « N'ai-je pas attiré le malheur sur nos têtes ? » J'ai demandé à Dieu de m'éclairer. J'ai fait silence, enfin. J'ai regardé mon âme. Mon fils, elle était vide. Ainsi je suis entré dans le doute et l'effroi, dans l'obscurité de l'ignorance et dans la colère incessante de me voir abandonné de ce Père que je croyais à jamais auprès de moi. Mais nul n'en a rien su. M'aurait-on brisé les quatre membres, jamais je n'aurais avoué cette misère où j'étais tombé. J'ai parlé, et parlé encore. Moi qui désespérais de tout, j'ai ranimé l'espoir dans le cœur des fidèles, moi qui hurlais de peur dans mes tréfonds, je les ai rassurés, et j'ai partout prêché la confiance et la foi, moi qui maudissais Dieu tous les soirs, sur ma couche. On m'a vu comme un sage entre tous vénérable. Je n'étais qu'un mendiant, un menteur, un pauvre homme. Parti, dans ma jeunesse, de la porte du ciel, je n'étais parvenu qu'à des bas-fonds absurdes, infiniment loin de Dieu et de Sa vérité que je pressentais désormais hors de portée. Alors je me suis dit : « Tu marcheras quand même. Malgré ta faiblesse et ton indignité, tu marcheras. L'espoir n'est pas nécessaire. Tu marcheras parce que c'est ton destin sur cette terre. » Et j'ai marché avec mon orgueil increvable. Mais cet orgueil maintenant ne m'exalte plus comme dans ma jeunesse. Il m'accable. C'est mon fardeau. J'arrive au bout, Jourdain. Depuis quelques journées, je sens la maison proche où Dieu m'attend. Je ne changerai pas de route.

Il se tut. Dans la lueur vacillante de la lampe tous deux restèrent longtemps silencieux, comme des hommes simples à la halte du soir. L'un et l'autre songeurs, il leur vint à l'esprit que le chemin qu'ils avaient ensemble suivi finissait là, dans ce grenier, et que chacun, demain, toute attache défaite, devrait aller librement sa vie.

– La paix sur vous, Bernard, murmura Jourdain.

– Adieu, mon fils, répondit le vieil homme.

Il prit un livre dans son sac, l'ouvrit à un feuillet marqué d'un brin de paille et se mit à lire comme s'il était seul sous la pente du toit. Jourdain s'en fut sans bruit.

Comme il sortait de l'écurie, il vit courir à sa rencontre dans la bruine glacée une jeune servante hâtivement enveloppée dans une cape d'homme derrière elle envolée comme un étendard noir. Elle lui cria de loin des paroles qu'il ne comprit pas. Parvenue devant lui, il la vit si contente et frileuse qu'il la prit dans ses bras, et réchauffant son dos lui demanda vers quel diable de bonheur elle courait ainsi. Alors elle leva vers lui son visage et lui dit, échevelée, haletante, radieuse :

– Messire du Villar, vous avez un garçon. Il est beau, il crie fort et sa mère est vivante.

15

Peu de temps après cette naissance, Pierre de Mirepoix et Bernard Marti décidèrent de confier à Jourdain la réserve d'argent et de biens monnayables dont Bernard avait eu jusqu'à ce jour la garde, soit soixante-douze bourses de sous toulousains, huit livres enluminés et douze objets de cuivre et d'or. Ils lui demandèrent de fuir avec ce trésor avant que le château fût abandonné au sénéchal des Arcis, de l'acheminer en grand secret à la maison forte d'Usson, et là de le remettre à trois parfaits qui se feraient connaître de lui quand bon leur semblerait. Rien ne fut dit de ces hommes, sauf que le plus vieux était éleveur d'abeilles, son cadet tisserand et l'autre colporteur. Jourdain refusa de partir avant que Jeanne et l'enfant fussent en état d'affronter les intempéries de la route. Il fut convenu qu'il quitterait la montagne la nuit même de la reddition avec sa compagne et son fils.

Leur dernier jour à Montségur fut le quinzième du mois de mars. Jeanne et son nourrisson emmitouflé sur son ventre passèrent l'après-midi blottis dans un coin de l'écurie auprès de Mersende qui avait résolu de brûler dans le même feu que Bernard. Aux exhortations de son amie, la vieille femme ne répondit que par grognements, haussements d'épaules et brefs éclats de rire acide. Elle ne se voulut préoccupée que de l'enfant. Elle le prit à sa mère, tandis que lui étaient faites d'ultimes prières de vivre, et se mit à le bercer avec une tendresse farouche, sans cesser d'édicter préceptes, précautions et remèdes contre les coliques et les maux de poitrine. Voyant enfin que Jeanne, en pleurs dans son tablier, ne l'écoutait guère :

– Hé ! lui dit-elle, voilà quarante années que je m'épuise à courir au train de mon homme ! J'ai connu avec lui les pires chemins de cette basse terre. Et maintenant qu'il est à la porte du paradis, tu voudrais, malotrue, que je reste dehors ? Ah ! que non ! Le repos qui nous vient, nous le prendrons ensemble. Tiens, reprends ton petit, il m'a pissé dessus. Et sèche donc tes larmes, elles aigrissent ton lait. Dieu te garde, ma Jeanne, et qu'Il donne à ton fils tous les bonheurs du monde.

Elle s'en fut ainsi, en marmonnant encore. Au seuil de l'écurie elle hésita, parut flairer l'air froid, brandit brusquement son bâton en signe de salut et s'enfonça dans la foule qui peuplait la cour.

Jourdain vécut tout ce jour-là avec Thomas l'Écuyer. Le garçon le suivit partout, intrigué par les préparatifs de départ qu'il lui voyait faire. Il dit enfin à son maître qu'il avait deviné son intention de fuir et qu'il le suivrait où qu'il aille. L'autre, qui jusque-là n'avait pas répondu à ses questions, lui ordonna soudain d'aller boucler son bagage et de se tenir prêt, dès la nuit tombée, à la poterne basse. Thomas disparut aussitôt parmi les gens en appelant à grands cris Béatrice.

Au crépuscule, Pierre rejoignit son frère d'armes dans le donjon où étaient les deux sacs dont il devrait charger sa monture. Ils soupesèrent ces fardeaux, parlèrent de la solidité des bandes de cuir qui les liaient ensemble, de la brume possible sous le couvert du bois, de pauvres riens pour dire tout, leur affection intacte et le poids de leur âme, leurs espoirs et leur dénuement, la force inexprimable qui les poussait à vivre. Pierre ne cessa d'errer dans la salle, le regard en peine comme s'il cherchait son cœur perdu. Il semblait étouffer dans sa grande carcasse. Jourdain lui demanda si des gens des cabanes, outre Bernard et ses parfaits, avaient décidé de se donner au feu.

– Beaucoup, répondit l'autre. Et parmi eux seront l'épouse de Péreille et sa fille Esclarmonde.

Il vint devant la cheminée, gonfla son large torse, ravala un sanglot et dit soudain, les yeux mouillés :

– Embrasse-moi, bandit.

Ils restèrent longtemps étreints à se donner l'un l'autre à la grâce de Dieu, par bribes sourdes. Le pas d'un serviteur les fit se désunir. Ils se quittèrent sans autre mot.

A l'aube prochaine, Thomas avec Jourdain tirant son cheval lourd, Béatrice avec Jeanne et Jeanne avec son fils enfoui jusqu'au bonnet dans une peau de chèvre sortirent des sentes buissonnières au bas de la montagne et prirent pied sur le grand chemin. Ils n'y virent personne. Ils descendirent jusqu'au torrent qui dévalait en contrebas, s'accroupirent au bord, s'abreuvèrent d'eau fraîche en lavant leur figure. Alors Thomas le premier redressé tout à coup bouche bée désigna derrière eux le lieu d'où ils venaient, émergé de la nuit, déjà presque à demi caché par des rebonds abrupts d'arbres et de rochers. Les profondeurs du mont étaient incandescentes, et de cet incendie s'élevait lentement une épaisse nuée. Elle envahit bientôt les friches au sommet des ravins, monta par bouffées noires jusqu'à la ligne des murets, engloutit les cabanes. Sa pesante ascension enfin à bout de terre effaça le château, s'en fut dans le ciel pâle. Bernard, Mersende, Esclarmonde et sa mère et plus de cent vingt vies avec les leurs brûlaient. Béatrice et Thomas tombèrent à genoux devant cette montagne prise par les ténèbres à la naissance même du jour. Jeanne, debout, les yeux écarquillés, se mit à balbutier les noms des gens qu'elle connaissait parmi ceux qui mouraient au loin. Jourdain se tint près d'elle à regarder aussi, priant confusément, en aveugle perdu.

Quand enfin il se détourna, il vit que son fils sommeillait, les bras ouverts dans la chaleur de sa mère. Sa figure joufflue était penchée sur l'épaule, abandonnée à cette parfaite confiance des êtres à peine nés qu'un rien pourrait détruire et qui s'offrent à tout sans un grain de tourment, sans un souffle de doute. A quelques pas de la rive le cheval débâté broutait l'herbe nouvelle, paisible lui aussi dans le jour revenu. A Jeanne il demanda qu'elle lui confie l'enfant. Il le prit dans ses larges mains, s'assit avec lui sur un caillou rond, et le tenant devant sa face : « Par pitié, petit, réveille-moi, lui dit-il dans son cœur. Vois, de ma vie je n'ai fait qu'errer parmi d'autres errants jusqu'à cette montagne morte. Nous voilà maintenant sur un chemin nouveau, toi et moi, notre Jeanne, et je dois vous conduire, et je ne sais pas où. Le sais-tu, toi, dis-moi ? »

L'enfant ouvrit les yeux et contempla son père avec une attention d'infinie découverte. Dans son regard naquit une lumière vive. Il agita les mains. Un sourire lui vint. Ce fut comme si Dieu souriait à la terre.

Du même auteur

AUX ÉDITIONS DU SEUIL

Le Grand Partir
roman, 1978
Grand prix de l'Humour noir

L'Arbre à soleils
1979
coll. « Points Roman », n° 150

Le Trouveur de feu
roman, 1980

Bélibaste
roman, 1982
coll. « Points Roman », n° 101

L'Inquisiteur
roman, 1984
coll. « Points Roman », n° 206

Le Fils de l'ogre
roman, 1986

L'Arbre aux trésors
1987
coll. « Points Roman », n° 345

L'Homme à la vie inexplicable
roman, 1989
coll. « Points Roman », n° 406

Départements et Territoires d'outre-mort
coll. « Points Roman », n° 456

CHEZ D'AUTRES ÉDITEURS

Démons et Merveilles de la science-fiction
Julliard

Souvenirs invivables
Ipomée

La Chanson de la croisade albigeoise
(traduction)
Berg International

RÉALISATION : ATELIER PAO ÉDITIONS DU SEUIL
REPRODUIT ET ACHEVÉ D'IMPRIMER
SUR ROTO-PAGE PAR L'IMPRIMERIE FLOCH À MAYENNE
DÉPÔT LÉGAL : MAI 1991. N° 13268-2 (30973)